1

On me confond souvent
avec une jeune carotte

Philippe Sebbagh

On me confond souvent avec une jeune carotte

Roman

Le seul livre qui
ne vous prend pas
ouvertement
pour une courgette.

1.

— Je vais m'améliorer, c'est sûr.

— Je ne doute pas de tes progrès futurs, je doute un peu de ma capacité à m'en apercevoir.

— Ah d'accord, le foutage de gueule, carrément. La raillerie ne te suffisait pas.

Aurait dit un mec normal maîtrisant le mot « raillerie », alors que moi, je la crois sincère. Après quelques années et neuf secondes, je peux même te confier :

C'est suffisamment rare pour le signaler, mon ex avait tort, elle aurait dû douter, m'accorder moins de crédit, parce que mon seul exploit est d'avoir su joliment régresser, là où le point de départ semblait interdire cette hypothèse avant la camisole de force ou la crémation :

Non, « Je vois une chatte moins souvent qu'un réveillon du Nouvel An » n'était pas une bonne approche, je l'ai toujours su, j'avais cette intuition, et préciser « les années bissextiles » après cinq secondes de silence selon la Police, au moins cinq cents selon l'organisateur, était une autre très très riche idée, mais, à mon timide « Bonjour ? » avait succédé « Évidemment ! ! Tu crois vraiment que j'ai un sosie-photos de passage dans la région ? ? Fais-moi rire, puisque tu es censé avoir de l'humour à revendre, en plus d'être un redoutable physionomiste ».

J'ai renoncé à « Justement, je voulais t'en parler, j'ai vendu, mais tout de chez tout, la moitié ce matin, l'autre moitié y a pas trois minutes au serveur là-bas, qui fait rire les tables en fond de salle, après avoir fait le bonheur de la terrasse ; tout porte à croire qu'il va garder son boulot finalement et qu'il ne me reste même pas de quoi dépanner un grand dépressif avec une jambe dans le vide, l'autre en chemin ». Elle n'a pas ri, mais elle n'a pas crié non plus. Alors, on a fait ça :

Contexte & Aujourd'hui :

Rencontre sur '1+1=1.com', au téléphone, au café.

À mon échelle, tout était allé très vite - elle m'écrivait depuis dix jours, m'appelait depuis six nuits - et intellectuellement cette fille était lancée à pleine vitesse à perpétuité, sa capacité à entendre les non-dits, capter ou inviter les nuances, dire à ma place le mot suivant, m'avaient scotché, accroché. Avec très peu elle me devinait, alors que ma personnalité était souvent dénoncée comme unique de chez unique. Elle m'attirait sexuellement et sentimentalement par son intelligence, je suis sapiophile. Mais pas que… Sa voix m'avait subjugué, achevé, ferré ; sensation insensée de ne plus pouvoir lui échapper, de succomber pour de bon sans envisager la moindre notion d'égalité dans nos désirs. Elle était habile à l'écrit, agile à l'oral. Ses fines intonations traduisaient sa perception de l'instant, sa compréhension express, la finesse de son ressenti. Sa voix m'était sexuelle, chaque mot de la dentelle, tout d'elle était phénomène intellectuel.

Et les fantasmes avaient pris corps.

Elle était là. Devant moi.

Son thé noir infusait, elle diffusait du torride.

Jamais connu une femme qui veuille me séduire avec autant d'arguments et, en plus, use de tous les artifices pour me mettre en feu. Alors : de cette séduction intelligente, je ne retenais que l'intelligence. Non. Cette manipulation légère m'excitait. M'embrasait.

Elle aurait pu ressembler à une vache espagnole, un sanglier afghan, une boîte à outils, un singe en hiver ou la Pyramide du Louvre, elle m'aurait fait un effet fantastique.

J'étais conquis, demandeur, condamné.

Mes neurones en feu.

Mon sexe aussi.

Elle dictait des silences, imposait son rythme, dominait les débats. De son effet consciente, sûre de son pouvoir, dominait les ébats.

Trois heures au café, elle décide que l'on s'en va, le métro, même direction même discussion qui se poursuit, mêmes silences pour mieux me regarder, me jauger, me tester, elle descend avant moi, habite tout près, il est 23 heures, je propose et la raccompagne jusqu'à cette porte cochère, ce digicode qu'elle compose avant de m'avoir dit au revoir.

Elle me dit « On s'appelle », je dis « Oui », elle me dit « On ne se fait pas la bise », je dis « Non », elle me dit « Je crois que je couve une sorte de rhume », je dis « Oui... », je passe pour un taré, là ça y est, cette fois c'est gagné.

— Rentre bien, bonne nuit...

— Merci. Bonne nuit... Merci pour ce soir.

Direction métro, je sors ma Navigo, le temps d'attente passe de 1 minute à 0, je l'entends arriver, mon téléphone sonne, c'est Elle :

— Tu es où ? — Au métro.

— Viens ! ! Viens pas longtemps, mais viens ! !

Elle chuchotait avec des points d'exclamation.

— Oui.

J'accélère, arrive devant sa porte, qui s'ouvre : elle est là, juste derrière, dans la pénombre, face aux boîtes aux lettres, veste légère à même la chair, elle déboutonne, libère ses appâts mammaires, ses seins à l'air. Ses tétons pointent déjà quand elle cesse de les caresser : « Vas-y… Tu peux les toucher. Les embrasser aussi. Embrasse-les ! ! » : j'y vais et c'est bon, celui de gauche surtout, la forme d'un cratère, je le suce, l'entoure, l'enserre de mes lèvres, volcan luisant en érection, de la bave coule, brûle, ma langue glisse sur cette peau noire, j'aime cette fille aux idées claires. Et quand son genou, sa cuisse, viennent se frotter le long de mon sexe déployé comme jamais, je désire cette femme bestialement autant qu'en bon sapiophile.

Elle m'avouera plus tard :

— Déjà au café, j'avais très envie que tu me lèches les seins, me les suces. Alors je me suis servie. Et je me suis servie de toi.

— Recommence quand tu veux.

Elle ôte sa veste, se dresse sur la pointe des pieds, reprend son tee-shirt col V sur son sac à main posé sur les boîtes aux lettres, l'enfile, on monte à l'appart'. La porte en bois de l'ascenseur, cage en fer étroite, 6e étage sous les toits de Paris, elle me veut silencieux « Si Samira dort », mais la porte que je referme grince si fort que je m'en sens en grande partie responsable, « Sa chambre est allumée… La mienne est en face », le couloir est étroit lui aussi, le parquet chante mais Samira ne réagit pas, « Elle sait que tu es là », je la suis dans sa chambre, la pénombre, elle tire sur le tissu, sort son sein, le gauche, lentement, lascivement, tire encore, le droit sort à moitié, coton juste sous le téton, elle tire tout doucement, le libère entièrement, à nouveau je la rencontre, la découvre, sa poitrine.

— Suce-les ! susurre-t-elle sûre d'elle.

Je fais Oui avec la tête, je m'agenouille, elle me demande si je préfère toute la lumière, une plus légère ou cette semi-obscurité, je préfère légère, « Oui mais pas moi, on reste comme ça », conclut-elle assurée de son effet. De surprise, mais pas seulement. Elle avait parlé fermement, laissé filtrer un sourire de contentement. Son plan fonctionnait : elle me testait avec ses questions pour du leurre : j'entrais dans son jeu : à 22 heures, au café, « On dîne ? On va ailleurs ? On reste ici ? » « Je ne sais pas. Tu préfères quoi ? » « Non, laisse tomber ! !... » : non seulement je n'avais pas pris l'initiative de lui proposer quoi que ce soit, à des horaires où dîner était plus concevable que reboire du thé ou du lait miel, mais en plus, là, je renvoyais la balle dans son camp : une petite balle molle : testé, je me plantais à chaque fois : maintenant les dernières lueurs de satisfaction étaient bien éteintes et ça sentait la foudre : le silence, trois minutes, je crois : ses yeux zébrés d'éclairs ne quittaient pas les miens, mélange de désillusion, déception amère, réprobation sans circonstances atténuantes : j'acceptais ce silence dont je comprenais qu'il avait un sens : il eût été plus simple de dire Stop ! si elle n'espérait pas encore quelque chose de notre relation. Notre vécu commun avant ? Une centaine de messages, moitié chacun, une dizaine d'heures à écouter nos voix, nos mots, ses silences - elle teste tout et vérifie tellement - qui me faisaient vibrer, m'excitaient, que je percevais comme pure intelligence.

Je suce son téton droit en érection.

Elle m'intime de revenir sur son sein gauche, plus sensible, encore plus érectile, je viens, je la tète, elle halète, je lèche, je titille, je mordille, je ralentis, j'accélère, elle gémit, son souffle se fait plus court, Stop ! « C'est bon. J'ai eu ce que je voulais. » Petit air amusé, elle m'aurait dit « Assez joué ! », ça m'aurait fait le même effet. Je suis son jouet ce soir.

Elle pose sa main sur la partie bombée de mon pantalon en toile, caresse le tissu, c'est inhumain comme c'est bon. Elle retire sa main, ça aussi c'est inhumain. Ma frustration a connu de beaux jours, elle tient là son Everest. Je déconseille. Même si ça va beaucoup m'aider pour la masturbation. Que je déconseille aussi. Quand elle est vouée à l'échec.

— Je peux t'embrasser ?

Signe de tête infime :

— C'est trop intime ?

— Peut-être.

Les yeux velours, elle s'amuse à m'attiser :

— Et tu es frustré de savoir que ça va en rester là ?

Joue contre joue deux bises, je sors, je suis sur son palier riquiqui qui grince, elle chez elle, en dentelle de ses dessous. Sa langue rose glisse entre ses lèvres closes, les caresse, humecte, les humidifie encore, encore, de plus en plus lentement, sa langue m'hypnotise littéralement : je suis son parcours, le contour de sa bouche entrouverte, son doigt sucé ensuite effleure ses lèvres jusqu'à ce qu'elle le glisse dans ma bouche, qu'elle me pénètre de ce regard qui crie victoire, son index droit comme appât, autre délice après les tétons-hameçons.

Je suce.

Je prends l'ascenseur, six étages, le froid me claque le visage, je marche moins vite que d'habitude, je reprends mon souffle, mes esprits, je respire plus fort… mais vite le métro, la foule de la nuit, penser à Elle et tenir debout.

Son sein gauche sous le porche, sa main qui aurait pu, qui aurait dû me soulager, ses lèvres qu'elle m'a refusées.

Son doigt à sucer.

2.

Alain

Quand on a de soi-même une image entièrement négative, image qui s'applique à un ou plusieurs domaines comme, par exemple, la vie sentimentale ou la vie professionnelle, on appelle cela de la 'dévalorisation', et l'on a pu observer qu'elle n'était jamais justifiée, hormis quelques cas isolés qui furent notamment constatés en 1974, puis au tout début des années 80.

Le gros avantage avec 'la dévalorisation', c'est que l'individu qui souhaiterait la pratiquer peut débuter seul, apprendre par lui-même, avant d'envisager une pratique plus familiale, ou même une pratique sur son lieu de travail, où, là, l'individu pourra souvent compter sur son supérieur hiérarchique direct pour le soutenir efficacement dans sa démarche (la dévalorisation pourra alors être une réussite totale, donnant entière satisfaction).

Tous les boulots auxquels j'accédais temporairement étaient de nature purement alimentaire. Toujours d'intérim en intérim, d'une période d'essai à une autre période d'essai, passant systématiquement d'un boulot de merde à un boulot à la con, je fais partie de ces cinquante pour cent de 'surdoués' ou 'précoces' ayant vécu l'échec scolaire, avant d'échouer professionnellement. Nous sommes trop sensibles, trop idéalistes, trop entiers, donc inadaptés aux réalités de la vie en entreprise ; au départ, pas préparés du tout à devenir 'monstrueuses-concessions-compatibles'. Après avoir abandonné mes études le jour du Bac, à 16 ans, j'avais tout de même obtenu, à 30 ans, un équivalent du baccalauréat scientifique, puis la possibilité de suivre pendant un an une formation en alternance de 'commercial', un diplôme de niveau Bac + 2 à la clé - via l'Agence pour la Formation Professionnelle des Adultes, l'AFPA -, et cela me permettait de répondre à un certain nombre d'offres d'emploi, comme conseiller financier au sein d'une banque. Pour mon stage d'un mois (seule alternance), j'avais eu le choix entre le guichet d'une agence *LOL* et démarcher des sociétés pour placer des fontaines à eau. J'avais choisi la banque *LOL* contre l'avis de mon unique prof ; la composante commerciale lui semblait trop légère, pas trop dans l'esprit.

Ces jours-ci, j'étais en formation non rémunérée dans la défiscalisation via l'achat de biens immobiliers destinés à la location. Ça sent le défi, accepter les concessions avec l'éthique sans se perdre de vue, mais ça laisse miroiter des commissions à faire trembler des puretés virginales. Il est grand temps d'évoluer, de s'adapter ?

Et ma vie sentimentale et sexuelle ? Désertique depuis dix ans. Souffle zéro, pas même une légère bise, une petite brise. Rien.

Quand on renonce au sexe, quand on renonce à la séduction, on est déjà un peu moins complexé, parce que les nombreuses tares physiques ont alors un peu moins d'importance. Parfois, même, certains sujets mâles adultes rient de leurs tares ; on les appelle alors généralement des tarés.

* * *

Olivier était un ami d'enfance, et quand il est mort l'année de mes seize ans, peu après la reprise des cours, début septembre, cela faisait dix ans que j'étais dans la même classe que lui, dix ans que je connaissais ses parents et son frère, Frédéric, dix ans d'une amitié plus ou moins entretenue, mais toujours aussi sincère, forte, naturelle, évidente, précieuse.

Un choc ; pour moi, ce fut un choc.

Il était mort à l'arrière d'une voiture, au petit matin sur une route de campagne, pour la simple raison qu'il avait voulu aider à ranger et nettoyer une salle après une nuit festive où l'on avait dû danser, flirter, s'embrasser pour la première fois. Rire et boire. C'est pour cette simple raison qu'il est parti plus tard, qu'il est parti trop tôt.

Une voiture. Un arbre.

Une voiture contre un arbre.

Le choc.

Des trois occupants, seul le conducteur a survécu.

La brutalité de la chose et la façon dont se comportèrent parfois les autres, leur indifférence, apparente ou réelle, m'amenèrent à me poser certaines questions douloureuses, auxquelles j'allais apporter de très mauvaises réponses pendant les quatorze années qui suivirent.

La première question était : à quoi bon se donner du mal, à quoi bon faire des efforts, étudier, travailler, alors que tout peut se terminer demain ? ? ? (Oui, demain : aujourd'hui, je ne suis pas libre.) L'autre question majeure était : comment comprendre, admettre, accepter autant d'indifférence quelques jours après sa mort brutale ? ? ? On avait tous appris sa mort le lundi et certains se sont battus, le mardi, pour récupérer sa place attitrée en cours de maths au deuxième rang, une place en or, visiblement. Ne pensant pas du tout à Olivier Ziora, un autre voulut faire rire la classe avec « Un accident est si vite arrivé ! ». Et tu peaufines ton petit air satisfait.

Ces attitudes-là me confortèrent dans l'idée que se battre pouvait ne servir à rien, et donc dans l'idée que se battre ne servait à rien : à quoi bon si, non seulement on peut mourir dans dix minutes (c'est bon, j'ai pu me libérer), mais, en plus, si tout le monde vous oublie en un rien de temps ?

Je ne fis, donc, plus autant d'efforts.

Je ne fis, même, plus d'efforts du tout.

Mon père, non plus, ne fit plus d'efforts du tout : il n'avait pas envie de me parler, et il ne me parla plus, il n'avait pas envie de me regarder, et il ne me regarda plus ; mangeant face à face, table de quatre, c'est si fort, si beau, de ne *jamais* échouer ; cela dura quand même deux ans.

Mieux : au milieu, il y eut un intermède : un an de vide absurde / retour brusque à quelques regards, mots, échangés / et, sans s'annoncer, le vide absolu, brutalement de retour, qui anéantit.

Maman supposait sa dépression, « Tu sais, il me parle très peu », qui étendit son pouvoir de démolition sur toute la maison.

Cela me fit une autre bonne raison pour ne plus travailler ; ou disons que cela ne m'aida pas. À partir du moment où je n'intéressais pas mon père, avais-je la moindre chance d'intéresser une autre personne ? ? ? La réponse était non ; bien sûr que c'était non ; et c'était dur.

Les conséquences furent ce qu'elles furent, et Maman sauva ce qu'elle put : ma vie. Rien de plus. Le complexe d'infériorité, terrible, reste encore en moi et le restera toujours.

J'aime mon père.

Mon père est un type bien.

La dépression fait faire des choses étranges, parfois ; même aux types bien.

Certains auraient su s'adapter, se construire sur ces sables mouvants.

Très longtemps je me suis dit : Tu vas à la salle de sport à n'importe quel moment, il y a au moins vingt types qui en savent plus sur moi que lui. Et j'en sais plus sur vingt... On s'aime, mais quel inconnu ! !

Mais il a tellement changé en bien depuis qu'il n'est plus en guerre avec son passé, ses erreurs, les injustices professionnelles, ces promotions qui se dérobent au dernier moment comme les caresses maternelles autrefois. Je le vois à Noël et en août - anniversaires groupés -, mais je l'appelle au moins une fois par semaine. À 80 ans, il ne cesse de s'améliorer. Et ça va faire deux ans.

Les seules erreurs qu'il ne se pardonne toujours pas, ce sont celles avec moi et de ne pas avoir suffisamment dit à Maman combien il l'aimait, avec cette croyance idiote qu'une évidence n'avait pas besoin de mots. Et elle est partie sans qu'il l'ait vu venir.

(Ni revenir. Mauvais jeu de mots, de maux aussi.)

C'était peu après ma majorité, mon départ, peu après ça : « C'est une merde. Non. Une sous-merde. Je ne veux pas en parler » avait-il explosé, hurlé au téléphone à sa sœur Simone, qu'il affectionne fort, mais qui s'était aventurée à demander de mes nouvelles, sans s'imaginer.

Tant de choses se sont jouées si tôt dans son regard.

Il ignore à quel point, moi aussi, restera la part du flou.

Ma sœur, en internat même le week-end pour sa Prépa HEC, puis en école de commerce loin de nous, à ces moments-là, m'a appris récemment que Maman l'avait chargée d'aller voir Papa, elle 14 ans, moi 13, parce qu'il n'arrivait plus à me parler depuis trop longtemps. Déjà. Mais je n'avais pas conscientisé cette difficulté comme m'étant réservée, je me disais seulement que la vie d'adulte était dure, pour parler si peu et avoir le visage fermé comme ça. Maman, c'était différent, elle était prof en collège, elle était dans le même monde que nous, même si, elle, ça lui donnait la migraine.

Il a changé *et* il n'y a pas toujours vingt 'types' à la petite salle de sport.

Si je n'avais pas été aussi intimement convaincu de l'impossibilité de séduire, si ça s'était moins vu, cette soirée m'aurait-elle été proposée ? Je serais resté pour aider moi aussi ? Olivier serait toujours là ? Et moi pas ?

J'ai évité ça. Mais j'ai évité tant de vie. Et, comme toi, tant de vies.

Mais pas la vie de constipé. Les antidépresseurs depuis l'âge de 16 ans avaient fait de moi un constipé chronique pour qui les bonnes périodes étaient rares. La vie de péteur, pas évitée du tout. Et pas le péteur cool, relax, mais le péteur honteux. Le péteur en solitaire qui se retient jusqu'au balcon, vérifie ou prie pour que le voisin ne soit pas juste à-côté, qui tourne le dos à la rue, le nez collé à la vitre, parce que premier étage. Pourtant : pratique sportive deux fois par semaine, fibres et laxatifs. Là, je tente… le *Lactulose*, dont la notice ne m'a pas déçu : « Dans tous les cas, la dose idéale est celle qui conduit à deux selles molles par jour. » Ça laisse rêveur. Deux selles molles… Deux.

À part ça ? Un chat sympa *et* Bruno et Nathalie, deux sérieux spécimens d'humanité qui participent à mon bonheur depuis bientôt deux ans. Je les ai connus allant une fois par semaine à l'avant-première d'un film, 5e rang de préférence, où je les retrouvais avec toujours plus de joie, plaisir partagé qui nous fit échanger nos numéros de téléphone en 4e semaine.

La seule fois où '*il* m'a fessé au fer rouge', de plus en plus fort, à faire brûler sa main, siffler son poignet, changer de main, je répétais « Même pas mal ! ! » en écho à chaque choc parce qu'aucun cheveu n'avait été tiré sur la tête de ma sœur, *cette seule fois*, je me suis dit, après coup, qu'il y avait enfin eu un contact, que c'était mieux, préférable au vide, à l'indifférence ; et que j'en reprendrais bien *une* de temps à autre. Seul flou lié au gros retard de croissance (j'ai eu la même petite taille, ou presque, plusieurs années), l'âge, peut-être onze ans, mais le reste de mon souvenir en est si précis que j'en viendrais presque à vérifier aujourd'hui la rougeur de mes fesses. Ou celle de sa main enfin paternelle. Duo, duel ? Pour quel impact réel ?

Je sens encore son regard au moment d'armer le bras, vide de toute compréhension, de tout questionnement, toute capacité à faire machine arrière, m'effleurer après la pluie de chocs.

La nuit et le jour…

Quand je pense à ses 80 ans, vient la grâce de ces quelques mots à une caissière, après avoir oublié sa carte bancaire, après lui avoir présenté son permis de conduire pour la récupérer, après la force d'un « Mais vous étiez beau, jeune ! ! » difficilement contenue : « Mais vous, vous êtes toujours belle », il a dit avec son sourire de gosse content de lui et sa douceur d'aujourd'hui.

Un sourire disponible chaque fois qu'il le raconte.

J'exagère à peine, je vous fais le « chaque fois » à quatre et demie. Et encore, s'il a la bouche trop pleine, on n'entend pas tout, on se contente de voire les projections et le sourire poulet-frites ; c'est très très injuste, mais au bénéfice du doute, ce n'est jamais comptabilisé ; sauf une fois assimilée à 'une demi-fois', le doute était trop léger, le sourire trop chargé en volaille-féculents (supplément merguez encore en vie au fond à gauche).

Moins souriant fut notre dernier échange : maintenant c'est sûr, mon humour n'avance pas en terrain conquis :

— Je plaisantais.

— Ça ne m'intéresse pas.

Mais « On ne peut pas plaire à tout le monde » n'a pas été ajouté, ni « Mais l'on peut ne plaire à personne » pensé à haute voix. On ne passe pas de broyer du noir au moral blanc éclatant.

3.

Bruno

« Nouille ! ! Nouille ! ! ! »

Mais qu'ai-je fait pour mériter ça ? J'ai ouvert la porte de chez moi, de chez nouill… de chez nous, c'est tout.

« Vermicelle ! ! ! … Yaaah ! ! Gagné ! »

Ah ? 'Questions pour un Champion'… Elle l'emporterait haut la main si elle ne se contentait pas de jouer devant sa télé. Nathalie trouve toujours tout ! En plus de ses connaissances, son côté prof sage 'vs' candidate-furie ferait de sa sélection une simple formalité. Mais cette perspective restera toujours aux abords de la science-fiction, Nathalie est trop timide, beaucoup trop discrète.

— Hello Nath !

— Bruno ! Ça va ?

— J'ai cru que « Nouille ! ! Nouille ! ! ! » m'était adressé par mon intello de service.

— Qui t'a dit que j'étais en service ?

— Donc, enfin, tu admets être intello.

— J'accepte que tu t'amuses avec cette idée-là, je te laisse faire joujou.

— Oh, si tu crois que ça m'amuse !

— Bien sûr.

« *Je suis une cellule excitable constituant l'unité fonctionnelle de base du système nerveux, Je suis…* »

— Un neurone ! !

— J'en ai perdu un aujourd'hui.

— Chut !

— Il m'en reste deux.

— Aaah, tu me déconcentres ! Veux-tu te taire ! ?

— Oui. Je me tais.

— Non, va-t'en ! Je crois que je préfère.

— Ok, ça fait du bien de rentrer chez soi.

— Grrrrr… ! ! Toi et ton neurone !

— Non, j'en ai deux. Encore deux.

— Ils sont aux 35 heures ? Ils ont pris leurs R.T.T. en commun ?

Je préfère ne pas lui répondre, qu'elle ne sente pas poindre mon rire.

« *Je suis caractérisé par un retard mental et des troubles physiques* »

— Le crétinisme ! !

« *Je suis beaucoup moins répandu qu'on ne le croit…*

— Le crétinisme !

— Le crétinisme ! Bien joué, Josiane ! »

Initialement, j'avais pour idée de m'asseoir sur le canapé. Je n'avais même développé aucune crainte, aucun doute, à ce sujet. Quelle naïveté !

« *Personne d'humeur chagrine, qui trouble la joie des autres, Je suis…* »

— Je suis Nathalie !

— Un rabat-joie ! ! ! Grrrrr… ! !

— C'est une émission thématique ?

— Pas du tout. Dont le thème serait ? ?

— 'Les mots *un peu* désagréables'.

— Tu as envie de parler, c'est ça ?

— Je suis content de te retrouver, c'est tout.

— C'est si gentil… Mais pas réciproque ! !
— Je t'aime.
— Mouè…
— Toi, tu dis « Mouè » ? ?
— Toi, tu te tais ! ! !

— Un jour viendra, tu m'aimeras à nouveau.
— Oui. Dans quatre minutes. Environ.

* * *

À seize ans et un trimestre, quand Marie-Emmanuelle Catimel m'a quitté pour Jérôme Dinocheau, qui était plus petit qu'elle, plus moche que moi et largement plus con que la moyenne, mais avait confiance en lui, lui, j'ai très vite additionné 2 et 2 et su ce que je voulais faire de ma vie.

Je voulais devenir un Dinocheau.

En plus beau et en moins con.

Alors ? Une telle ambition au service de quel résultat ? Je suis aujourd'hui un Dinocheau de compétition.

En moins con.

J'ai eu de ses nouvelles par Virginie, une ancienne du lycée ayant repris contact avec Nathalie : il a continué à faire fructifier sa confiance en lui : ingénieur commercial grands comptes, il gagne bien sa vie et, surtout, il vit avec Virginie depuis dix ans.

Et ça m'a fait rudement plaisir.

Que mon Dinocheau soit resté un vrai Dinocheau.

Je m'appelle Bruno Boss, j'ai 36 ans. Mais 'je fais un peu plus' ; même ma mère pense que j'ai dépassé la quarantaine.

C'est comme ça, pas de quoi fouetter un chat. Je ne me prends pas au sérieux, j'ai passé l'âge, je laisse les autres s'en charger. Les élèves, surtout, si possible. Je suis l'heureux possesseur (non, le compagnon (non, l'esclave)) d'une chatte (d'un tyran domestique (d'un estomac ambitieux)), Minette, et d'un lapin cool, Rémi. Et, quand l'occasion se présente, j'aime caresser un labrador de 33 kilos (le labrador de 33 kilos est une race de chien, s'alimenter est sa préoccupation principale, obtenir des caresses vient en 2, se gratter l'oreille en 3, manger le canapé en 5, dormir sur ton lit en 6, dans ton lit en 7, détruire le reste du mobilier en 9 ou 10) ; mais vous saviez tout cela, et croiser l'animal ne se produit qu'une fois par mois. Bientôt un an que je suis le colocataire de Nathalie, à Levallois-Perret, Hauts-de-Seine, 92.

Bien sûr, je résiste à la balkanysation des esprits.

(Soit tu comprends tout de suite, soit je t'explique (Non, quand même je t'explique : peux-tu faire l'effort d'imaginer un seul instant le rapport sournois qu'il pourrait y avoir entre Patrick Balkany, et sa délicieuse épouse, maire de Levallois-Perret depuis 1928 et délicieuse épouse depuis toujours, d'une part, et, d'autre part, l'humour des Balkans, peux-tu ? (L'humour des Balkans : alors, tu vois, c'est l'humour typiquement yougoslave, l'humour bulgare ou exagérément albanais, mais aussi l'humour grec, et parfois le comique turc - uniquement si la plaisanterie a été proférée sur le continent européen ; dans le cas contraire, bien entendu, il s'agira d'un humour typiquement asiatique (Mais assez ri !)))).)

J'enseigne l'humour et l'économie à des élèves de terminale. Je suis meilleur en économie, mais l'humour passe mieux, ça semble immuable. Je confirme que « sans les vacances, il n'y aurait pas de profs », mais quand je parviens à leur donner l'envie d'aller chercher l'information, d'apprendre en toute occasion, je me dis que je sers à quelque chose. Les problèmes de discipline, je les jugule mieux qu'à mes débuts, il y a douze ans, mais certaines heures c'est l'affaire de chaque instant. Une autorité, ça s'impose la première heure, ça se perd en trente secondes.

J'enseigne dans une banlieue favorisée, à des élèves qui ont le Bac en ligne de mire, même si ça ne se sent pas toujours bien, cet objectif.

La préparation des cours, les corrections, les responsabilités qui nous incombent et la tentation du perfectionnisme dure à réprimer, mais aussi les mails et sms reçus après 21 heures, beaucoup le dimanche soir ou pendant les vacances, pour préparer réunions et conseils de classe, sans compter les rencontres avec les parents - 'sauvages' ou organisées en grand barnum -, le recours à des trésors de pédagogie avec ceux qui confondent progéniture et prototype merveilleux de l'évolution humaine, je vous rajoute les inspections par des tarés (évaluations de ton travail par d'anciens collègues incapables d'enseigner face à une meute, ayant un impact direct sur ton échelon, donc sur ta rémunération ; il se dit qu'on les sort de l'hôpital Sainte-Anne juste le temps de sévir et débiter deux-trois conneries 'pour t'aider à progresser'), pour 1600 € nets à mes débuts, 2500 aujourd'hui, en janvier 2018. J'assure quinze heures de cours parce que je suis agrégé. Nathalie non, pas encore, elle est certifiée, le grade en-dessous : pour dix-huit heures face aux élèves, et douze ans d'ancienneté dans le métier aussi, elle gagne 2000 €, après des débuts à 1400. Les élèves et l'Éducation Nationale n'ont pas eu raison de sa belle vocation malgré beaucoup d'efforts certaines années, emplois du temps éclatés ou plus resserrés, cuvées lycéennes plus ou moins éprouvantes, plus ou moins gratifiantes.

Les élèves, anciens élèves, parents d'élèves, que l'on croise de plus en plus souvent avec le temps, c'est un autre aspect de notre profession, qui n'est pas neutre quand on reste au même endroit. Se souvenir des noms, reconnaître ces visages qui ont changé, ne pas froisser les susceptibilités et être encore un peu en représentation avec cette caissière qui scanne vos litières avec de ces airs…

— Ah ? ? Vous avez un chat ! Et un rat ? ? ?

— Un rat très très vilain, si ça peut vous amuser, mademoiselle Lecanu !

— Ah ? ? Vous prenez ça ? ? Mon mari a un super déodorant, lui !

— Justement, je me demandais, j'étais un peu inquiet.

— Et je vous conseille de ne pas acheter votre stick lèvres chez nous, murmure-t-elle.

— Pourquoi ? Mes lèvres sont gercées ? Ne regardez pas ! ! Ne répondez pas, Lecanu ! Je retire cette question. Et toutes mes questions futures.

Bon, quand c'est Lecanu, ça va ! Elle est cool, je peux même faire passer de l'alcool ou du papier toilette en contrepartie d'un paiement et de son sourire étincelant - dans le regard - qui vaut tous les commentaires et les annule en même temps. Pour le fil dentaire ou les préservatifs, je vais attendre encore qu'elle grandisse, je choisis une autre caisse, à bonne distance, et si je me fais choper, elle ose ce signe de remontrance avec le doigt - pour lui avoir échappé cette fois - que faisaient les institutrices…

Nouvelle donne : la phobie terroriste. Ce qui se dit depuis trois ans : « On sait qu'une école sera touchée, on est dans le viseur. »

En banlieue, l'inquiétude est moins grande, on imagine les écoles parisiennes en cibles privilégiées. Mais il y a eu des démissions imputables à ce climat anxiogène. Des tensions nouvelles entre les élèves ont pu surgir ; de la solidarité, des rapprochements, également : à cet égard, l'après-*Charlie Hebdo* avait été exemplaire. J'y ai cru. Mais ça n'a pas duré.

Je connais Nathalie depuis mes 14 ans, la dernière année de collège : on a fréquenté les mêmes classes, les mêmes amis, le Lycée Pierre d'Ailly ; quatre années en Picardie, à Compiègne, avant de se retrouver sur Paris sept ans plus tard à enseigner dans le même lycée. Un jour, sa coloc' a déménagé : Nath s'est retrouvée avec un appartement trop grand, un loyer trop lourd, et elle m'a proposé de tout partager. Un appel, une nuit à discuter, s'enthousiasmer, hésiter, faire machine arrière, avant de se retrouver au petit matin à boire des cafés avant le lycée. C'est ainsi que j'ai débarqué avec mes coloc's à moi, Rémi main gauche, Minette main droite, dans son trois-pièces avec balcon, deux petites chambres, un beau salon. Nathalie avait hérité du lot sans broncher, Minette fut la plus rétive au changement, mais ces trois-là s'adaptèrent, s'adoptèrent, en dix jours, pas plus. Entre Nath et moi, ce fut comme une évidence. Ce qui nous a aidés, c'est la chasteté ancestrale de notre relation érigée comme bouclier à toute tentation. Alors, les slips, boxers, caleçons, culottes-soutiens-gorge ont très vite eu droit de cité, sans nous perturber.

(Aucun flirt connu avec Dinocheau non plus. Elle disait : « Il est super superficiel. Aucun intérêt. » Mais je n'ai jamais cru à cette version.)

Nathalie, c'est ma famille choisie.

C'est plus fort, je crois, plus cool, c'est sûr.

Y a les bêtes, aussi.

Qui nous tiennent chaud.

Comme je la regardais, Minette ronronna, se frotta contre mes tibias, mes mollets, réclama des caresses en échange de nouveaux ronrons, réclama ses croquettes (ou n'importe quel truc à becqueter, ce qui inclut la partie mousse de l'éponge pour la vaisselle, quand même, et une paire de boules *Quies*, dans une texture de mousse plus sympa encore (on l'a vue alors qu'elle terminait)) en échange d'une paix royale aux allures de courte trêve. Le Rémi avait rappliqué dare-dare, en quelques bonds, il était donc venu, le temps des grosses concessions, des grands compromis et des oreilles en pointe. J'aurais préféré le savoir avant, qu'un chat doit être nourri-gavé tous les quarts d'heure, j'étais si naïf. Quant au lapin simple spectateur qui se contente de ronger son frein devant le banquet du matou, il existe de source sûre, on l'a repéré ces nuits où la Lune est une station de métro et la ligne 13 une partie de plaisir, pas la reine du suspense à Paris.

4.

Nathalie

Bruno est mon colocataire et meilleur ami. Jamais je n'ai été aussi proche d'un garçon, aussi à l'aise à chaque seconde. Mes relations sentimentales ne m'avaient pas apporté une telle complicité, ce sentiment de familiarité, cet apaisement profond d'une simple présence, une attention, un retour à la maison. Tous ses gestes, ses regards, chaque parole, chaque silence, n'étaient que douceur en moi.

J'ai été amoureuse quatre fois, sans jamais déclarer mes sentiments, ni laisser entrevoir, croyais-je. Deux fois, ils avaient entrevu, étaient venus. Ma première histoire aura connu trois anniversaires, deux ans de vie commune, un projet de chat, un projet d'enfant, un amour qui s'abîme, s'étiole des deux côtés.

La relation suivante aura vécu six mois, intense et déstabilisante, fertile en émotions fortes, troublantes, avant de devenir blessantes quand il a aimé « plus fort » ailleurs.

Je ne réunis pas tous les critères pour prétendre à une vie sentimentale décente. Trop sentimentale, pas assez tordue. Cependant, après le départ de ma colocataire, avant l'arrivée de Bruno, j'ai testé deux jours : j'ai fait ma princesse, ma capricieuse, j'ai exigé, attisé son désir, pour me prouver que je pouvais être une jolie peste, et ça s'est achevé par une grande crise de larmes ; les miennes ; alors que je le regardais faire mon repassage, en caleçon et sourire permanent, depuis deux minutes. « Tu aurais pu tenir plus ! ! ! Là, c'est trop gâcher ! ! Tu n'as pas le droit ! ! ! », avait clamé MC, ma seule confidente à propos d'Yvon, folle parenthèse.

J'ai voulu trop bien faire. Quand ça n'est pas naturel, guette le zèle. Je plaisante, c'était une expérience contre-nature inspirée de l'air du temps. « Maintenant, les hommes recherchent "de la chieuse" et toutes les filles prétendent l'être sur les sites de rencontres », m'avaient confié, amusées, des collègues qui jouaient le jeu et y prenaient goût : « Ils sont plus sages que nos élèves. C'est tellement reposant ! Et ils apprennent si vite… Pas la peine de répéter. » « Sans oublier les initiatives pour te satisfaire… ! ! »

Je lui ai présenté toutes mes excuses, acceptées avant tout pour ne pas me contrarier. Par hasard, nous nous sommes revus deux mois plus tard : il m'a proposé un café dans un bistrot, je lui ai parlé de mon sentiment profond de culpabilité, de ma honte, mais pas de ma petite fierté aussi, il avait souffert, je l'ai invité à déjeuner, pour prendre le temps que nous avions ce jour-là, puis nous nous sommes promis de ne pas nous revoir.

Si Bruno me savait (avoir été) capable de *ça*, j'ignore de quelle hauteur il tomberait, mais ça ferait du bruit, du petit-bois. Avec ses os. Je ne l'ai pas même raconté à mes collègues pratiquantes ! Je n'ai pas osé. Elles ne m'en croyaient pas capable, moi 'la coincée', je n'allais pas les décevoir.

Je ne réunis pas tous les critères pour être prioritaire dans ma demande d'accession à un logement social (mes seuls chenapans frétillent de la moustache ; en plus, ne sont même pas tout à fait les miens) et je n'ai pas envie de me retrouver dans un grand cagibi avec un loyer d'appartement.

Cette année je tente l'agrégation en concours interne de la fonction publique, via le CNED, Centre National des Études à Distance : 1860 candidats pour 130 reçus, un peu plus d'un sur quinze. Si un jour Bruno veut partir et moi rester vivre seule, un salaire d'agrégée ne sera pas du luxe.

Depuis la colocation, Bruno a revu deux de ses ex, Amanda et Natacha. Il passait ses nuits chez elles, mais ça n'a pas duré : cinq nuits chez l'une, six pour Amanda. « Trois nuits par semaine serait cool », me disait-il. J'ignore si sa référence en la matière était aussi pauvre que je le supposais - le groupe Indochine, sa chanson -, lui prétendait que non avec un sourire qui disait oui. Ses ex devenues ex^2, l'expérience attendra.

Lui déçu, elles déchues, vite, toujours. Mais des liens restent, il leur écrit.

« Je cherche autre chose », disait-il, ne sachant que faire de son sentiment de culpabilité, se promettant de faire attention.

— Je cherche le compromis entre un alter ego et… Je cherche un… … — Un mot recherché ? ?

— Oui ! ! Par définition !… Une chaleur, une émotion permanente, une complice avec la bonne dose d'altérité. Et une hardeuse sentimentale.

— Bon, ça va… ! ! Ça se trouve… Sans chercher bien loin… Pas 'le yéti'.

Encore une chose, mais lamentable : au lieu d'étudier, il m'arrive encore de pondre des textes style 'Je suis libre pour le livre de notre histoire, ivre de notre préface.'

Mais plus poétiquement corrects.

Premiers écrits à 14 ans, classe de 3e.

… … Mais pourquoi suis-je si nerveuse ?

5.

Marie-Catherine

« Salut, Coquine ! ! Câlins, croquettes ? Oh oui ! ! Oui, c'est bon… ! ! »

Pierre-Olivier m'avait laissé cinq messages sur le répondeur de l'appartement : il disait éviter les appels sur le portable pour ne pas déranger et pour que je puisse « les écouter le soir pendant ces heures si douces qui furent pendant huit ans les nôtres ».

Pourquoi cinq ? Un, il m'aime, il m'a toujours aimée, il m'aimera toujours, Deux, il sait qu'il m'a fait du mal avec-cette-autre-femme-qui-n'a-jamais-compté-vraiment-et-qui-ne-compte-vraiment-plus-du-tout, Trois, il espère que je l'aime encore un peu, il espère que, plus tard, je l'aimerai à nouveau comme avant, Quatre, Qu'a donc bien pu faire ma Coquine aujourd'hui ?, Cinq, Fais venir un escr…un plombier jamais tenté, je t'ai viré 250 € pour, en principe, couvrir largement l'escroquerie.

C'était toujours cinq avec Pierre-Olivier. Sept jours sur sept. Je le soupçonnais de glisser des questions auxquelles j'étais censée répondre pour vérifier que j'écoutais tout (« Comment le véto a-t-il trouvé Coquine ? » « Figure-toi !, en m'aidant à ouvrir sa cage : elle était là ! Non, je plaisante, mais tout va bien ! Son cœur, son poids, parfaits. Et elle est restée calme pendant la vaccination ») ; c'est surtout qu'il demandait des nouvelles de Coquine tous les jours alors que son actualité est plutôt creuse pour une narration quotidienne ; idem au sujet du robinet de la cuisine qui goutte s'il n'est pas fermé pile comme il faut, mais qui l'est toujours, serré pile comme il faut.

Je le sentais si sincère, ce n'était pas *le simple* sentiment de solitude, mais une tristesse ancrée dont j'étais à ce jour le seul remède répertorié.

Hélas, je ne parvenais pas à prendre mes distances avec les faits pour les relativiser, les pousser peu à peu sur le côté, dédramatiser 'Pierre-Olivier avec Solange', 'Pierre-Olivier sur Solange', 'Pierre-Olivier en Solange'.

* * *

— Pierre-Olivier ? ? ! ! Tu es entré… Ah ! ! Pas de messages aujourd'hui ! C'est bien. Et tu as pu prendre au moins une patiente en plus !

— Elle miaulait fort, j'ai nourri Coquine. Moi aussi, ça me fait plaisir de te voir, Marie-Catherine.

— Pas trop, j'espère… Je parle de Coquine aussi.

— Ne t'inquiète pas pour les croquettes.

— Il est tard, tu attends depuis longtemps ?

— … 22 h 20 : depuis six mois et dix minutes.

— Tu as appelé l'hôpital juste après mon départ ?

— Oui, timing parfait, toi qui aimes les surprises…

— Ça c'est une invention à laquelle tu t'accroches. J'imagine que tu n'as pas dîné ?

— De toute façon, je ne reste pas longtemps.

— On est bien d'accord ! Dans trente minutes, je te mets dehors.

— Drôle d'invitation à dîner… Mais je sais que tu te lèves tôt, moi aussi d'ailleurs, et tu n'auras pas à te donner la peine de pousser, ni sortir la balayette, cette fois. Je serai docile à souhait.

— « Docile » ? ? ? Pas de balayette ? ? C'est la soirée des surprises ! Mais continue à faire assaut de modestie, venant de toi c'est piquant !… Tu étoffes ton registre ?

— J'élargis, je m'ouvre à d'autres expériences.

— Ah ça ! On connaît cet appétit pour de nouvelles expériences…

— Oui… Mais tu as bien écouté mes messages ?

— Très bien. Tous. Et j'ai bien bien noté le tragicomique de répétition.

— Le tragique de répétition devient-il comique ? *Et* trente minutes ? ?

— Non. Je ne chasserai pas 'le Pierre-Olivier' à coups de balayette avant qu'il ait dîné et ramassé ses petites affaires, si ça peut le rassurer.

— Bien sûr que ça le rassure. Il préfère.

— Pas trop quand même. Je préfère. Et : pas un mot sur le plombier avec une panoplie d'escroc, à moins que ce ne soit l'inverse : dis-toi juste qu'il est en route, mais ne le sait pas encore avec précision. Ferme ta bouche. Non mais ! ! Sage…

— Dis-moi qui est ton fournisseur en convivialité, je te dirai qui éviter.

— Oh, j'ai déjà ma petite idée. Pour *qui* éviter.

— Tu sais… — Je sais. — Elle sait.

— Nous savons. — Vous savez ? — Ils savent.

— On révise tout de suite un autre verbe important ?

— Oui : partir ou s'en aller : on a vraiment le choix.

— L'idée, c'est que je balance « Je pars » et tu balances « Il part » ?

— L'idée et l'idéal.

— Bon, ben… là, je m'en vais, je pars.

— Tu conjugues ou tu fais mon bonheur ? ?

— Tu le sens comment, toi ?

— Soyons prudents, tentons le futur : il partira.

Tentons l'optimisme : il partira bientôt.

Et l'excès d'optimisme : il s'en ira très vite.

Et trébuchera dans l'escalier.

— M'aplatirai mollement. Pour ne pas déranger.

— Pourquoi ces vilaines touches de *douceur* et *bon voisinage* ?

— C'est vrai, qu'est-ce qu'on va aller s'emmerder avec *ça* !, ces valeurs dépassées.

— Moyenâgeuses.

— Tu avais une dispense pour l'Histoire ?

— Oui. Élève trop émotive. — Et tu as fait médecine ?

— J'ai beaucoup changé après 'Les Bronzés font du ski' un soir de rediffusion.

— Le coup classique. Ça te blinde. Et pas qu'un peu. Si tu ne me l'avais pas dit, j'aurais fini par deviner. Rien de tel pour remplir les amphis de futurs plâtriers tibia-péroné option Courchevel.

23 h 28

— Je vais chercher de l'eau, tu as besoin de quelque chose ?

— Une orange, s'il te plaît, y en a une qu'il faut manger de toute urgence.

— Vitamine C à cette heure-ci, ça n'est pas très indiqué.

— Tu connais la différence entre cette orange et ton avis ?

— J'ai l'embarras du choix, mais… je crois que… tu as demandé cette orange.

— Il a compris… Et il est 23 h 29. Je veux bien la balayette, aussi.

— Avec ou sans la petite pelle ?

— À dose homéopathique, tu es agréable.

— Ok, juste la partie balayette. À la différence de ma cible préférée, je suis flexible.

— Tu n'es pas flexible, tu es tordu, je comprends que la nuance t'échappe, mais elle existe. Et c'est flatteur, mon leadership, j'imagine que je m'extirpe d'un peloton géant.

— N'est-ce pas ?… Coquine l'a bien pris, elle aussi. J'ai testé ma réplique sur elle.

— C'est pour ça qu'elle s'est immédiatement réfugiée dans le sommeil ? Ou le coma ? éthylique ? ? ?

— En t'attendant, j'ai fait ta vaisselle.

— Et c'est grave, ça ? — Non. — 3' ? — Oui.

— Bonne nouvelle : tu n'auras pas de séquelles.

J'ai aimé Pierre-Olivier. Je l'ai même épousé, ça va faire huit ans. Il est d'une intelligence pure à vous rendre dingue quand vous aimez ça, mais il sait faire de l'intelligence comportementale une denrée rare si vous lui refusez le pardon maintenant que vous savez que ses hormones anesthésient ses neurones sur de longues périodes. Il a cette part d'animalité qui a catalysé l'affirmation de la mienne sur le terrain du sexe - on pratiquait beaucoup, c'était fort, c'était très bon. Parfois on se frustrait pour mieux jouir après - on pouvait s'imposer cette retenue d'un commun accord *ou* l'imposer à l'autre en solo pour prendre les commandes, le dominer, le faire obéir avant de lui offrir ce qu'il désire. Amants délicieux autant que vénéneux. Surtout lui vénéneux.

Surtout lui délicieux.

Pierre-Olivier prospère dans ses affaires : à *40 ans, donc*, il a déjà une réputation d'éminent gynécologue qui s'étend à l'ensemble de la Communauté Européenne plus une bonne partie de l'Afrique du Nord, ce qui lui vaut régulièrement des participations fort lucratives à des conférences, ainsi que les droits d'auteur sur les livres qu'il a écrits ou auxquels il a participé ; vous ajoutez à cela, en guise de feu-d'artifice-bouquet-final-gâteau-sous-la-cerise, ses deux appartements en plein Paris, estimés chacun autour d'un million d'euros, partiellement hérités mais aussi donnés par sa famille, et vous comprenez mieux son assurance qui confine au complexe de supériorité.

Ses hormones 'vs' derniers neurones : la belle n'était pas un modèle de discrétion : l'info a fini par remonter jusqu'à moi, j'ai parlé avec lui, je me suis remise en question cent fois, j'ai changé d'avis dix fois, choisi le divorce.

Séparés depuis six mois, il me laisse habiter encore un peu chez nous, chez lui. Plus fort que tout : j'ai gardé Coquine, notre chatte, bien que ce fût une acquisition commune et qu'il l'aime. Élégant, bienveillant, mais avec une idée précise en tête, celle d'une reconquête. Dommage que je n'en aie pas l'envie.

Nous avions des points communs pour nous comprendre, des différences pour nous surprendre, et il avait, cette fois, joué la partition parfaite, mais ce soir confirmation.

Et balayette sans pelle ! !

Mais je n'ai pas eu à pousser. Cette fois.

6.

Elle annonçait quarante ans, un mètre cinquante, Paris 12e. Ses photos dénudaient ses jambes, ses pieds, ses fesses, montraient un corps bien en chair, des livres sur une étagère, un visage doux, rassurant, bcbg. Manuella respirait l'intelligence, inspirait le désir.

C'est un reportage télé qui m'avait donné l'idée de lancer une recherche 'femme occasionnelle' sur le Net. En quinze minutes, son texte était le premier à ne comporter aucune faute d'orthographe ou erreur de vocabulaire, tout en dépassant dix mots.

Sa principale concurrente était Woodie :

« Bonjour, Je m'appelle Woodie, je suis à la recherche d'un partenaire de jeux pour court terme, voire plus si infinités.

J'ai 23 ans et suis étudiante. De type européenne, en formes et poilue, je suis brune aux cheveux courts et aux yeux noirs. Sur mon corps se cachent différents tatouages qu'il vous faudra découvrir.

Aventureuse et tendre à la fois, je me ferai un plaisir (et aussi le votre) d'assouvir vos fantasmes les plus divers, alors n'hésitez pas à demander.

Notez bien :

- En couple je recherche de la discrétion, et ne suis pas en mesure de vous recevoir dans mon humble demeure c'est pourquoi JE VOUS DEMANDERAIS DE ME CONTACTER SEULEMENT SI VOUS AVEZ UN LIEU DE RENCONTRE POSSIBLE (Paris Intramuros ou très proche banlieue).

Si c'est une première fois pour vous, n'aillez pas peur, nous nous découvrirons ensemble et sauront créer une parenthèse enchantée.

- Enfin, j'ai des règles indiscutables avec lesquels vous devez être en accord, notamment le port du PRESERVATIF (fellation comprise), une HYGIENE irréprochable, ainsi que du RESPECT.

MERCI DE ME CONTACTER UNIQUEMENT PAR SMS POUR UN PREMIER CONTACT.

Au plaisir de passer un moment avec vous, très vite.

Woodie »

C'était Woodie, Paris 20e, jean étroit sur très gros cul pour seul aperçu. Sa position ? Dos penché. Je sens déjà des *infinités*. Tu m'as fait rire.

« Coucou Messieurs,

En reprise d'études dans l'optique d'une reconversion, étudiante en deuxième année de BTS Ressources Humaines, je suis discrète, avenante, idéale pour un moment d'évasion ou plus si affinités. Je privilégie le contact par mail afin d'entrevoir si nos attentes peuvent se correspondre.

Courtoisie et feeling sont de mise.

Au plaisir de vous lire et éventuellement de vous rencontrer,

Manuella

P.-S. : Pour les réfractaires à l'écrit, j'autorise un premier contact par téléphone. »

— Allô ?

— Manuella ?

— Oui.

— Je vous appelle suite à votre annonce…

— Tu es réfractaire aux mails ?
— Pas du tout. Mais j'ai…
— Tu t'es dit que ça irait plus vite ?
— Oui. Vous n'apparaissiez pas comme connectée au site.
— Et tu avais envie d'entendre ma voix ? Aussi ?
— Oui. Et votre façon de vous exprimer.
— Je pratique tout sauf la sodomie.
— Pardon ? ? Vous pouvez répéter ?
— Je pratique tout sauf la sodomie.
— Non. Je ne vous entends pas. Enfin trop faiblement, la communication est très mauvaise.
— Non, c'est juste que j'ai des voisins.
— Ah oui ! ! Bien sûr. Les voisins.
— Je pratique tout sauf la sodomie.
— Très bien. De toute façon, je n'aurais pas voulu.
— Dans une heure : 18 heures, ça te va ?
— Je ne sais pas. Vous êtes à quel métro ?
— Château Rouge. Près de Barbès.
— Vous n'êtes pas dans le 12e ?
— J'ai changé : le 18e, ça te convient ?
— Oui.
— C'est 150 € pour une heure.
— … … Et une demi-heure ?
— Je ne fais pas la demi-heure.
— D'accord.
— Tu as quel âge ?
— 37 ans.
— Tu es de quelle origine ?
— Européenne.
— Tu t'appelles comment ?

— Bertrand.

— Je t'envoie mon adresse par sms et tu m'appelles quand tu es devant l'entrée : je te donnerai le code.

— D'accord.

— Bisous, Bertrand… Je vais prendre ma douche en pensant à toi…

— Oui.

Je suis terrorisé.

Par ce que je m'apprête à faire.

Soudain le vertige.

Le puits sans fond.

Mes désirs profonds, ma fragilité, ma faiblesse mise à nu devant cette femme à qui j'avais osé téléphoner par envie d'être livré à ses griffes, caresses, promesses…, me glacent d'effroi alors que mon sexe sous la douche durcit déjà pour Manuella.

Mairie de Clichy - Ligne 13 - Place de Clichy - Ligne 2 - Barbès - Ligne 4 - Château Rouge - Je n'ai pas l'argent : trouver un DAB - Ils sont où ? ? - Trouver un DAB qui marche - Je suis déjà en retard - Quel taré je fais là - Elle m'appelle, inquiète, m'indique La Poste la plus proche - Je la rassure, je viens, distributeur automatique de billets en vue.

Moi ? ? Moi ici pour ça ? ? Je prends les cent cinquante ? Je n'ai pas les moyens. C'est du délire !

J'ai quinze minutes de retard.

Je suis fébrile devant chez elle. J'appelle. « Peux-tu te retourner ? Que je te voie… » Elle m'a donné une « fausse adresse, parce qu'*ils* ne viennent pas toujours, et aucune envie qu'*ils* puissent venir à l'improviste ». Je traverse la rue, elle est sous les toits, presque en face.

Elle me donne le code d'entrée.

Je ne peux plus reculer. C'est ce que je me répète sans cesse depuis l'appel, le rendez-vous, le saut dans le vide. Le désir monte dans l'ascenseur, les peurs, la paralysie, aussi. Huit étages. L'appel de l'inconnu est follement plus palpable à chaque seconde, l'attirance intense, grandissante. La terreur de l'atterrissage aussi, de plus en plus profonde, viscérale, existentielle. La fin d'une illusion.

Moi ? ? Là ? ? J'en ai tant besoin ? Être touché. Être caressé, cajolé.

— Bonjour Bertrand, entre…

Un uppercut. De douceur. Visuelle, auditive, olfactive.

— Bonjour… Manuella. Désolé pour le retard. J'ignorais qu'il y avait des quartiers de Paris avec si peu de distributeurs.

— À part La Poste… L'appartement, tu l'as trouvé facilement ?

— Très. Merci.

— L'ascenseur est une horreur, non ?

— Ça va. Merci.

— Tu n'es pas déçu ?

— Du tout. Du tout. Vous êtes très belle.

— Merci. Tu es nerveux ?

— Oui. — Faut pas. — Je sais.

Je lui donne l'argent de la main à la main, « Merci… », elle vérifie vite fait : deux fois cinquante, deux fois vingt, un billet de dix :

— Parfait. Tu veux du jus de pomme ? d'abricot ? du Coca Zero ?

— Juste de l'eau du robinet, merci.

Elle remplit un grand verre.

Petit studio, vingt mètres carrés à tout casser.

Elle n'avait pas menti sur sa taille. Deux centimètres peut-être ? Un mètre quarante-huit ? Ses jambes sont potelées, sa nuisette les voilent à peine d'un peu de noir et de transparence. Son regard est doux comme un refuge, il répète Ça va aller…

Après ses yeux, sa bouche : « Ça va aller… » « Cette musique douce te convient ? » « Mon chien ne te dérange pas ? »

La bête me regarde fixement, contrariée que j'aie interrompu son tête-à-tête avec sa maîtresse. Peut-être. Une espèce de bouledogue en miniature, dont la présence m'apaisait un peu.

— C'est un bouledogue nain, dit-elle sans que j'aie à poser la question. Évite les trois taches sombres sur le parquet près du mur, il vient de faire un petit pipi, je nettoierai après. Je laisse les rideaux fermés mais j'aère, hein ? Ça ne te dérange pas ? Ça ne me dérangeait pas.

Petite baignoire : je suis propre mais me savonne sexe et tétons pour les parfumer à la vanille, me rince, m'éponge dans un parfum de lavande, avant de m'allonger, sentir sa douceur qui imprègne tout, me bouleverse, sentir ses draps contre ma peau, ses mains sur mon corps, ma poitrine, mon sort entre ses lèvres, mes tétons aussi, au paradis, dressés sous sa langue experte et douce, tour à tour affamée, salivante, enveloppante, puis discrète, effleurante, frémissante, exilée jusqu'au nombril… pour mieux revenir sur le téton gauche, le droit, et m'électriser, m'enflammer à nouveau puissamment, je suis saturé de sensations nouvelles, en extase, au bord de la jouissance, mais les caresses ultimes viendraient sans doute plus tard. C'est ce que je me dis pour ne pas éjaculer tout de suite. C'est si bon, si fort, si interdit. ~~Son nain~~ Son chien nous regardait, banalisant un peu l'événement pour moi qui ai un chat. Elle semblait bien être une occasionnelle, les étagères près du lit étaient pleines de livres sur la gestion des ressources humaines, je l'avais vu en m'allongeant, alors qu'elle pianotait sur son téléphone. L'interdit avait des contours plus arrondis si je favorisais la reconversion d'une femme sublime à mes yeux ; une fine psychologue, allais-je découvrir ; important, ça, pour son futur métier.

Elle n'avait rien dit depuis « Allonge-toi et laisse-moi faire… », ses yeux dans les miens. Elle m'avait sucé les tétons comme si elle en rêvait depuis toujours, provoqué mille sensations, vibrations, soubresauts, j'étais tendu comme un arc, des doigts de pied jusqu'aux racines de mes cheveux, je bandais comme jamais quand elle m'a sucé, elle a retiré sa bouche juste à temps et…

Plus rien. Quand elle a insisté pour que je la pénètre.

Elle était sur moi : « Si tu entres en moi, tu pourras m'embrasser. » Mais c'était trop d'un coup après dix ans sans un frôlement de peau. Dommage, j'aurais aimé l'embrasser. Tant et tant aimé.

— Tu es sûr que tu ne veux pas essayer encore ?

— Oui. Je te remercie. — De quoi ?

— De ta douceur. De ta beauté.

— Ça fait deux fois… Je vais finir par te croire ! Mais, d'habitude, les femmes, tu les aimes comment ?

— Intelligentes. — Et physiquement ?

— Le visage vient en premier. Suivent les belles jambes bronzées.

Parce que les siennes ne répondaient pas aux canons en vigueur, je corrigeai vite : « Enfin… les jambes bronzées. » Ça la fit sourire.

Elle avait compris, était plus touchée par mon attention que par la maladresse. J'avais de la chance. Que ce soit avec elle.

Elle avait la beauté contrariée de la femme de 50 ans qui en a vu d'autres. Je ne croyais pas qu'elle puisse avoir 40, mais ça n'avait aucune importance ici et maintenant. Elle était incroyablement séduisante, elle était La tentation.

Manuella me masturbe doucement, puis plus vite, elle me prend entre ses lèvres, l'intérieur de sa bouche est encore plus doux que je ne l'avais imaginé, je ressors !, elle me lèche du bout de sa langue, des testicules jusqu'au gland puis en descendant le long de ma verge verticale, elle me reprend en bouche, me suce doucement, doucement, entre ses lèvres, accélère, elle me faisait jouir de sensations inexplorées, mais pas éjaculer.

— Imagine… Tu as osé inviter à dîner la femme que tu aimes, vous êtes au restaurant, elle porte une jupe sur ses jambes bronzées, si belles, ces jambes qui t'attirent tant, elle pose sa main sur la tienne, la caresse les yeux dans les yeux, tu es fou de désir parce que tu l'aimes… Elle est très intelligente, cultivée, et ça t'excite… ton désir monte… pour Elle. Tu l'aimes et c'en est trop… Mais tu essaies de ne pas jouir sous la table.

Elle me masturbe, j'éjacule très vite, très fort.

Jouissance intense. Elle avait fait mieux que me soulager, elle m'avait fait rêver, vivre cette scène, sentir du désir amoureux.

Mon ventre est couvert de sperme. Je passe sous la douche chaude. Elle me demande si son chien qui nous regarde, ça m'a dérangé.

— Non, j'aime les animaux.

— D'habitude, même ceux qui disent aimer les animaux sont gênés par sa présence, ses yeux rivés sur nous.

— Sur sa maîtresse, surtout.

— Oui. Il doit se poser des questions, le pauvre. Je me dis ça à chaque fois.

— Moi j'étais content qu'il soit là. Ça a 'normalisé' la situation, l'a banalisée, ça m'a rassuré.

— Banalisée ? Ce n'est pas ce que j'ai ressenti…

— Oui… Il aurait fallu un chat. En plus.

— Ou plusieurs chiens ?

— L'effet de meute, non, ça n'est pas obligé.

— Je plaisantais. — Je sais.

Elle me parle encore un peu de son chien.

Deux bises en copains, à l'abri des voisins.

— À bientôt…

— Oui… Merci…, je lui réponds avant de me retrouver seul sur ce palier lugubre en forme de cercle, avec cinq portes.

Je sens la main de celle que j'aime caresser la mienne, je vois ses jambes bronzées, croisées, me retenir n'est plus possible, c'est trop fort, j'y suis encore…

Reprendre le métro, le contact avec le réel, la vie sans Manuella.

Je ne pense pas l'avoir traumatisée.

Mais qu'est-ce que j'en sais ? ? ? ! !

Reprendre la vie avec 150 € en moins. Ça je sais.

7.

Nathalie

Mon réveil était programmé pour 6 heures précises, ce matin-là, le mercredi 14 février 2018. La sonnerie me fait sursauter, j'ai connu réveils plus doux. J'enfile de fines chaussettes rose pâle, mes chaussons, ouvre la porte de ma chambre. Derrière : deux ventres vides, deux estomacs criant famine, deux chenapans très motivés, si ce n'est animés par l'instinct de survie : « On en reparle plus tard ? Miaou, Miaôûûû ? Moi aussi, je t'aime. »

Dans notre cuisine aux teintes boisées, je mets de l'eau à chauffer pour mon thé de Ceylan, dispose deux bols bleu turquoise, deux petites cuillères et nos deux serviettes, sur la table en bois où Bruno a laissé traîner *L'Équipe* d'il y a plus d'un an (Pfff… ! ! !), lendemain de victoire du PSG sur Anderlecht par 5 à 0, et un *France Football* 'Spécial Ballon d'Or' 2007 (ça se passe de commentaire) avec Kaká, le lauréat, en couverture.

Je pose les journaux sur *sa* chaise, le livre de poche *L'Éducation sentimentale* de Gustave Flaubert devant moi - au programme du concours d'agrégation lettres modernes cette année - pour l'étudier une heure, qui file à une vitesse folle, c'est la sonnerie de mon téléphone qui m'extirpe de ma concentration intense. Minette miaule avec insistance - j'ignore si elle s'est arrêtée une seule seconde, mais j'aime l'atmosphère de la cuisine tôt le matin, les lueurs, sentir le Soleil se lever -, Rémi n'en pense pas moins, et c'est le bon moment pour passer aux choses sérieuses : je sers ces jeunes gens avant qu'ils ne sévissent : Minette ronronne le nez coincé dans ses croquettes, Rémi ronge son petit-déjeuner avec une belle détermination. Leurs appétits solides, et probablement proches du délire, réveillent en moi l'idée d'un bon chocolat chaud. Idée approuvée par une voix (comme toujours) favorable contre une réticence (elle aussi, ancestrale) : vite, l'intendance suit, le lait chauffe. Je dispose trois pots de confiture au centre de la table : fraise, abricot, cassis. Je sors le pain complet, du pain blanc, découpe quelques tranches. Je verse le lait brûlant sur le chocolat qui, lui aussi, oublie toujours de résister. Je mets le café de Bruno en route.

Comme à l'accoutumée, un peu avant 7 heures et quart Bruno déboule dans la cuisine, son arrivée est triomphale, soulevant une vague d'enthousiasme chez les chenapans, avec réciprocité, « Alors, Minette, l'aventure continue ? Super moustache, Rémi, faut la garder. Hein ? », « Promis ? », puis il s'intéresse à mon cas, esquissant à mon intention un vague sourire et s'approchant de moi à distance idéale pour un bisou sur la joue gauche : je pose mes lèvres, puis double la mise sur l'autre joue ; avec réciprocité, avant de prendre place à ma droite, dos à l'évier, silencieux, ses yeux dans mes yeux et un sourire profond, quelques secondes comme il sait m'en offrir.

— As-tu bien dormi ?

— Impeccable. Et toi ?

— Couci-couça. Ça me travaille.

— Encore… Tu rêves que tu ne l'as pas ?

Bruno évoquait mon admissibilité pour la suite du concours. Les épreuves écrites s'étaient déroulées sur deux jours il y a trois semaines, il fallait attendre le 20 mars pour savoir :

— Oui. Si tu veux des céréales, cornflakes ou muesli : courses faites hier. Il faudra faire les comptes ; excepté là, c'est toujours toi qui les fais.

— Merci pour le muesli, Nathalie. Merci pour le café, le bol, le pain. Et avec tes capacités, tu dois avoir plus confiance en toi. Et moins en moi, je me réserve un petit bénéfice sur les courses. Et en plus je mange plus.

Bruno enfourne une tranche de pain blanc agrémentée de confiture de fraises, puis il engloutit la moitié de son bol de café en quatre secondes.

— Tu intensifies ta préparation ? C'est ça ?

— Je me lève une demi-heure plus tôt. Si je suis admissible…

— Tu le seras et feras la décision un mois après.

— Je ne veux pas m'exposer à d'éternels regrets.

— Raisonne plus en 'winner' !

— J'essaie.

— N'essaie pas, fais-le. Et pense à Dinocheau, quand même.

— Je pense à Flaubert, déjà.

— C'est autre chose. Pas le même trip.

— Non, pas le même voyage… Mais j'essaierai pour *ton* Dinocheau ! Enfin, non, je le ferai !

— C'est super. C'est même cool.

J'éternue : mes grosses lunettes aux cercles noirs glissent sur le bout de mon nez. Je les replace de mon index droit. Mais Bruno me regardait bouche bée… Comme hypnotisé… Puis ses lèvres bougèrent à nouveau :

— Tu as des nouvelles de MC ?

— Oui, et justement, je voulais te parler d'elle.

— Je t'écoute, dit-il du cassis entre les dents.

— Maintenant qu'elle est sur le point de divorcer, maintenant qu'elle est libre, pourquoi… pourquoi…

— Mais oui, pourquoi ? ? ironise le goinfre, la bouche pleine à plus de cinquante pour cent.

— Pourquoi ne pas lui présenter… Et si l'on faisait se rencontrer MC et Alain ? Bruno resta sans voix et sans s'alimenter pendant quatorze secondes.

-— Non.

— Non ?

Marie-Catherine, je l'ai connue comme généraliste, il y a un an, mon 'médecin traitant' semblant plus intéressé par la perspective de rattraper son retard que par l'objet de ma visite.

À presque 20 heures, j'étais sa dernière patiente : je suis ressortie de cette première consultation avec ordonnance, téléphone perso et trois conseils de lecture. Elle est l'amie dont je me sens la plus proche, avec qui le degré d'intimité est le plus élevé, celle que je vois à la moindre occasion.

Elle a 37 ans, un an de plus que nous, Marie-Catherine Boulant.

Alain Mignon a 38 ans et c'est le seul garçon que je connaisse qui soit plus sensible que moi et qui l'assume.

— Non.

— Pourquoi ?

— Déjà qu'il est moins disponible depuis cet été - il dit qu'il lit plus, faudrait peut-être que tu vérifies ? -, alors si MC déboule dans sa *life*…

— Grrrrr… ! ! Un autre argument, peut-être ?

— Les filles, c'est pas son truc.

— C'est ça, ton *autre* argument ? ? ?

— Tu sais… C'est un coincé.

— Ça se décoince.

— Avec MC ? ? La ‘décoinceuse’ de service ?

— MC veut explorer sa féminité : je lui expli

Il me stoppe net : — Avec Alain ? ? ?

— Mais qu'il est bête ! ! ! Mais il le fait exprès pour être aussi bête ? ?

— Nan. Et sans forcer.

— Elle pense que ça passe par le corps.

— C'est évident.

— Par le sport.

— Ah ?… Remarque, elle en a besoin.

— Tu la trouves ronde ?

— Ça n'est pas la question et la réponse est non. Mais mieux connaître son corps, l'éprouver par le sport, c'est un élément fort, une évolution.

— Dans un domaine qu'elle a désinvesti. Je lui explique tous les avantages qu'elle aurait à venir dans notre salle de sport…

— Et c'est quoi ‘tous les avantages’ ? Elle habite le 17e.

— C'est surtout qu'elle sera avec nous. Sinon, la salle est bien… D'ailleurs, Alain n'en dit que du bien depuis qu'il nous a rejoints.

— Et on lui dira que ‘nous’, c'est aussi Alain ?

— Ben oui, elle connaît son existence quand même, je lui parle d'Alain parfois et elle a très vite compris qu'il était beaucoup plus raffiné que toi, nettement moins primaire.

— Primaire ? ? ? Moi ? ? ? s'esclaffe-t-il, recrachant un morceau de pain tartiné à l'abricot tout droit dans son bol de café.

— Non, bien sûr que non, mon Bruno, toi pas primaire, je te taquine, mais reconnais tout de même que notre Alain est un être particulièrement raffiné intellectuellement. J'y vois d'ailleurs la raison première de son hypersensibilité.

— Oui ? Enfin, en même temps, on en est tous là…

— Hypersensibles ? Y a des degrés. Pense à Oncle Maurice.

— Pas Oncle Maurice, non. Tu as raison. Et autant de degrés que d'êtres vivants, mais, toujours pour te donner raison, quand tu penses qu'Alain a sangloté trois fois devant *Sur la route de Madison*, ça fait peur.

— Moi aussi. Ce film me bouleverse toujours.

— Oui ? C'est vrai que ce qui ressemble le plus à Alain, tout en se rapprochant de l'être humain, c'est… Mais oui, c'est toi ! analysa Bruno avec la finesse et l'humour qui ont fait sa légende et qui ont tant contribué à l'épanouissement de ceux qui eurent la chance de l'approcher.

Je souris, il poursuit :

— Je pense que vous feriez un couple du tonnerre ! Et comme ce serait bon de pleurer sur son épaule et sur la route de Madison…

— Si tu vas à Thoiry…

— Le célèbre parc animalier ?

— Et si tu ouvres la bouche pour parler *ou* pour manger, il te faut deux tickets, deux… Un pour rentrer, un pour sortir.

— Ta réaction puérile est un aveu. Signé.

— C'est ça, on y pensera. Mais pour le moment, on pourrait déjà se concentrer sur la rencontre avec MC ?

— Bien sûr, dit-il d'un air grave qui en disait long sur son degré d'implication.

— Tu ne crois vraiment pas que ce soit une bonne idée ?

— Je ne sais pas. Il est une telle antithèse de Pierre-Olivier.

— Ah ça… ! !

— À court terme, ça peut attirer MC, mais à plus longue échéance, il faudrait un nouvel Alain, plus sûr de lui, plus affirmé.

— Pour le court terme, oui, et MC peut lui insuffler cette confiance en lui, le faire monter sur un petit nuage où son complexe d'infériorité aura à qui parler ! Et Alain connaît l'existence de MC ?

— Non.

— Alors, toi, tu ne lui parles jamais de MC ? ? ?

— Jamais.

— Mais c'est que… parfois, tu es bizarre, tu sais ?

— Oui, bizarre. Je suis bizarre.

— Et de plus en plus bête, surtout !

— Surtout.

— Quand je pense que tu es agrégé, toi…

— N'y pense pas.

— J'essaie.

— On était deux. Pour trois places.

— Tu as fini deuxième ?

— Tout de suite les sous-entendus.

— Mais tu étais déjà très bête à l'époque.

— Tu n'es pas en train… On n'est pas en train de se mettre en retard, là ?

— Si. Non, ça va encore.

Enfin, il réalise que… il ôte *L'Équipe* et son *France Football* de sous ses fesses, se lève pour les poser sur la chaise en face. Très mauvaises aptitudes au rangement.

— Tu sais que toi aussi tu pouvais parler de MC à Alain.

— Je n'ai pas tant d'occasions que ça, comparé à toi, mais oui, je me faisais la même réflexion. C'est vrai !

— Mais c'est que parfois, tu es bizarre, tu sais ?

— Parfois.

— Oui. Mais de plus en plus souvent.

Ma mimique 'Tu m'en diras tant !' et je relançai la personne qui payait tout juste la moitié du loyer *et* prenait en charge un peu moins de 25 % des tâches ménagères :

— Et ton *France Football* ? Déjà que *L'Équipe*… tu as dû avoir le temps de tout lire ? Alors, pourquoi ?

— Pour différentes raisons.

— Et, parmi toutes ces raisons, y a-t-il une bonne raison ?

— Je ne sais pas si tu vas aimer.

— Je vais comprendre, au moins.

— Test… Je te teste.

Sur le point de lui demander « Tu testes quoi ? ? », je me contentai de :

— J'étais trop optimiste.

— Le modèle économique des salles de sport repose sur les adhérents qui viennent autant qu'ils peuvent au tout début, puis plus du tout.

Douleurs, blessures, perte de motivation.

— Oui. Bien sûr, Bruno. Bien sûr…

— C'est bon à savoir, tout de même.

— C'est une chance.

Au minimum, ça va beaucoup m'aider.

— Et tu attendais quoi pour le dire ? ? On peut savoir ?

— C'était la phrase suivante, à la virgule près.

— Voilà, prends-moi pour une grosse truffe.

— Je te prends comme tu es. Confirmation.

— Mais moi aussi, pas aimer toi, Nathalie. Euphémisme.

Après un silence, réparateur, nécessaire, où l'on déplora toutefois la mauvaise idée d'un clin d'œil amical au lapin, pas strictement nécessaire du point de vue de la bête aux grandes oreilles (avec la bête aux oreilles raisonnables, en revanche, il n'osait jamais le ridicule de face, le verdict eût été couru d'avance, manichéen ou pas loin : profonde perte de crédibilité sans palper l'espoir de jours meilleurs), et après trois pas hors de la cuisine, je grimace à l'intérieur et tente une allusion peut-être mesquine (dans ses contours), mais nécessaire :

— Et le modèle économique de notre appartement repose sur les adhérents qui n'éteignent pas la lumière de leur chambre, ni celle du couloir, le temps des tartines ?

— Je l'ignore. Je vais donc y penser. Pour te répondre, un jour.

— Plus simple : la lumière, c'est juste pour amuser la mouche ? ou ça remplit un autre objectif ?

— Non, un seul objectif majeur à la fois. Cette mouche est une amie, bientôt ma meilleure amie, elle est prioritaire et dis-toi bien qu'elle n'a pas foncé tête baissée sur les tartines. Merci d'avoir souhaité simplifier ta question.

— C'est normal. Là, tu y vois plus clair ?

— Te concernant, oui, beaucoup, j'avance à grands pas, plus rien ne semble pouvoir m'échapper.

— Remballe ta tirade, c'était un jeu de mots.

— Et *ça se prétend* prof de français. Incroyable. Quel culot ! Ce matin, on remballe une illusion.

— J'ai toujours été *très prétentieuse*.

— Non, mais très en retard, c'est en bonne voie.

— Tu… Tu peux rallumer ? le couloir ? trois petites secondes ?

— Si tu crois que ça m'amuse de jouer avec les interrupteurs. Mais tu veux un câlin, le lapin, c'est ça l'histoire ?

— Non, Bruno, pour fée électricité, j'ai tendance à penser le contraire, hélas. Suis un peu ! Au lieu d'embêter Rémi.

— Fée électricité ? Quel âge as-tu ? 114 ans ?

— Peux-tu te taire ? Juste pour m'épargner un peu. Un tout petit peu. Ah, il t'a mordu, c'est tellement mérité !

— On me confond souvent avec une jeune carotte.

— Et avec une grosse andouille aussi. Méfie-toi de Minette.

Mais pourquoi suis-je si nerveuse ?

* * *

Bruno

Nath et moi avions quitté notre nid depuis cinq minutes et nous étions déjà dans 'la salle des profs' de Michel Drucker, notre lycée.

Annabelle, une jolie professeure d'anglais qui assurait un remplacement chez nous depuis hier, vient nous saluer : Nathalie d'abord, puis c'est mon tour : poignée de main un poil timide de la part de la petite gourgandine (femme facile et dévergondée *ou* corsage souple lacé sur le devant, en usage au XVIIe siècle), mais j'impressionne parfois par la confiance en moi que je dégage et qui ne laisse pas la gente féminine tout à fait tranquille (merci Dinocheau).

Annabelle était belle, souriante, sans doute intelligente, elle parlait l'anglais couramment, elle avait entre 30 et 40 ans : pour peu qu'elle ait de l'humour et mon côté joueur à fleur de mots, elle se laissait envisager.

Nath décida que l'on pouvait se tutoyer à présent, et nous nous quittâmes à regret et progressivement quand la première sonnerie eut retenti, annonçant la fin des festivités, le début des hostilités : confrontations profs/meutes dans cinq minutes.

— On se fait la bise ? interrogea la jeune beauté.

— Est-ce bien nécessaire ?

— Annabelle, ne l'écoutez pas ! jamais ! conseilla Nathalie. Le pire, c'est que *là*, il se croit drôle.

— Tu viens de décréter le tutoiement pour tous. Aurais-tu déjà oublié, colocataire ?

— Oui. Je *te* présente mes excuses.

— Voilà.

— C'est à elle que je parlais !

— 'Elle' a un prénom. L'aurais-tu déjà oublié ?

— Non. Veux-tu bien m'excuser, Annabelle ?

— Hum… C'est une grosse décision, je vais voir, Nathalie.

— On s'embrasse quand, les filles ? Avant ou après la seconde sonnerie ?

Ma question était on ne peut plus légitime.

Annabelle souriait, irradiait, incendiait.

Elle avait un sérieux potentiel. Confirmation.

Deux bises entre filles plus tard, d'un sourire complice, un accord tacite, elles me laissèrent en plan. Avec zéro bisou. Je les regardais s'éloigner dans la même direction, sans se retourner elle me fit un petit au revoir de la main droite (ma préférée chez Nathalie (et de loin (parce qu'elle s'en sert souvent pour me toucher (la sensation d'une chaleur, douceur, d'une familiarité, un lien qui tient, qui s'en sort bien !)))).

Je pénètre en trombe dans la salle B36, salue d'un « Bonjour ! » franc et massif la classe de terminale la plus sympa, la plus cool de ma carrière, avec laquelle j'allais passer deux heures à parler d'économie :

— Le 'loyer de l'argent'. Qui connaît le 'loyer de l'argent' ?

Guillaume, prêt à tout pour faire rire, prêt à rien pour avoir son Bac, perturbateur perturbé et, peut-être, légèrement idiot sur les bords :

— Ma mère, elle connaît : c'est 840 €, le 1 du mois.

Ça fait vingt-quatre rires sur trente-quatre. Score archi-correct pour un début, mais c'est mal payé, je trouve.

— Le 1er du mois ? Pas exactement, mon Guillaume : là, tu nous parles d'un autre facteur économique important, mais que ta mère appellerait plutôt 'l'argent du loyer'. … Y en a un qui n'a pas ri. J'ai le nom, le prénom, sa prochaine note aussi.

Imaginez une banque qui a besoin d'argent, et veut emprunter, et imaginez une autre banque qui a trop d'argent et veut en prêter. 'Le loyer de l'argent' est le taux d'intérêt que la première banque paie à l'autre banque pour lui emprunter de l'argent.

— Et les actions ? Il y a un rapport ?

— Oui, Guillaume ! ! Bien ! Mais qui peut me dire ce qu'est une action ?

Lola, une élève studieuse *mais* légèrement idiote :

— Une action s'achète et se vend à la Bourse, c'est une part du capital de l'entreprise.

— Bien résumé, Lola !

— Une ola pour Lola ! !

— Tu es le seul debout, Guillaume… Baisse tes bras, déjà… Et quel rapport, me direz-vous, avec le loyer de l'argent ? … … Personne pour tenter ? ? Pas d'idée ? … Pas d'idée de blague ?

Alors : plus les taux d'intérêt pour emprunter sont bas, moins emprunter coûte cher, donc tout le monde emprunte : alors, il y a plus d'argent disponible, donc plus d'argent à investir, notamment à la Bourse, et quand on achète beaucoup d'actions, leurs valeurs, leurs cours, montent. Enfin, en théorie… En réalité, il y a beaucoup d'autres éléments qui entrent en jeu : la confiance des investisseurs en premier lieu *et* une action peut voir sa valeur divisée par quatre en quelques jours ou multipliée par trois en quelques mois. Et ça, ne l'oubliez jamais ! Mais ça mériterait que l'on s'y attarde plus longuement. Déjà, de votre côté, cherchez ! Trouvez des exemples, des infos qui illustrent mes propos, éclairent le sujet, vous m'en parlerez. À moins que l'un ou l'une d'entre vous veuille déjà commencer ?

Non, pas toi. … J'ai dit non.

Bon, ok. Vas-y… Quand même.

Je plaisante, les ados !

Oui, toi tu as vingt ans… Je sais. Baisse ton bras ! … Ton bras… Aaaah ! Vingt et un, maintenant. J'avais préféré oublier. J'aurais adoré continuer.

* * *

Nathalie

Avec ma classe de première littéraire, les épreuves de français du baccalauréat en ligne de mire, nous terminions l'étude de *Candide*, le merveilleux conte de Voltaire, je lis à voix haute les dernières lignes du livre : « … et disait quelquefois à Candide : “Tous les événements sont enchaînés dans le meilleur des mondes possibles ; car enfin, si vous n'aviez pas été chassé d'un beau château à grands coups de pied dans le derrière pour l'amour de Mlle Cunégonde, si vous n'aviez pas été mis à l'Inquisition, si vous n'aviez pas perdu tous vos moutons du bon pays d'Eldorado, vous ne mangeriez pas ici des cédrats confits et des pistaches." »

— Les cédrats confits, vous connaissez, madame ? dit Isabelle, une élève appliquée.

— Le livre précise que le cédrat est un énorme citron, utilisé en confiserie. Et Voltaire, donc, donne le dernier mot à Candide : « Cela est bien dit, répondit Candide, mais »… Mais ?

— « mais il faut cultiver notre jardin. »

— Bien, Isabelle ! Et que veut nous dire Voltaire ?

— Il nous invite à travailler, agir, mais pas pour la gloire, les honneurs, pas par ambition, répond Amélie, une élève au vocabulaire étoffé.

— Oui, Amélie, très bien ! D'autres commentaires ?

— Madame ? dit Luc, un réfractaire à la grammaire. Qu'est-ce que c'est que le plus important dans la vie à votre avis ? Parce que moi je dirais que c'est pas trop « cultiver votre jardin », mais je crois plus l'amour.

— « *notre* jardin », mais l'on corrigera ces phrases ensemble à la fin de l'heure, vous ne partirez pas en courant, et pouvez-vous préciser votre opinion ?

— Ben l'amour : y a rien d'autre à faire dans la vie pour être heureux.

— Si. Déjà, on révise sa grammaire. Déjà.

— Et après ? demandent Jérôme, Julie et Luc.

— Après ? On est en capacité d'écrire de belles choses.

— Quoi comme belles choses ? demandent Jérôme, Julie et Luc.

— Par exemple, un poème que vous connaissez tous : *Le Dormeur du val*

— C'est du Arthur Rimbaud ? interrogent Jérôme, Julie et Patrice.

— Oui, confirment Amélie, Isabelle et Leïla.

— On peut aussi écrire *Cent ans de solitude*, un roman du colombien Gabriel García Márquez.

— C'est long, commentent Julie, Fatima et Yves.

— C'est cent ans, précise Luc au cas où.

— Et puis, quel isolement ! s'étonne Moussa.

— Ben oui…, selon Julie, Yves et (même) Moussa.

— Mais ça vous sera aussi très utile plus tard sur les sites de rencontres.

— Ah bon ? ? ? disent Luc et trente-trois élèves sur trente-cinq.

— Bien sûr, ça peut même s'avérer indispensable. Idem pour les sms, les mails ou les réseaux sociaux : si l'on met à part les photos exagérément flatteuses dans bien des cas, la séduction passe d'abord par l'écrit : le vocabulaire, la grammaire, l'orthographe. Aujourd'hui plus que jamais, c'est par la qualité de votre français que vous sortirez du lot ou pas, éveillerez un réel intérêt… ou pas. Parce que c'est devenu rare, précieux.

— Ah bon ? ? ? disent Luc et les trente-trois.

— On ne vous dérange pas trop, Jimmy ?

— Non, ça va.

— Formidable, ça m'ôte une belle épine du pied.

Je m'étais approchée.

— Vous éteignez votre téléphone et vous me le confiez jusqu'à la fin du cours.

— Pourquoi ? ? ! Je regardais l'heure, c'est tout !

— Sur un autre ton, Jimmy ! Et à l'avenir procurez-vous une montre si c'est indispensable de savoir combien de minutes il vous reste à subir mon cours.
— Pourquoi ? ? Y a des profs qui disent rien.
— Ah bon ? ? Mais ça change tout ! En effet.
— Vous voyez…
— Besoin d'un croquis, peut-être ?
— Un quoi ? — Besoin d'un dessin ?
— Mais c'est l'modèle qui vient d'sortir…
— Alors j'en prendrai le plus grand soin pendant… trente-huit minutes.

Quand midi et demi s'annonça, je m'occupai de Luc, Jimmy attendit un peu avant de détaler plus vite qu'*un Rémi*, puis je retournai à la maison, préparai un déjeuner à base de pavés de saumon, pommes de terre sautées et tomates superbes. Comme toujours, Marie-Catherine fut ponctuelle, nous avions quarante-cinq minutes devant nous. L'opération 'Rencontre avec Alain en milieu sportif' se présentait plutôt bien : les résistances de la demoiselle pour choisir notre salle étaient au plus bas, son besoin de renouveau au plus haut. Ça sentait bon à l'heure du café !
Rémi gambadait, Minette l'observait.

Retour à Michel Drucker, la salle des profs où je croisai Bruno. Il revenait de chez Alain : ils avaient partagé un pamplemousse rosé suivi de l'incomparable choucroute de la mer dont la mère d'Alain a le secret (par bonheur, elle le préserve, là-dessus on peut compter sur elle). Bruno la supporte, je crois même qu'il la digère une fois sur trois ; Alain est vacciné depuis tout petit, mais pour l'avoir subie, je peux vous assurer qu'elle entre sans contestation possible dans la catégorie rare des attentats gustatifs ou des attentats tout court ; c'est le mélange unique de différentes acidités et de notes sucrées, une bénédiction pour les dentistes, des cas complexes pour les urgentistes.

— Mais bien sûr ! Ton haleine, c'est *ça*.

— Pardon ? ?

— Rien. Mais prends ce… ces chewing-gums.

— Non. Je viens de me laver les dents chez Alain, le visage aussi, un peu les cheveux, ceux de devant, le long des oreilles et du front, pour tenter de résumer.

— Bien tenté. Par ailleurs, incroyable ! ! Alors c'est pire que dans mon souvenir.

— Tu peux replier ton bras et ranger tes chewing-gums, je t'ai dit non. En revanche, il est vrai que j'espérais un repas, pas un vomitif puissant. Je ne sais pas ce qu'elle a ajouté, mais je n'ai pas pu tout garder.

— Tu sais que tu as le droit de ne pas tout me dire.

— Je plaisantais.

— J'étais censée rire à quel moment ? Après « puissant » ?

— C'était l'une des possibilités. C'était même ma seule hypothèse.

— Je sais. Raison pour laquelle tu aurais pu m'épargner le réveil du volcan, la chute de l'Empire, les cheveux de devant.

— Pas faux. Je suis trop perfectionniste, en fait.

— J'en arrive à la même conclusion. C'est sans doute ça. Qui nous perdra.

— Qui quoi ? ?

— Rien.

— Tu sais que tu as le droit de tout me dire. Même à voix haute, même en articulant.

— Je plaisantais.
— Non, pas ça, quand même. Faut pas déc', y a des limites.

Peut-être moins anecdotique, Alain avait commencé un nouveau boulot hier, j'en saurai plus ce soir. Il prit dans son casier un paquet de copies corrigées, et, avant de partir gagner sa vie à peu près honnêtement, promena son sourire sur les collègues. Pas d'Annabelle.

15 h 55, la récréation, je retrouve Bruno à cet endroit magique vers où convergent les profs à la moindre occasion, échappant ainsi un instant à l'agitation constante de Michel Drucker :
— Ça va, toi ? ? Avec la choucroute de la mer de la mère dans ton corps ?
— Cette fois, c'est passé ! C'est ton jeu de mots qui passe mal.
— Tant mieux. Et merci. Trop aimable.
— À 18 heures, Nath, tu rentres à la maison ?
— As-tu quelque chose de prévu ?
— Un parent d'élève à 18 h 15.
— Penses-tu en avoir pour longtemps ?
— Non, c'est la mère de Bradley !
— Ah ? ?
— Je ne sais pas du tout pourquoi elle souhaite faire le point avec moi.
— Bradley est dans ton Top Ten des meilleurs élèves en douze ans.
— Parfois je me dis qu'il mérite le podium.
— C'est bien de prendre le temps de penser à ces choses-là. Sans doute vient-elle pour t'expliquer le choix du prénom.
— Tu crois ?

— J'ai des copies à corriger, je t'attendrai ici.

— J'ai toujours voulu savoir pour son prénom. Mais je ne voulais pas demander. C'est cool. Trop cool.

18 h 48 Retour de Bruno à la salle des profs :

— Ah ! Te voilà ! Je range ces petites merveilles…

— Commentaire de texte, Jimmy, 3. Ma pauvre…

— Et encore, il a paraphrasé Luc, qui a 1.

— Laisse lire… « Si vous jugez intéressant de copier, choisissez mieux votre table la prochaine fois. Je vous retire juste le point obtenu par votre voisin, parce que vous vous êtes déjà pénalisé. Croyez en vous, Jimmy. »

— Allez, donne-moi ça et on y va !

— Bradley's mother tenait à s'insurger parce que je lui retire des points pour les fautes d'orthographe.

— Mais c'est pourtant facile à comprendre !

— Pour toi, oui, c'est ton métier.

— Bravo. C'est à toi que je donne le petit point de Luc, pour ton résumé.

— Ma meilleure note ! Ma moyenne remonte. J'ai bien réfléchi et c'est un grand Oui pour la rencontre entre MC et le choucroutivore-de-la-mer. Même si grand écart.

— L'argent, le rang social, ne sont pas ses critères.

— On en a parlé, il faut retirer aussi la confiance en soi profonde.

— Plus j'y repense, plus je sais que ça se joue ailleurs, d'abord.

— Sur l'intelligence ?

— De Pierre-Olivier, je retenais tellement autre chose que l'intelligence que, dis-je avant que Bruno ne m'interroge.

— Tu retenais quoi en premier lieu ?

— Sa connerie. Sa monumentale connerie comportementale dans sa propension à s'arroger tous les droits, par refus puéril de la frustration.

— Connerie multi-facettes, il ne riait jamais.

— Il n'était pas sensible à ton humour, Bruno.

— Reconnais que c'est bizarre. Pour un médecin.

— Non. Ton humour divise le corps médical, aussi. Enfin, Pierre-Olivier l'attirait par tant d'autres aspects de sa personnalité, sans-même parler du standing social, que ça a fait diversion dans mon esprit ce matin, mais, oui, l'intelligence la stimule plus que tout. Sapiophile avant tout.

— Comme lui. Elle va lui plaire.

— Ah, MC plaît beaucoup, et pas seulement aux grands sapiophiles.

— Aux tout petits sapiophiles ? Aux esthètes ?

— Elle te plaît ?

— Beaucoup.

— Et as-tu déjà envisagé… ?

— Des amies filles, j'en ai deux, et j'y tiens.

— Sinon, aurais-tu pu ? tenter ?

— Je ne me suis jamais posé la question. Et toi ?

— Moi non plus. J'y tiens trop comme amie. Et même chose pour Alain.

— En cas de besoin, pour m'empêcher de rire, je repenserai à *ça*. Merci.

— Je t'en prie. Très heureuse que tu aies enfin trouvé mon usage.

— Oui. Côté sexe, avec lui, ça n'sera pas tout de suite La Foire du Trône. Il peut rendre des services… des services barbe à papa, mais faut pas compter sur lui pour jouer longtemps aux autos-tamponneuses. Ah ça !, il a bien bien perdu pied… en partant de très bas, déjà.

— Elle a de l'expérience pour deux, elle le tirera vers le haut si elle est motivée.

— Ah bon ? ? Raconte ! !

— Nan !

— Si ! Pour mon instruction !

— Ah ah…

— Quel joli rire !…

— Mais à combien estimes-tu le risque de le faire souffrir pour rien ?

— Ne nous inquiétons pas pour ça, ma Nathalie, il n'est pas désespéré mais il souffre déjà.

— Tant mieux, ça m'ôte mon tout dernier scrupule.

— C'est bien.

— En fait, elle n'était pas venue pour t'expliquer le choix du prénom.

— Non. On a vraiment un métier ingrat.

— Très. Mais tu ne pouvais pas espérer mieux.

— J'ai tout de même quelques capacités, j'aurais pu vendre des *Citroën*.

— Pas sûr : toi et les concessions, ça fait deux. Et beaucoup d'espace au milieu.

— C'est bon de rire en silence avec toi, ma Nathalie.

— C'est bon de parler avec toi, mon Bruno.

— Et c'est même bon quand ça s'arrête.

— Je ne réponds pas… … Rien.

— Moi pareil… Je ne te répondrai plus jamais.

Mais je parlerai aux bêtes, peut-être.

— Non, Bruno, laisse-les tranquilles…

— Je pourrais parfaitement continuer à ne pas te répondre, mais on est de vrais adultes.

— Ah ça, Bruno !… Qui irait s'imaginer le contraire ?

— Moi. — Moi aussi. — Tes élèves ? — Non : tes élèves.

— Guillaume !… Et peut-être l'adulte, même si je le soupçonne d'être taré, un peu plus que les autres.

— Ne nous leurrons pas : Rémi a des doutes, Minette sait tout.

— Sales bêtes.

— Je me demande s'ils sauront garder ça pour eux.

— On pourrait tenter de les faire changer d'avis.

— Et tu comptes t'y prendre comment ?

— En changeant, Nathalie. En grandissant.

— Je te parie deux Carambar que j'y arrive avant toi.

— Ça n'est pas comme ça que tu vas rassurer beaucoup le lapin.

Toujours dire : — Peux-tu nourrir les chenapans ?

Toujours préciser : — En quantité suffisante, 'stp'.

Ne pas hésiter à recontextualiser : — Moi, je travaille.

Et toujours conclure par : — Bruno, je t'avais demandé de nourrir les bêtes, pas de leur ouvrir l'appétit.

Avant de le faire soi-même.

Penser à ne pas retenter sa chance avec Bruno avant le boom des neurosciences qui verra l'avènement des opérations destinées aux ~~éternels grands prématurés~~ aux garçons : l'ablation partielle de la paresse intellectuelle et un authentique rabais de 30 % sur les paresses physique et émotionnelle (étrangement liées à la vue d'une éponge, d'un aspirateur ou d'un seau en plastique), soit une jolie ristourne sur la mauvaise volonté primaire, primale, développée, cultivée depuis le berceau, ou neuf mois plus tôt.

23 h 39 Alors que je lisais Flaubert dans mon lit, *L'Éducation sentimentale*, j'entends Minette miauler, Bruno lui parler, puis Bruno venir au seuil de ma chambre, la belle sur ses avant-bras, sous ses bisous. *Soudain* Rémi apparaît entre ses jambes, pour compléter notre petite famille.

— Nathalie ? — Bruno ? — Alain semblait accepter l'idée de renoncer à toute vie sentimentale, de continuer malgré mon opposition farouche maintes fois manifestée. Alors je m'étais un peu résigné, alors j'avais préféré ne pas lui parler de MC.

— J'avais compris. Parce que moi aussi.

— Je me disais : À quoi ça sert de le torturer ? — À le torturer.

— Ça ne peut pas être un objectif. — Non. Pas pour un ami très proche.

Minette bondit dans le couloir, Rémi dans son sillage, pour l'un de ces moments de 'fofolie' des chats et des Rémi-lapins, trois fois le tour de l'appart' pour nos sprinteurs foufous *et elle*, les yeux encore hallucinés, réclame nos regards de fierté, *lui* nous demande de simples regards doux.

— Je suis contente que l'on ait changé d'avis pour Alain.

— Grâce à toi et à la nouvelle vie de MC qui s'annonce.

Bonne nuit Nathalie. Dors bien…

— Merci. Je vais lire Gustave encore un peu. Toi, n'éteins pas trop tard. … … Bonne nuit Bruno… Fais de beaux rêves.

Il dépose ses lèvres entrouvertes sur ma joue, je dépose aussi mes lèvres.

— C'était la Saint-Valentin, je lui dis.

— Ah mais c'était aussi la Sans-Valentin, Sans-Valentine ! Tu as donc opté pour notre menu à 3 € 50 'spécial' Valentin-est-un-sacré-crétin-ces-derniers-temps-et-Valentine-se-cache-,-la-coquine-! !, tu as dîné *avec moi*, bossé Flaubert, et tu étais plus belle que jamais. … … Merci Nathalie.

— De ne pas avoir de vie amoureuse ?

— Ni sexuelle. Ça pèse dans le Merci. Et vaut le bisou-sur-bout-du-nez ! … Oui, c'est bon ! je sais…

Frissons. Là, il repart, les chenapans le suivent, moi seulement du regard.

Et je l'entends débiter aux braves bêtes, vraisemblablement atterrées et murées dans le silence pour l'éternité, la dernière grosse bêtise de sa soirée, une ânerie en béton armé estampillée Bruno :

— Alors, la jeunesse ? Bientôt au pouvoir ? ?

Non, la dernière se trouve juste trois lignes plus loin, coincée entre deux banalités très évitables :

— Nath, je suis de retour. — Bruno, je constate.

— C'est parce que mes futurs non-bacheliers vont avoir droit à une punchline cousue main, si j'ose dire, et c'est pour bientôt, tu vois. D'où mon petit enthousiasme prévu en plusieurs épisodes.

— Fantastique. Je ne crains pas le pire, j'en ai la certitude.

— Tu veux la connaître ? Peut-être ?

— Je sais ce qu'est prendre une balle perdue depuis que tu l'as testée sur les bestiaux. C'est dur.

— Et toi qui osais te prétendre pédagogue en progrès constants, soit tu partais de trop loin, soit tu n'es pas du tout guettée par la déformation professionnelle. Guettée *ou* concernée, si tu préfères. Sur ce, dormons, oublions les sourires factices, reprenons nos appuis, ma douceur, ma beauté.

— … … Je peux te voler tous tes mots ? Te les offrir aussitôt ?

— On va dire Surtout pas. Une autre fois, peut-être. Un jour de fête dans nos têtes.

8.

Bruno

« Dégénéré ! !... Dé-gé-né-ré ! ! ! »

Ça surprend toujours.

Vous l'avez aimée en transe quasi hypnotique devant 'Questions pour un champion' ? Vous adorerez Nathalie-la-déglinguée déchaînée devant 'Des chiffres et des lettres' et son public de nonagénaires avancés.

Les lettres : O U D E G E N E R E

— Articule bien. Sinon, ils ne t'entendent pas.

— Bruno, tu es rentré !

— Oui. Tu es vraiment très concentrée, j'ai fait tant de bruit en entrant que les bêtes se sont enfuies, un bébé a pleuré, les voisins se sont plaints.

— Et tu m'obliges à rire, comme ça, d'emblée...

— Oui.

Candidat : — 8 lettres.

Candidate : — Pas mieux.

Lui : — 'dégénéré'.

Elle : — 'dégénéré'.

— C'est du grand n'importe quoi, ce jeu.

— Pourquoi ? dit Nathalie.

La candidate : — Si maintenant vous les donnez dans l'ordre...

— Voilà ! conclus-je.

Le téléphone fixe sonne dans le salon. C'est « Alain Mignon à l'appareil, madame Moulo... Bonsoir ! J'ai mes clients à côté de moi et j'appelle pour réserver l'appartement 1021, à Toulouse. »

J'écoute Alain passer la seconde, puis la troisième :

— Quoi ? ! ! Bernard l'a réservé il y a vingt minutes ! ! Alors, je dis non ! ! ! Non ! ! Je vous dis que là, c'est mon tour ! L'appartement 1021 est pour *mes* clients ! !

Je ne dis pas un mot, je suis parfait.

Alain est très bien, lui aussi.

Nath s'étonne de mon mutisme, je mets le haut-parleur :

— Vous me demandez si madame et monsieur Lagarde sont prêts à signer immédiatement ? Mais, je leur pose la question, madame Moulo… Vous avez entendu ? Alors, pour 188 000 €, vous le prenez ? Maintenant ?

— C'est-à-dire… On aimerait réfléchir encore… Hein, Gisèle ? ?

— Un délai de réflexion supplémentaire, c'est possible ? … Elle dit non. Vous devez signer maintenant.

Je repose le téléphone de maison, Nath m'interroge du regard.

— Donc, Alain travaille.

— C'est bien.

— Et Alain va nous appeler très régulièrement pour son nouveau boulot.

— C'est moins bien.

— Oui. Là, il bosse dans la défiscalisation : il vend des appartements, des maisons, des biens immobiliers qui répondent à certains critères.

— Investir dans la pierre pour payer moins d'impôts ?

— C'est ça, c'est l'idée.

— Et pourquoi est-il supposé nous appeler ? très régulièrement ?

— Il appelle pour réserver 'le bien', mais Bernard, lui, l'a déjà réservé il y a vingt minutes. Alors, Alain doit récupérer 'le bien', quitte à monter en température, pas discourtois mais presque, avec un unique objectif : te convaincre de signer sans tergiverser. Et, tu l'auras compris : tu ne t'appelles pas Nathalie Deyglun, ni moi Bruno Boss, mais tu es, je suis, nous sommes madame Moulo.

— Et quand on n'est pas là ?

— Pas de panique, il dira la même chose, mais au répondeur ; j'ai réussi à augmenter suffisamment sa durée d'enregistrement, c'est cool.

— Très. *Enfin*, seule, je n'aurais pas trouvé ce mot, mais ça passe. Tu admettras tout de même : Jusqu'où ira-t-on ? ?

— Franchement… Nous l'ignorons.

Mais pour le répondeur, trois minutes trente.

Assis face à face, détendus, nous dînions en silence. J'étais côté évier, elle devant la porte ouverte sur le salon où Minette et Rémi allongés se partageaient le canapé. On s'entendait manger. On s'entendait bien.

— Excellent ton riz, Nathalie. Comme toujours.

— Délicieuse ton omelette aux champignons. Comme à chaque fois.

Donc, après les reproches et la vaisselle en activités communes, moi à la plonge, Nath à l'essorage, je me laissai choir comme une vieille merde sur notre canapé pour regarder le jeu de rencontres 'Premier Baiser'.

— Barnabé, nous vous écoutons : une question pour Mathilda !

— Mathilda, est-ce que tu aimes draguer les mecs en boîte de nuit ? dit-il avec une jolie conviction et l'air satisfait succédant aux grandes audaces.

Gratiné, le Barnabé.

Et elle qui lui répond comme une conne ! Très nature :

— Ah ben ça, ça dépend. Ça dépend des mecs… si ils sont grands, beaux… et puis intelligents.

Surtout ça, Mathilda : intelligents.

Surtout qu'avec toi, ça peut faire une moyenne. Sait-on jamais ?

Complètement attardée, la Mathilda.

À moitié dégénérée (9 lettres / Pas mieux). J'adore ça.

Allez savoir pourquoi, Nathalie n'aimait pas ce jeu, et elle choisit ce moment précis pour amorcer un psychodrame nul de chez nul :

— Tu mates toujours ce jeu débile ! Je ne peux jamais regarder la télé !

— Quoi ? ? Mais il y a l'empreinte de tes fesses incrustée sur ce canapé ! Ça n'est même plus récupérable !

— Parce que tu comptais le revendre, peut-être ?

— Tu passes ta vie devant cette télé ! À éructer ! À m'insulter, en plus, sous couvert de tes débordements ludiques.

— Mes quoi ? ?

— Oh ça va, la passionnaria des jeux intellos ! Tu sais très bien de quoi je parle !

— Je sais que tu joues la comédie, mon Bruno.

— Bien sûr *mais* tu as amorcé. Jeu-pas-débile, seuls les candidats le sont.

— Possible. Mais c'est déjà trop. Et puis prouve-le !

— D'accord… Je vais… le… Je vais le prouver comment ? ?

— On va dire que si tu te fais sélectionner comme candidat, et que tu joues les dons Juans d'opérette devant tout le pays, tous tes élèves et tes collègues réunis, alors… Une fois mon concours terminé, tu pourras continuer à regarder tranquillement *ton* jeu pendant un mois.

— Trois mois, non négociable ! !

— Un mois.

— Deux mois, non négociable ! !

— Un mois.

— D'accord ! ! … D'accord.

— Trois semaines ? Quinze jours ? Trois jours ? ?

— On avait dit Un mois…

— Oui. Mais crois-moi, être ton amie, ça n'est pas un cadeau, c'est quasi… Non, pas presque, c'est l'équivalent d'un boulot à plein temps.

— Tu reconnaîtras, au moins, que j'ai le sens de l'humour ?

— C'est probable. Pour le sens du ridicule, c'est moins sûr.

— Je te signale tout de même que depuis deux minutes, je n'ai pas entendu un mot…

— Et c'est gênant, ça ?

— Ben oui… quand même. C'est très décevant.

— Bon, je me tais : entraîne-toi !

— Merci ! C'est pas d'refus !

— La fatigue me décourage pour l'agrégation et me donne envie de télé.

— Faut pas ! ! !, il y a du foot indispensable. Et tu t'es tue une seconde. C'est peu, Nathalie. C'est même trop peu. Et 'focus concours' ! ! ! *Hein* ?

— Non. Dans moins de deux heures, j'aimerais beaucoup regarder le beau film sur *Arte*, recommandé par *Télérama*.

— À moitié intello, à moitié prise de tête ?

— Tu tombes mal : on l'a vu au ciné ensemble, tu avais adoré.

— Ah bon ? Mais pourquoi tu me parles de *Télérama*, alors ?

— Pour ça : te faire réagir : une pièce dans le jukebox *et hop* !

— Le magazine télé des profs comme toi…

— Saletés de profs intellos ! ! conclut Nath avant d'aller aspirer la cuisine, me crier : — L'aspirateur ne te dérange pas ?

— Si, un peu. Mais ça va, j'ai mis plus fort.

— Toujours premier degré, ce garçon… C'est épuisant.

— C'est épuisant ? ? Attends, je vais le faire ! Toi tu te lèves tôt.

— Et ton jeu ? ?

— Tu regardes et tu m'appelles pour la fin.

— Je crois que je préfère encore aspirer.

Pas de panique, j'avais réussi à échanger le film formidable (direct mon préféré, selon la rumeur) contre une série à coup sûr tout aussi bidon, mais plus courte (52' ttc), l'épisode 2 n'étant pas envisageable dans un monde à peu près normal, et suscitant zéro débat en l'état actuel des négociations, 'des pourparlers' si tu préfères. Mais je n'étais pas encore entièrement satisfait, rassasié, ce sont Nathalie et un peu *Chanel* qui en firent les frais :

« *Chanel* partage votre passion des séries »

— Je déteste ça.

« et vous souhaite un bon épisode »

— Beaucoup. Ça m'étonnerait beaucoup.

— Inutile de ronchonner, ils ne t'entendent pas. *Du tout.*

— Du tout. Mais toi, si.

— Chut.

— Chut toi-même.

Le téléphone fixe sonna alors que nous étions endormis bouches ouvertes devant la quatrième minute du premier épisode ; Minette et Rémi côte-côte entre nous dressèrent une oreille puis deux puis quatre. Bouger, de très peu, répondre « Allô ? ».

Ma main droite posée sur le téléphone, j'informai doucement Nathalie qui émergeait tout juste : — C'est Alain. À 21 heures, les travailleurs ont regagné leur demeure, c'est son heure.

Nathalie acquiesça d'un mouvement de tête, caressa la Minette, je décidai de m'occuper du lapin sans faiblir, Alain peaufinait ses envolées, les intonations, je te passe tous les détails un peu sordides, voire maxi-sordides, l'entredeux n'existant pas ce soir.

— Tu t'es endormi avant la fin du générique. Moi, je vais bosser, réviser.

— Alors je vais pouvoir regarder le foot.

— Indispensable !

— Sans harpie qui me tourne autour.

— Je ne suis même pas une mégère apprivoisée.

— Shakespeare. Je m'intéresse de près au mot 'mégère' depuis la coloc'.

— Il serait de bon ton de réviser d'autres mots.

— Acariâtre ? Despotique ? Paresseuse ?

— Ping-pong.

— Partie commencée très vite, en 3e : vingt-deux ans de pings et de pongs, sans jamais réussir… à nous départager… Toi et moi.

— Oui.

— Vingt-deux ans, Nathalie. — C'était hier.

— C'était il y a trois minutes. Je m'en souviens très bien, jeune fille.

— Moi aussi. C'est précis à un tel point.

— Ça fait peur. — Tu trouves ?

— … … Non. Bien sûr que non. Ou alors un tout petit peu.

— Un tout petit peu.

* * *

— Alors, tu bosses bien ?

— Ah ! Bruno ! J'ai retrouvé tout mon tonus ! !

— Nath-la-battante, j'aime ça ! !

— Et toi ? Ce match ? — Match nul.

— J'en étais sûre ! — Mais pas du…

— Quoi ? — Rien. Tu avais raison. — Bien sûr !

— Allez, travaille ! Motivée ! ! — Et toi ?

— Motivé pour aller dormir. Ils m'ont épuisé, ces chenapans.

— Minette et Rémi ont été très vilains avec toi ?

— Non. Mes ados. Et mon adulte.

Celui qui vote depuis trois ans, déjà.

— Ah bon ? ? ? Ils s'y mettent même avec toi ? ?

— À vue de nez, je dirais que Guillaume teste son futur one-man-show, alors parfois ça vire à la Ligue d'improvisation et l'économie ne leur semble être qu'un vague prétexte pour nous réunir.

— Tu exagères ! ! Tu te fais très bien respecter.

— Comme arbitre de *battles*, ça va.

— N'importe quoi ! !

— Oh, ça pourrait très bien, ça se joue à rien.

— Mais si tu n'essayais pas de les faire rire, toi aussi ?

— Mon autorité passerait beaucoup moins bien, quand j'y ai recours. Et ça a toujours fait partie de ma pédagogie.

— Oui, mais la *battle*, c'est avec toi que Guillaume la fait.

— C'est vrai que c'est serré.

— Ah là là… ! Ce que tu peux me faire rire, parfois, même si ça reste à l'intérieur ! ! Mais je plains les collègues qui se le farcissent 'depuis toi' : de source sûre, il se sert des autres cours pour… 'marquer des points'.

— Rien ne l'arrête ! ! Je suis clairement désavantagé.

— La rareté a du bon. Dans ton cas. Avec ton humour de prof mordant. … Tu vas où ? ? Tu fais quoi ?… Tu écris quoi ? ?

— « Moi, prof drôle, humour mordant, je raréfie mes prestations. »

Un petit rire m'échappe avant ce soupir : — Pffff ! ! !…

— Je l'écris cent fois, je sens que ça va bien m'aider.

Je sais, certains disent que je suis à moitié con.

— Je sais, ils ont à moitié raison.

Tu penseras à descendre les poubelles ?

— J'allais le faire.

— Oh, tu en avais tout l'air ! De ta propre initiative ? Facile à dire, maintenant !

— Oui. Surtout que j'allais le faire.

J'ai aussi débarrassé cette étagère d'une coupelle.

— Et toi qui étais déjà fatigué… — Oui.

— Tu veux que je te remercie, peut-être ?

— Ah, j'aimerais bien.

C'est possible ? ? En toute simplicité ?

— Mais qu'as-tu fait des raisins secs dans cette coupelle ?

— Faut demander ça à l'autre chimpanzé.

— Je veux bien qu'elle soit acrobate, mais ça reste un chat.

— Pas du tout, quand c'est important, c'est Harry Potter et Arsène Lupin réunis.

— Quoi qu'il en soit, elle a un don que je ne possèderai jamais : elle est capable de te faire ranger quelque chose.

— Je l'ai lavée, même.

— Tu as cent fois raison : ne m'épargne aucun détail de tes prestations. Mais ça va te faire tout drôle si j'adopte la même stratégie de communication. Enfin, c'est comme la culture : moins on en a, plus on l'étale.

— Merci quand même. Pour la généralité. Ça va beaucoup m'aider.

— Remarque, nous allons descendre tous les deux : moi au sous-sol, à la cave, je vais monter une litière pour la belle et des essuie-tout, après t'avoir demandé trois fois de le faire, sans l'ombre d'un succès.

— Ben non, laisse, j'ajoute un objectif à ma mission, un kilomètre à mon marathon, une corde à mon arc, et, même en temps de paix, ça ne me dérange pas de le faire, je te l'ai dit et répété.

— Apparemment, 'ne pas le faire' ne te dérange pas trop non plus.

— Détrompe-toi. — Détrompe-moi.

— En tout cas, c'est super que tu m'aies rappelé où était la cave, j'étais persuadé qu'elle se situait sous ou sur le toit.

— Tu étais surtout persuadé que je me lasserais la première, ce qui s'avère exact.

— Tes allusions perfides continuelles prouvent que ta cruauté est sans limite. Je mets un s à « limite » ?

— Mets un s à « poubelles », ça suffira pour ce soir.

Soyons sérieux trente secondes : pour ta gouverne, tout dépend si tu considères qu'il y a une limite ou des limites.

— Merci, pas de s. En revanche, 30 ? J'ai compté jusqu'à 9. Mais ça reste un détail.

— Oui. Comme ton intelligence.

— Si encore, avec toi, ça pouvait faire une moyenne.

— Mon Dieu ! ! Qu'il est bête !

— Tu as encore le droit de m'appeler Bruno *et* de ne pas célébrer 'mon petit plus' tous les quarts d'heure par beau temps. Sur ce, j'y vais, là, maintenant, sans regrets, puisque ça ne me dérange pas *et* que la moitié…le tiers des épreuves était prévu.

— Quelle est donc la troisième épreuve comptabilisée ?

— La pire : ta conversation.

— Alors, il faut compter jusqu'à quatre.

— C'est quoi, cette nouvelle épreuve ? ?

— La pire, Bruno : ton sens de l'humour.

Le fruit de tes deux neurones tragiquement désœuvrés.

— Tu admets *enfin* qu'il m'en reste deux.

— Mais l'essentiel de leur activité est de se tirer mutuellement vers le bas.

— Je sors. — Ne reviens pas.

Je voulais dire : ne reviens pas les mains vides.

… Mais… appuie sur le bouton, c'est tellement efficace dans ce genre de situations.

— Et follement pratique si chaque phalange a sa poubelle perso spéciale-chantier-Hello-gravats, ça frise le bon sens. Ne demande pas si je fais une croix sur mon influx nerveux, si j'épuise mes jolies ressources, si je creuse ma tombe à la vitesse V, surtout.

— Ton vilain caractère épuise les braves gens, j'espère qu'il est en travaux, surtout.

— Incroyable : faut faire quoi dans cette maison pour récolter le début d'un Merci ?

— Sortir sur le palier une poubelle à chaque doigt est le début de quelque chose de grand : alors, promis, si tu reviens en vainqueur, tu ne seras pas déçu.

— C'est sucré ?

— Un mot de 5 lettres peut-il être sucré ?

— À mon avis, un seul. Un mot entièrement sucré.

— Indice force dix. À mon avis, on pense au même : n'y pensons plus.

— C'est un truc banal ?

— Entre gens normaux, je crois, c'est possible, mais avec *toi*, pas une seconde et demie : *te* dire Merci est toujours un événement majeur.

— C'est vrai. Même si c'est dur de reconnaître ses torts, c'est vrai que je suis le principal témoin de ton ingratitude noire.

— Tu es la victime qui me procure le plus de satisfactions, tu es content ?

— Non. Bien sûr que non. *Ils sont là.* — Qui ça ?

— L'ascenseur. Et un voisin à l'intérieur.

Notre voisin du 5e.

Ah non ?

Ah oui : notre voisine du 6e.

Que d'approximations ! Vous savez, nous, les jeunes…

Oui, vous savez… notre âge… quel est notre âge. Parce que vous avez un moyen mnémotechnique, un repère, des informateurs dans la région. Non, n'en dites pas plus, après on regrette. D'en avoir trop dit ou trop entendu.

Sinon, ça se passe bien au 6e ? Vous êtes satisfaite ?

Levez le menton, je vais caler une poubelle.

Regardez… Écoutez… Elle s'appelle Nathalie, nous avons enfin réussi à la faire rire, même si, au départ, c'était plus mon objectif que le vôtre. Sinon, à part ça ?

Vous étiez prof, je sais, nous aussi on s'obstine.

Ah, la maternelle, on connaît, on lit les journaux : sale boulot. Si ton projet, c'est un travail où les couteaux dans le dos se plantent en silence cinq jours par semaine plus le week-end : deviens coach de vie pour les 3 à 5 ans, tu vas être servi en priorité, le premier choix sera pour toi, tu vas apprendre à dire merci.

Vous, je ne sais pas, mais moi j'ai la grosse impression de privatiser l'ascenseur dans des proportions assez inadmissibles.

Les gens vont se plaindre. Les gens ne vont pas passer l'éponge. C'est sûr. C'est normal. C'est sain. Au 6e, on va à gauche ou à droite ? Assez ri. À présent, il faut savoir que l'exactitude est ma passion numéro Un et numéro 2, l'ouverture d'esprit est ma maison, mon logement de fonction, le bon voisinage est ma vocation contrariée, mon mirage, mon carnage, dans un monde idéal mon point d'ancrage : alors, faisons un peu votre examen de conscience sans nous appesantir sur l'ampleur de vos si gros défauts et leurs rudes conséquences, c'est donc Ok pour une lucidité bientôt assumée ?

Attention, je pousse. On rentre tous ses abdos. Bravo.

On affiche complet, je libère la porte, ne respirez plus.

Respirez.

Respirez.

Essayez, au moins.

9.

Marie-Catherine

Le radioréveil envoie du Goldman, ‘Encore un matin, du pire ou du mieux, pour éteindre ou mettre le feu’, il est 6 h 45, j’ouvre les yeux, entrouvre la porte et découvre une petite boule de poils et son concert de miaulements : elle bondit sur le lit, ronronne comme un moteur :

— Rrrrrr... Rrrrrr... RRe ! !

— Bonjour Coquine ! Ça va, ma Coquine ?

Caresses, bisous, elle lèche ma main, la totale.

Fin des câlins. Début des emmerdements.

Elle a faim et communique énormément sur cette information de la plus haute importance sur l’échelle des priorités d’un appareil digestif (et suggestif…) au grand complet : — Miaou ! ! Miaou ! ! !

— J’en étais sûre !

Nous nous dirigeons vers la cuisine, elle me devance, saute sur le plan de travail, miaule encore plus fort ; si, c’est possible (mais j’aurais vraiment parié que non) ; ses croquettes, je la sers, fin du concert. Dans moins d’une heure, début des consultations, un rendez-vous ajouté à 7 h 45.

Face à moi, monsieur Biton et sa fille de 8 ans :

— Brenda a la grippe, mais rien d’alarmant, elle devrait aller mieux d’ici trois jours.

— Mais docteur, elle va plus mal qu’hier alors qu’on lui a donné tous vos médicaments !

— Mais quels médicaments ? ?

— Ben, il en restait quatre : alors, les comprimés du mois dernier.

— Mais le mois dernier, elle avait la diarrhée : à part constiper Brandon

Il parle : — Brenda. Brandon, c'est son frère.

(*Beverly Hills*, Brandon et Brenda sont frère et sœur.)

— Oui, pardon ! ! Comme dans...Comme je le vois plus souvent... Donc, à part constiper... Brenda, vous n'irez nulle part avec ça, monsieur Biton ! ! La prochaine fois, n'hésitez pas : demandez à me parler au téléphone.

— Y avait pas de place hier, docteur.

— Y avait le téléphone, je viens *juste* d'en parler. Ou demandez conseil au pharmacien : s'il le juge nécessaire, j'essaierai de vous prendre en plus. Il y a aussi d'autres médecins, ça peut servir, mais les initiatives personnelles, c'est fini-fini ! ! On est bien d'accord, monsieur Biton ? ?

— Les zinissiatifs ? ?

— C'est quand vous tentez de soigner Brandon tout seul.

— Brenda. Je demande toujours à ma femme.

— Faut pas ! !

— Merci de me parler franchement, docteur.

— C'est normal, c'est mon métier. Alors, au cas où elle serait un peu perturbée par les comprimés du mois dernier, je lui donnerais volontiers un laxatif léger, mais ça signifierait que je vous fais confiance, Biton... monsieur Biton. Il faut bien lire les ordonnances, tout ce que j'écris.

— Oui, docteur, désolé.

— Et moi désolée de vous parler comme ça.

— Vous êtes cash et c'est bien, docteur.

— Merci. Avez-vous des questions ?

— Oui : ma femme a du retard… pour… et on comprend pas.

— Elle prend bien la pilule tous les jours ?

— Et comment ! ! On la prend tous les jours.

— « On » ? ? ?

— Oui. Comme y a pas de vraie bonne raison pour que c'est toujours elle qui la prend, alors elle la prend un jour sur deux, et moi aussi. Un jour sur deux.

— Ah si… ! !, il y a une vraie bonne raison. (On mettrait ça dans un film, on n'y croirait pas, et pourtant c'est vrai, pensai-je momentanément accablée.) Mais inutile de s'étonner. De quoi qu'ce soit.

— Pardon, docteur ? ?

— Non, rien. Je parlais tout haut. La fatigue.

C'est moi pardon. C'est moi qui vous demande pardon, Biton. Monsieur Biton.

— C'est rien, vous êtes fatiguée, je connais ça.

— Merci.

— Vous avez des enfants très jeunes, peut-être ?

— Oui. Enfin, presque.

— C'est en route ? ! ! Un groupe de deux ? ? ?

— Oh, pas de jumeaux, juste une chatte et des parents immatures.

Un ex, aussi. Immatures. Les quatre. Usants.

Avec votre femme, appelez-moi ce soir sur mon portable, je vous ai noté mon numéro sur l'ordonnance.

— Merci docteur… Du laxatif pour Brandon ?

— Brenda. Non. Finalement, non. Soirée poireaux, plutôt.

10.

Ce matin
Il fait beau, l'air est bon
Les oiseaux chantent
Je n'ai besoin de rien
Je veux juste partir ce matin
J'ai connu l'amour et le bonheur
Passent les jours, passent les heures
J'ai bien connu la jeunesse
Passent les rêves, vient la sagesse
J'ai aimé la vie, je pourrais l'aimer encore
La vie m'a tout donné
Mais elle n'est plus d'accord
Plus d'accord
Les quatre-vingt-neuf premières années
Sont toujours les plus belles
Après, c'est la vie sans la vie
Pour le corps et pour l'esprit
Les quatre-vingt-neuf premières années
Sont toujours les plus belles
Je ne retiendrai qu'elles…
Je n'ai besoin de rien
Je veux juste partir ce matin
Après, on verra bien…
Les quatre-vingt-neuf premières années
Sont toujours les plus belles
Je ne retiendrai qu'elles…
La vie est belle, belle, Partir ce matin

* * *

Alain

6 heures, Paris, je me réveille chez ma mère, ouvre les volets sur les toits en ardoise qui plongent et grimpent à perte de vue, deux pigeons se suivent, se posent, roucoulent et s'aiment, je souris. Basilou bondit sur le lit.

Je dors la porte entrouverte, le chat va, vient, dort sur mon corps. J'étais certain de ne jamais accepter ça, mais si, ce grand câlino-dépendant a fini par me faire céder après quatorze ans de vie commune : au début je m'endormais sur le dos, lui ronronnait sur ma poitrine, en tête à tête, soulevé au rythme de ma respiration ; je me réveillais, il était là comme si entre-temps il n'avait pas bougé d'un iota, ni cessé de ronronner. Puis, sujet à des insomnies, j'ai repris ma position naturelle : sur le ventre. Et lui sur mon dos, ses pattes sur mes omoplates, ses moustaches effleurant mes cheveux, c'était mieux. Enfin, il a déserté le haut de mon corps, pris position sous mes fesses sur mes ischio-jambiers, avant d'élire domicile chaque nuit sur une cheville - toujours la même -, quand je suis repassé sur le dos. Chat quasi obèse à l'adoption, Basilou est devenu mince, 'fit'.

— Tes croquettes ? Ah oui, si, j'y pense.

Moins que toi, mais j'y pense !

Si je vous parle autant de cette présence, ce réconfort, c'est peut-être parce que ma grand-mère maternelle vient de mourir. Femme de 89 ans pleine d'esprit, lucide, toujours d'une grande précision intellectuelle, elle était aimante, aimée, pleine de vie,

Mamie. Et la bonne humeur tenace. Je l'aimais et elle va me manquer.

Elle arbore la mine des périodes scélérates, je dis Maman, ça va aller ? ?

10 heures, un notaire, ma mère et moi (ma sœur est ma demi-sœur ; les regrets de mon père, évoqués plus tôt, il s'agit de ma mère) : — Madame Camille Mignon, votre mère vous lègue l'appartement rue Calogero, Paris 9e, d'une valeur de 323 000 € ; elle vous lègue aussi un compte-titres ordinaire composé d'actions européennes et américaines, dont la valeur pour l'héritage s'établit à 39 912 €, et des livrets d'épargne pour une valeur de 10 828 €. Monsieur Alain Mignon, votre grand-mère vous lègue un compte-titres ordinaire composé exclusivement d'actions 'Brazilian Petroleum', dont la valeur pour l'héritage s'établit à 80 333 €.

— La plus petite compagnie pétrolière brésilienne, elle t'en avait parlé. C'est d'autant plus risqué, tu le sais ? me dit Maman, posant sa main sur mon genou.

J'opine du chef.

Je savais que le pari sur ces actions était pour moi. Mamie Yvette me l'avait dit. Moi je n'avais rien dit. Rien pu, rien su dire.

« Merci Mamie. » Juste ça.

« Je t'en prie, mon chéri, c'est avec le cœur. »

* * *

Quelques mois plus tard, un comédien (théâtre, doublage) disparaîtra, une Internaute écrira : « Il était si gentil et si professionnel : non, ce n'est pas possible. »

Si ça tient réellement de l'anomalie, il faut se poser les bonnes questions, et vite.

A y est. Alors, deux mots sur les réponses les plus adéquates : Bon, gentil, faut pas pousser, mais professionnel, ça se tente, ça se tente bien.

Une petite exception par-ci, par-là, n'efface pas la règle. Normalement.

Et, pas cent pour cent naïfs, nous savons qu'ils ont bossé ensemble, nous imaginons que ça s'est bien passé, nous croyons à l'absence de heurts notables, judiciarisés.

11.

Bruno

20 h 02 Notre salle de sport affiche complet : les rutilantes machines high-tech dédiées au cardio-fitness sont prises d'assaut sitôt qu'une place se libère, elles occupent la moitié du rez-de-chaussée et soixante-quinze pour cent des adhérentes hors cours collectifs. Nous sommes dans une ancienne maison d'habitation, lumière essentiellement de source naturelle en journée - surtout à l'étage, sous les toits, les Velux -, charpente en bois maintes fois renforcée pour éviter que ceux qui 'bossent' à l'étage ne passent à travers le plancher, selon un prof qui se voulait un peu plus persuasif sur l'utilité de poser les poids au sol plutôt que les lâcher sitôt l'effort fini.

Un tourniquet vous laisse pénétrer sur présentation du badge adhérent. Quatre tabourets serrés devant un petit bar, une table pour deux en face et trois tables pour quatre dans le prolongement, le long de la petite piscine.

Au rez-de-chaussée, Alain et moi en short et tee-shirt devant un appareil de musculation qui permet de cibler le dos, je viens de réaliser une série de mouvements, quinze 'reps' (répétitions), je récupère, cette fois Alain ne prend pas le relais.

Il y a un mois… Tous les deux mois, nous déjeunions tous les trois. Au resto, une bonne table. Elle nous invitait, Yvette, on refusait catégoriquement, c'était « hors de question », elle nous invitait pour de bon. Alain n'avait pas les moyens, elle le savait et, vis-à-vis de lui, elle et moi ne voulions pas faire de différences.

Sa vision positive de l'existence nous servait d'exemple, elle voyait du rose partout, sans être naïve pour autant. Elle avait connu la guerre, la misère, père ouvrier puis invalide, mère au foyer puis femme de ménage, les privations longtemps après la libération, elle savait d'où elle venait, connaissait la valeur de ce qu'elle avait acquis par son travail, ses heures supplémentaires, sa persévérance dans l'optimisme qui remontait à loin. Je ressentais une tristesse vive, un vide, moi aussi.

Alain regardait dans ma direction, l'air absent.

Silencieux.

— C'est bien, ces 80 000 €.

— Quoi ?

— Ces 80 000 €, c'est bien.

— Si je vends, oui.

— Mais tu dois vendre. Une action au Brésil, pays émergent, une petite société en plus, c'est 80 000 aujourd'hui mais combien demain ?

— Je ne sais pas.

Le téléphone d'Alain s'éclaire, vibre trois fois :

— Allô ?... Oui, bonsoir, madame Moulo.

Un adhérent pousse deux râles puissants.

— Où je suis ?... Ah ! C'est juste un sportif qui produit son effort. ... Oui, j'ai les contrats pour demain. Les appartements 1209 et 1268 à Toulouse, j'ai... Voilà... Merci, bonne soirée à vous aussi, madame Moulo !

Désolé, Bruno, dit-il, reposant son téléphone sur une partie surélevée de l'appareil pour le dos.

— C'était Moulo ? ? ! ! Elle existe en vrai ? ? ?

— *Idiot* ! ! Nathalie ne vient pas ? Elle potasse encore pour l'agrégation ?

— Elle vient avec une nouvelle adhérente, une fille adorable et le meilleur docteur que l'on ait jamais eu : Marie-Catherine Boulant. Nath a pris rendez-vous il y a un an et elles ont rapidement sympathisé pour devenir les meilleures amies du monde.

— Marie-Catherine…

— Ou 'MC', je l'aime énormément et tu vas l'aimer, toi aussi.

— Et tu ne m'en as jamais parlé ? ? ?

— Non.

— Mais c'est que, parfois, tu es bizarre, tu sais ?

— Oui ! D'ailleurs, Nath dit exactement la même chose. Peut-être même que vous avez raison ?

— Peut-être n'y a-t-il pas d'autre conclusion à ton sujet ?

— Peut-être devrions-nous faire du sport ? Alain ?

— Et Nathalie est bizarre, elle aussi…

— À qui l'dis-tu ! !… Mais *en fait*, comme tu… … Comme tu as raison, mon garçon !

— Apparemment, oui. À ton sujet, en tout cas.

C'est même pire que je le craignais.

Raoul est un professeur de musculation atypique, qui pratique peu le sport, et ça se voit, mais pratique l'humour tous les jours, et ça c'est bien.

Pour notre plus grand malheur, Raoul avait remarqué qu'Alain et moi bavardions et avions à cet instant les mains dans les poches, short noir pour Alain, blanc pour moi :

— Ça va ? Pas trop fatigués ? ? dit-il quand il se fut suffisamment approché. Messieurs, attention ! ! Vous risquez d'agrandir vos poches.

Alain en premier :

— D'abord, sache que tu as raison.

— Par définition, oui. C'est vraiment… C'est la base.

Toujours Alain, et j'interviens après :

— J'ai bien tout noté, Raoul, mais c'est décidé, je cours le risque.

— J'ignore pourquoi, mais il adore plaisanter en ce moment ! On va remédier à tout ça, Raoul, bien sûr. Un grand merci de sa part, de toute évidence, et moi pareil, disons avec quelques nuances.

— Les nuances portent sur quoi ? Par exemple ?

— Il plaisante, moi je suis drôle, ça fait une très grosse nuance, déjà, tu vois. En tout cas, pour les poches…, sans jouer les copieurs, j'ai envie de dire merci.

— Je t'en prie, Bruno. C'est normal.

— *Un peu* normal, grand maximum. Et tu sais, c'est surtout cool pour Alain, il adore son short.

— C'est ton ressenti sur son ressenti, et tu as le droit de l'exprimer avec tes mots à toi, mais mon ressenti est que je suis là pour ça.

— C'est bien ce qui m'inquiète le plus.

Trop vi…Très vite nous fûmes contraints à nouveau à la bonne humeur quand elles firent leur apparition : jeunes femmes souriantes, élégantes, short bleu marine tee-shirt blanc pour MC, Nath en legging vert émeraude débardeur noir.

— Bonjour Alain ! Marie-Catherine, Alain. Alain, Marie-Catherine…

Elle avança une main confiante, il lui tendit une main timide.

— Bonjour Alain ! ! Enchantée !

— Bonjour. Moi aussi. Enchanté.

Je crois que personne ne souhaitait que ça s'éternise.

— Allez ! ! On est là pour bosser ! rappelai-je.

Une heure d'efforts (modérés) (surtout les filles) (et Alain) plus tard, nous avions des jus de fruits devant nous. J'étais content qu'Alain s'adressât à MC avec plus d'aisance, même si, là, on était carrément entré dans la consultation médicale, avec le vouvoiement pour couronner le tout, ajouter du ridicule au ridicule (vous allez voir, j'exagère à peine) :

— Là, depuis cinq jours, j'ai des douleurs aux épaules : un peu à gauche, plus à droite.

— Vous prenez un anti-inflammatoire ?

— Depuis cinq jours.

— Ça va plutôt mieux ?

— Plutôt non. Et ici, pour le haut du corps, je travaille à charges légères.

— Prudence !... L'idéal serait que vous veniez au cabinet : on localisera avec précision les points douloureux pour les traiter par micro-injections.

— C'est ce que vous appelez 'la mésothérapie'...

— Oui. C'est même son vrai nom, vous savez !

— Dis-moi, Nathalie, c'est moi qui suis vraiment bête ou c'est ton amie qui est 'un peu' désagréable ?

— Veux-tu *vraiment* savoir ?

— Dis-lui : il a le droit de savoir, dis-je solennel.

— D'accord, la vérité nue : MC est toujours très vilaine avec les gens vraiment bêtes.

— Uniquement pour les cas extrêmes, précisai-je.

Nathalie parla d'Albert :

— Einstein aimait dire : « Il y a deux choses infinies : l'Univers et la bêtise humaine. Quoique… Pour l'Univers, il y a un doute… »

— Albert avait raison ! La rigueur du scientifique, le sens de la formule, même la légère pointe d'humour : il était très fort, le Bébert ! Il avait déjà tout compris, et ne comptez pas sur moi pour relativiser sa théorie, mais pourtant… Rien à voir avec Alain !

MC rit dix secondes, Nath deux, Alain zéro.

— L'anti-inflammatoire et le décontracturant agissent localement, seule une infime partie est véhiculée par le sang, diffusée dans tout l'organisme. Quasi rien : l'estomac est épargné.

— Super.

— Mais l'efficacité n'est pas garantie.

— Du suspense, en plus ! ! Je viendrai !

Tout se passait bien. Donc. Le vouvoiement ne tue pas, comme l'on dit trop rarement. Bon, je doutais des bénéfices pour les épaules d'Alain, parce que l'épicentre de la douleur peut être trop profond pour être atteint, et parce que tout est profond chez Alain, mais qui se souciait - ne serait-ce qu'un peu - de ses épaules, à part lui, dans cette histoire ? ?

Oui, la Sécu, la mésothérapie en elle-même n'est pas remboursée, mais elle se pratique dans le cadre d'une consultation classique.

Et je prends les paris à cent contre un que MC ne lui fera pas payer le supplément de 8 €. Et qu'il n'insistera pas plus que ça.

12.

Nathalie

5 heures et des poussières de nuit, plus doux que la sonnerie, le réveil s'envole, s'envoie en l'air, 'balance' non-stop l'énergie de la radio et ne retombe jamais alors que les infos défilent depuis soixante secondes, je pose un premier pied au sol et j'ai l'impression d'être en forme, d'avoir le vent en poupe, de surfer sur la vague, moi aussi ! Mise en confiance dans de telles proportions, j'accepte de poser le second pied. J'aurai des coups de moins bien dans la journée, mais j'aurai la bonne humeur tenace, comme dit Alain nous parlant d'Yvette.

Sans prévenir, sans bruit, la brume s'était emparée de la ville endormie, les premiers volets s'ouvraient, les premières fenêtres s'allumaient, se paraient de couleurs, de silhouettes, de vies à jamais discrètes et magiques.

Ceci étant dit (et sans trace de littérature, sans indice de son existence), la 'rencontre au sommet' entre MC et Alain s'était passée exactement comme je l'avais espérée. La rencontre de deux intelligences, deux sensibilités suffisamment contrastées pour s'attirer, l'éveil d'une curiosité, une complicité naturelle qui ne demande qu'à s'affirmer, s'affiner. À les observer, j'ai senti que l'on pourrait faire quelque chose de ces deux-là.

Mais Alain est Le grand démissionnaire des joutes sentimentales des années 2010, comme dirait Bruno, et même depuis 2008, depuis dix ans. Il est capable de continuer.

J'attends la suite.

Trop tôt pour penser petit-déjeuner (pas du tout l'avis de Minette et Rémi), mais je me prépare un thé blanc qui va m'accompagner *Au cœur des ténèbres*. Le livre de Joseph Conrad, comme *Le Cul de Judas* d'Antonio Lobo Antunes, sont au programme de la 'littérature générale et comparée'. Les deux œuvres ouvertes sur mon bureau, je cherche les convergences, divergences, j'avance des pions, suppositions, des hypothèses en conclusion.

Déconcentrée par Minette qui saute sur mes cuisses, réclame des câlins, les obtiens, je repense à MC et Alain, j'écris :

Je sais que c'est dur
Je sais que rien n'est sûr
Mais j'ai envie à présent
De ce que tu appelles le futur
Même s'il est imparfait
Toujours au conditionnel
Et qu'il faut encore un peu
Avec le passé composer

Un passé compliqué pour Alain, qui explique en partie sa solitude affective et son immense manque de confiance en lui sur un plan personnel, malgré un physique très avantageux.

Un passé qui s'appelle Pierre-Olivier pour MC, à supposer que ce soit définitivement du passé.

Lui espère la reconquérir, faire du passé le présent, un avenir.

Oui, avec le passé composer. Et l'avenir, c'est *Le Cul de Judas* ! L'avenir immédiat. Je bosse. Deux heures. Petit-déjeune avec Bruno :

— Cher colocataire, sachez que je vois MC à vingt heures.

— Je sais.

— Tu savais ? ?

— Non. C'est maintenant que je sais.

— Oui.
— Je prendrai le café avec Alain ce midi.
— Je pense bien à Yvette, à lui, à son boulot bizarre, aussi.
— Pour le moins 'étrange', confirme Bruno.
— Alors, je t'en prie, embrasse-le fort pour moi.
— Toi, embrasse bien MC pour moi.

Tentative d'imitation du ton gouailleur 'à la Arletty', très titi parisien, tout sauf distingué / Première prise : — Ben alors ? ! J'vais m'gêner !

Bruno, lui, opta a contrario pour un ton exagérément précieux, snob : — Peut-être l'ignores-tu encore, mais des colocataires extrêmement distingués, comme toi et moi - toi plus que moi -, ça se fait rare.

— On a beaucoup de chance, Bruno ?
— Ô combien !, Nathalie.
— Tu es sûr qu'hier soir on a bu que du jus de fruits ?
— Je ne suis même pas certain qu'hier soir ait existé.
— Alain t'a dit quelque chose sur MC ?
— Deux ou trois banalités.
— Zut ! ! On ne peut pas compter sur lui !
— Jamais. Et elle ?
— Pareil. Il est « très différent et si charmant ».
— Mais c'est déjà bien ! !
— Oui, mais je l'avais vu, ça. Toi aussi ?
— Oui. Valeur ajoutée, zéro. Mais c'est déjà bien.

Il pose sa main sur la mienne. L'autre main sur la tête de Rémi, un pied nu caresse Minette ; elle se dresse sur ses pattes, se frotte et ronronne ; elle prend son pied ; puis le second à sa disposition ; elle sort sa langue, elle s'applique, très motivée, mais il ne la laisse pas râper ses pieds bien longtemps. Il me regarde, exerce une légère pression avant de retirer sa main en une caresse, délirante douceur accordée, ultime douceur infligée.

Mais pourquoi suis-je si nerveuse ?

— J'ai réclamé « embrasse bien », mais deux bisous pour MC, pas plus.

— En-dessous de quatre, elle va rester sur sa faim. C'est bien de préciser.

13.

Marie-Catherine

Courbaturée. Dès le réveil, le sport de la veille se rappelait à moi (phénomène qui allait prendre de l'ampleur dans les 36 heures qui suivirent) bien que j'aie dosé mes efforts au point de faire rire Bruno.

Je l'imagine très fin intellectuellement - je parle d'Alain -, mais il était trop intimidé, inhibé par ma présence, pour que ce fût l'évidence absolue vendue par Nathalie. S'il savait que je n'ai plus séduit personne depuis 2009 ! Pierre-Olivier, au premier regard, donc tu relativises ! ! ! On ne se méfie jamais assez d'un « Bonjour, Vous… Je suis touché, bousculé, bouleversé comme jamais ». Il avait tout du Prince charmant, j'ai pensé conte de fées, j'y ai cru ! ! *Moi…* Et la suite m'a longtemps donné raison.

Mes consultations du matin commençaient avec Rose Rémond, 25 ans, je la suivais depuis bientôt trois ans. Dépressive, elle perdait peu à peu tous ses repères d'avant la maladie. Elle consultait un psychiatre chaque semaine depuis quatre mois, il lui prescrivait un antidépresseur, un anxiolytique, et il était son seul soutien psychologique régulier, lui offrant un espace de parole et ses compétences supposées. On ne se méfie jamais assez du psychiatre français. Quand je pense aux nullités qui sévissent…

Moi, j'essayais surtout de la rassurer sur le fait que l'on peut s'en sortir.

— C'est vrai que la dépression ça peut être long, mais pas toujours, non, pas toujours, et, croyez-moi, vous êtes jeune, vous avez un avenir qui ne pourra être que meilleur, et vous allez guérir ! ! Vous serez heureuse à nouveau, ça arrivera quand ça arrivera, mais vous aimerez à nouveau la vie, vous rirez, vous sortirez, vous rencontrerez quelqu'un, vous vivrez, serez heureuse, j'en suis certaine, Rose. Tellement certaine. Même si j'ai dérangé un paquet de lieux communs, une constellation d'approximations, un aspirateur de nuances qui les recycle en papier mâché, puis en confettis mous.

Une larme coula sur chacune de ses joues.

Puis un sourire dans son regard…

— Vous avez les yeux arc-en-ciel…

— C'est vrai ?

— Le soleil et la pluie. C'est magnifique.

— Un soleil provisoire…

— Tout est provisoire, tout est providence. Au sens de 'chance'. Chaque instant est précieux, magique, la conséquence de vos pensées, vos actions et du hasard.

— Précieux ? Magique ?

— Ah c'est prouvé ! !

Rose rit, et c'est léger, cristallin, inespéré.

— Vous n'allez pas faire une bêtise ? ?

— Non, dit-elle (pour me faire plaisir ?).

— Je vais vous donner mon numéro de portable. Je vous le note… sur ma carte. Tenez, Rose ! Maintenant, vous pouvez m'appeler jour et nuit. Je le laisserai allumé pour vous, parce que je tiens à vous. D'accord ? ?

— … … … Oui. Mais vous êtes trop gentille.

— Gentille, non. Plus rassurée que l'on puisse rester en contact, oui. Et pourtant, au fond de moi, j'ai confiance en vous, Rose Rémond.

— Oui ?

— Quand vous étiez en contact avec des amis, garçons ou filles, les estimiez-vous parfaits ?

— Non.

— Et vous leur en vouliez de leurs mauvais comportements ?

— Parfois. Pas souvent. Pas longtemps.

— Soyez indulgente avec vous-même comme vous savez l'être avec vos amis, et devenez votre meilleure amie ! Vous vous le devez.

— Je me le dois ? ?

— Bien sûr.

Et à moi aussi, maintenant.

J'ouvre la porte sur la salle d'attente : par bonheur, il est seul : ma voix sensuelle d'hôtesse d'aéroport allait pouvoir servir :

— Monsieur Mignon est attendu de toute urgence en salle d'opération…

— Bonjour docteur ! Vous avez la voix plus suave que la dernière fois.

— Non. Du tout. N'importe quoi !… Bonjour Alain, installez-vous !

— Merci, dit-il avant d'hésiter entre les deux chaises à sa disposition, pour finalement s'asseoir juste en face de moi, en bord de chaise, les fesses à moitié dans le vide.

— Alors, ton numéro téléphone ?

— Mon ? ?

— Pour ton dossier.

— Oui… Tout est là, mes deux numéros et mon…

— Mail ! C’est un *Post-it*-carte-de-visite… Je note tout et je te rends ton… ta…

— Merci.

— Des allergies connues ? Un carnet de santé dans le sac à dos ?

— Non.

— Des opérations ?

— Les amygdales.

— Le nom de ton médecin référent ?

— Leïla Tshiamala.

— Elle te prescrit quels médicaments ?

— Là, Kétoprofène en anti-inflammatoire et, sinon, Lexomil pour la nuit.

— Tu en prends depuis longtemps ?

— Vingt-deux ans. J’ai commencé à 16 ans.

— Vingt-deux ans… ! ! Pouh… ! ! Bon, et maintenant piquons ! dis-je avec assez d’entrain pour laisser penser que mes motivations dépassaient le cadre strictement médical et commercial.

— Y a pas de danger ?

— Non. Tant que…

— Tant que quoi ? ?

— Si l’on ne se trompe pas de produit.

— Et vous… Tu ne te trompes jamais ?

— Jamais !

— Tu es d’humeur joyeuse…

— Et toi tellement naïf… Mais j’ai un collègue qui a dit « Merde ! ! Merde ! ! ! ! Le produit ! ! ! Ça y est, je m’suis planté ! » à un jeune sportif, après une infiltration, une piqûre en profondeur qui, plus que toute autre, n'autorise aucune erreur sur les produits injectés. Sous peine de ravages.

— Il a eu peur ! ! ? ?

— Comme il connaissait bien 'l'animal', il a eu peur tout juste une demi-seconde, mais une authentique frayeur ! C'était il y a cinq ans et il continue encore à décrire aux collègues le visage décomposé du jeune sportif pendant la demi-seconde.

— Humour ou médecine ? Choix compliqué, mais il devrait quand même choisir médecine.

— Se limiter à ça ! Ça reste son meilleur registre. Pas que ce soit un très bon médecin, loin de là, mais je ne t'ai encore rien dit des histoires drôles qu'il raconte aux patients. Une autre fois. Une de mauvais goût, surtout.

— Avec plaisir. Il y aura une autre fois ?

— Peut-être ? Enlève le haut et assieds-toi là, ordonnai-je désignant 'la table d'examen' où les patients subissent généralement les tout derniers outrages.

Torse nu, il était terriblement sexy, peau fine sur muscles bien dessinés.

Une minute trente pour palper, localiser, piquer, appliquer du coton sur les gouttes de sang qui perlent.

— Non, attends un peu pour remettre ton tee-shirt, j'ai tamponné mais c'est plus prudent. Tu peux payer par carte, c'est 25 €.

— Mais le supplément de 8 € ? ?

— Y a pas. Jamais le mardi. Enfin… Pas en semaine.

— Mais vous ne travailles pas le samedi. … Mais tu ne travailles pas le samedi.

— Non : je ne travaille *plus* le samedi.

— Donc, plus de supplément… en fait ?

— Voilà ! … Voilà. En plus, 8 €, c'était franchement abuser ! Vas-y, introduis ta carte. Merci ! Alors, la muscu : tu peux bosser les jambes, les abdos, un peu le haut *mais* rien qui alimente la douleur, tu le sais, ça.

— Oui, je fais attention.

— Et si tu as toujours mal d'ici une semaine, tu peux refaire une séance, mais moi je serai en déplacement, de retour la semaine suivante. Bien sûr, si tu n'as plus mal du tout, je me consolerai un tout petit peu en me disant que, cette fois, j'ai bien fait mon travail.

— D'accord, dans deux semaines. Ici-même.

Je souris avec les lèvres.

Il sourit avec les yeux.

Son inhibition s'apaisait.

Cette sensibilité, ce regard, ne pouvaient pas faire osciller longtemps un radar comme le mien, ils trahissaient une intelligence hors du commun.

Sexy d'esprit.

Par sa douceur, son humilité, sa délicatesse, même son humour, il me touchait, me saisissait.

Fort.

Nathalie me l'avait décrit, elle avait tout dit.

Mais je n'avais encore rien vu, rien su.

14.

Bruno

Ce matin-là, je croisai Annabelle à Michel Drucker : toujours souriante, pimpante, contente de me voir et, à présent, d'apprendre que je m'étais couché trop tard mais avais bien dormi tout de même - tout comme elle. Cette fille titillait ma curiosité, stimulait les plus fertiles de mes neurones, me donnait l'envie de lancer l'assaut.

Je ne vous apprends rien : les adolescents sont des cons et les exceptions sont rares. Mes élèves, entre 16 et 18 ans (sauf L'Exception), étaient vraiment des adolescents typiques, représentatifs de cette génération gâtée-pourrie, ils symbolisaient l'échec de parents permissifs parce que dépassés, souvent isolés - et trop subjectifs - face à leur progéniture persuadée qu'avoir les dernières Nike, Reebok, Converse, Puma, Jordan ou Adidas, aux pieds était plus urgent que bosser, réviser leurs cours, malgré l'échéance du Bac ; preuves bien vivantes de ma théorie, mes élèves étaient des cons exemplaires. Mais généraliser n'est jamais très loin d'être une mauvaise idée.

La matinée se termina en apothéose avec ma classe de terminale préférée, un Guillaume totalement déchaîné enchaînant blague sur blague, interrompant le cours autant de fois que nécessaire - un rire toutes les trente secondes, c'est le secret d'un spectacle réussi et d'un cours raté. Aujourd'hui, j'ai voulu lâcher un peu la bride, mais j'ai sifflé la fin de la récré au bout de dix minutes, trop tard pour bien les récupérer tous.

Rigolade, oui, notions d'économie, trop peu. Allez, je ferai mieux la prochaine fois, histoire qu'il y en ait tout de même huit ou neuf qui le réussissent, leur Bac, et deux ou trois qui aillent jusqu'à le mériter.

Je rentre à la maison. L'accueil est extrêmement chaleureux ; pire que d'habitude ! À croire que les deux bestioles ne s'étaient pas alimentées depuis deux jours. Pourtant, je suis sûr qu'hier…

Je prépare un petit repas tout simple pour Alain et moi : il aime les asperges vinaigrette, je rince les asperges, touille une vinaigrette, il aime les omelettes, j'avais acheté des œufs bio, des champignons frais.

Les bêtes se précipitèrent vers la porte dès qu'il sonna.

Les bêtes détalèrent dès qu'elles virent la tronche d'Alain.

Je tentai de faire pareil, le vent s'était beaucoup amusé avec ses cheveux.

— Passe à la salle de bains, tu es vraiment trop ridicule. Y a des limites. Tu as réussi à faire peur aux bêtes.

— Aux trois ?

— Non, moi j'ai reconnu tes vêtements.

— À l'odeur ? Bonjour quand même… Bruno.

— Bonjour, bisous et tout, voilà. Allez, tu connais l'chemin !

— Non, le chemin des toilettes, d'abord, si tu permets.

— Super, c'est presque pareil, mais tu le connais encore beaucoup mieux.

Ce fut long, trop long, et ce fut ça, trop ça :

— Y a plus de porte, c'est normal ?

— Oui, on l'a prêtée.

— Prêtée ? ? ? À qui ? ?

— À quelqu'un qui en avait plus besoin que nous.

— Y a vraiment un marché pour tout…

— Mais je n'ai jamais dit qu'on l'avait louée.

— Mais tu dis des trucs tellement étranges, si bizarres.

— Jamais. Tu as fait un gros caca ?

— Oui, y a eu une petite deuxième salve, qui a amélioré le bilan.

— Merci. J'en ai les larmes aux yeux.

— La joie ?

— Non, l'odeur.

Et pas celle, noble et sous-cotée, du travailleur. Sois sympa, dis-moi que vous étiez plusieurs à l'intérieur.

— Y avait un lapin qui ressemblait à Rémi.

— Pauvre bête. — Je plaisante.

— Je parlais de toi. Et tu diras combien on te doit pour le papier peint.

— Mais quel papier peint ? ? ?

— Des toilettes, on hésitait à faire venir un spécialiste pour le décoller proprement.

— C'est sûr, tu as vraiment fumé la moquette.

— Oui, celle que tu as décollée.

— Et pourquoi pas un mot sur mon haleine de dentiste allemand ?

— Je sais recevoir.

— Et ce qui est beau, c'est que tu peux encore progresser.
Sur les détails.

— Aaah ! Toujours ton côté perfectionniste.

— Alors que toi, non. Tu es bien à l'abri.

— Merci. — Je t'en prie. — Quand même.

Nous avions tous les deux très faim et nous mangeâmes assez vite, parlant assez peu. Le temps du décaféiné allait s'avérer plus propice à une vraie discussion entre hommes :

— Tu t'appliques une petite crème de jour, toi ?

— Non.

— Une crème de nuit, peut-être ?

— Non plus. Enfin, ça m'arrive de m'hydrater la peau.

— Ah ?... Nath me conseille de le faire un jour sur deux.

— Tu peux.

— Tu trouves que je fais vieux, c'est ça ?

— Tu dégages une virilité très affirmée, tu fais 'très homme', mais ta peau reflète ton âge, c'est notre modèle 36 ans le plus réclamé.

— Un jour sur trois, peut-être ?

— Moi, c'est quand je me rase, si j'ai la peau qui tire.

— Deux fois par semaine ?

— Environ.

— Et sinon ?

— La défiscalisation immobilière, c'est l'enfer...

— Ah je dois dire que... vu de l'extérieur...

— Oui. Je vais tout faire pour trouver un autre boulot. Là, ce n'est définitivement pas pour moi : faire défiscaliser même ceux qui ne paient presque pas d'impôts, car « c'est vrai, on en paie toujours trop ! », les prix de vente gonflés, les techniques de vente dignes de la 'Comedia del arte'... En plus, nos clients sont obligés d'emprunter à taux variable, on ne leur laisse pas le choix après leur avoir *si bien démontré* que le taux variable intégral était le plus avantageux. Mais si le client veut toujours du taux fixe - ils sont si bas, on ne peut pas lui en vouloir -, on propose de plafonner la hausse à + 2. Ou à + 1, en tout dernier ressort.

— Parce que vous êtes comment sur les taux capés ?

— Capés + 2, on n'est pas bien, capés + 1, on est très mal.

— Et pas compétitifs du tout sur les taux fixes ?

— Du tout. La concurrence nous explose.

— Bosse pour eux !

— Pas si simple.

— Clause de non-concurrence ?

— Oui, mais je ne pense pas qu'elle soit effective, la période d'essai vaut dans les deux sens : eux aussi sont en période d'essai. En revanche, ils m'ont formé à ce type de vente, ils nous ont même emmenés à Toulouse en avion pour nous faire visiter des appartements et notre siège social. Journée de motivation. « C'est toujours mieux de connaître ce que l'on vend », disaient-ils.

— Et alors ? Ces logements ? ?

— Pas vus. Pas eu le temps. On a déjeuné trop longtemps. Sans oublier le petit café. Donc après, c'était les appartements ou le siège : on a visité les bureaux.

— Ils l'ont fait exprès.

— C'est parfois bien de ne pas savoir ce que l'on vend. D'ailleurs, on propose toujours des 'biens' éloignés géographiquement pour éviter aux clients la tentation de la petite visite.

— Et ça, tu vas le retrouver à la concurrence, le client qui perd à la revente ce qu'il a fiscalement économisé.

— Dans ce type de sociétés, sûr. Et quelle que soit leur moralité, je ne me vois pas filer sitôt la formation terminée. *Enfin* : *notre* moralité.

— Si tu te sens coupable, demande-toi combien de commerciaux sont dans cette situation…

— Vanter les vertus d'un produit dont on connaît les vices… Accepter la transformation en commercial toutes options… On est nombreux, oui.

— Multiplie par trois.

— Tu crois ?

— J'ai les chiffres. Même moi, ça m'a fait tout drôle.

— Nathalie dit encore Allô, je préfère quand c'est toi qui fais Moulo.

— Je sais, je fais ça trop bien, je ne dis plus jamais Allô. Mais c'est mal vu.

— Et puis j'ai toujours peur de la déranger. Ça me tracasse.

— Ah mais je te rassure, je te mets à l'aise : tu me déranges aussi. Toujours. Tu nous as aussi laissé une ribambelle de messages. À écouter, c'était long, mais tu t'améliores sacrément !

— C'est vrai ? ?

— Tu progresses sans cesse.

— Des conseils ?

— Moins d'emphase, peut-être ?

— Ils nous demandent d'y aller fort. Mais je m'adapte au client.

— Oui, je l'avais bien senti, tu modules. Avec les élèves, c'est pareil : s'adapter pour survivre.

— Et les faire progresser ?

— Accessoirement.

Alain se lève, hésite…

— Autre décision… Je ne vends pas les actions de ma grand-mère. Elle disait que leur cours allait grimper, et tu sais qu'elle a beaucoup gagné avec la Bourse ?

— Je sais. Beaucoup perdu aussi. Débranche ta mémoire sélective !

— Quand une société pétrolière oublie pendant quatre ans les dividendes aux actionnaires, donc sacrifie le cours de l'action à court terme pour investir dans la prospection, la recherche de nouveaux gisements : un jour, ça doit bien finir par payer.

— Analyse recevable, mais ça reste de la théorie, et, surtout, ça ne tient pas compte de ta situation financière. Dans la pratique, on peut creuser dix ans, forer la Terre entière et ne pas trouver une goutte de pétrole. Tu peux tout perdre. Et tu n'en as pas les moyens.

— Ma mère me dit de vendre, mon beau-père me dit de vendre, toi aussi, et mon banquier se souvient de moi vers le 20 du mois…

— Tes fins de mois commencent le 12.

— Une fois. Une seule fois. Deux, peut-être ?

— Économise le « peut-être ». *Mais* ?

— J'ai envie de tenter le coup.

— Ça devient vite une addiction.

— Comparable à celle du jeu ?

— C'est pire. Tu joues à chaque seconde.

— Je n'ai rien acheté.

— Rien vendu.

— Pour toi, ça revient au même ?

— Non. L'adrénaline quand tu achètes, c'est un saut dans le vide, le début du vertige. Puis c'est une partie de toi qui ne pense qu'à ça.

— Tu étais accroc, Bruno ?

— Oui. Je me suis épuisé nerveusement. Dernières pensées avant le sommeil, agité, première pensée au réveil. Tu joues gros, tu es accroc. Un peu après la fermeture et, surtout, dès 7 h 15, la pré-ouverture de la Bourse de Paris, tu suis en temps réel les tendances, les ordres d'achat et de vente qui font que tes actions sont attendues à la hausse, à la baisse, en forte hausse, en forte baisse, dès 9 heures, à l'ouverture.

— Tu ne m'en avais jamais parlé.

— Tu es la première personne à qui j'en parle sans y être acculé.

— Merci.

— Seule fois qu'une fille m'a quitté. Sans mon Dinocheau dans le coup. Elle avait déjà testé un addict au jeu, elle n'avait pas l'intention d'expérimenter toutes les variantes.

— Tu n'as pas vendu ?

— Je l'aimais. Pourtant. Mais ça avait beaucoup baissé, c'était le pire moment pour me retirer.

— Merde ! !

— Comme tu dis. Et sinon… MC ?

— Hier je l'ai trouvée très agréable et, aujourd'hui, très professionnelle, m'avoua-t-il avant de faire passer une gorgée de décaféiné et tapoter sa tasse Donald - sa préférée, qui lui était spécialement réservée.

Les choses se présentaient donc plutôt bien.

Je savourais : — Ah ! *Monsieur* a consulté…

— Oui.

— Mais *Monsieur* est un rapide…

— Comme tu es bête ! !

— C'était donc ça.

— Oui.

— Et le supplément de 8 €, tu l'as payé ? ?

— Non, pas en semaine.

— Elle ne travaille pas le samedi ! !

— Elle ne travaille *plus* le samedi.

— C'est ça… On y croit ! Ça fait plus d'un an, alors. Tu as insisté ?

— Oui ! Un petit peu. Pas plus que ça.

— Je le savais, « pas plus que ça », j'avais parié à cent contre un.

— J'ai eu tort ? ?

— Je l'ignore. Et justem…Et à l'appart', le rangement c'est maintenant ?

— J'ai débuté. J'ai remué des objets.

— Ils ont dû être surpris.

— Énormément.

— Tu te dois d'insister. Il faudrait que tu puisses recevoir quelqu'un d'autre que moi.

— Déjà, toi, j'ai du mal.

— Et tes pulls rallongent, on dirait des robes.

— Tu as remarqué ? Mais des robes mi-cul.

— Je dirais mi-cuisses. Ton essorage ne fonctionne plus assez.

— C'est qu'il faudrait les faire sécher à l'horizontale.

— Non ? ? ? !… Ça n'est pas « il faudrait » : il faut !

— Je manque de place.

— Et de jugeote. Tu n'es pas censé être le plus intelligent d'entre nous ?

— Si je pouvais être sensé, déjà ! ! Entre pronostics et diagnostics…

— Oui. Tu ne fais pas d'efforts.

— Paresse intellectuelle *oblige*, en dehors du travail.

— Eh ben… Quand je pense que tu as été chômeur longue durée…

— Trois mois max.

— Je sais. Mais ça m'a paru long.

— C'est gentil. Mais l'on ne se connaissait pas.

— Ah bon ?

— C'est un mois qui t'a paru long. Sinon, pour les pulls, tu sais si le séchage en laverie automatique les rétrécirait ?

— Pas de laine, ni la dizaine de tricots de peau blancs *Damart* offerts par ta mère, au séchage : on a la place, les étendoirs, et maintenant, c'est moi qui m'occupe de tes pulls ; intégralement ; de toute façon, tu ne les laves pas souvent, et tu viens tout le temps *ici* faire peur aux bêtes.

— Rémi m'adore, Minette, j'ai comme un doute depuis que je lui ai écrasé la patte… deux fois en dix jours. Elle inspectait trop mon bas de pantalon chargé des phéromones de Basilou.

— Oui, elle fait ça très consciencieusement, mais ne doute plus, c'est tout vu : depuis, elle te fuit comme la peste ! Gros indice.

— Qu'est-ce qu'il ne faut pas entendre… *Mais bon*, je t'aime, Bruno.

— Je sais… Gros indices ! Mais ça n'est pas à moi qu'il faut dire ça.

— À Nathalie ?

— Non, à une fille intelligente. Je te laisse le choix. Et évite le *Mais bon*.

— Et tu m'aides à coups d'étendoirs ? et de machine à laver ?

— C'est bien ça, je m'occuperai de ton linge délicat jusqu'au moment où ça me fera trop chier.

— C'est Nathalie qui va être ravie.

— Si tu ne m'appelles pas 'Maman' devant elle, oui. T'inquiète ! C'est cool de te rendre service et Nath adore les trucs cool.

— C'est bien ça : tu racontes vraiment n'importe quoi.

— Tu es son seul ami garçon, tu sais.

— Ben non…

— … Ah oui… Ben non. Suis-je bête ? ! !

— On en a déjà parlé. Aujourd'hui. Et je ne veux pas insister.

— La question était : « Comment puis-je être aussi bête ? ! ! »

— Votre relation est si riche, faudrait inventer un mot rien que pour vous.

— Amour fraternel et sororal ?

— Pas que.

— Tu sais qu'en Ligue des Champions, Anderlecht est la seule équipe du groupe du Paris Saint-Germain à n'avoir pas marqué : on peut donc supposer qu'ils ont de vrais problèmes offensifs.

— Oui. Mais c'est la seule équipe du groupe à n'avoir pas joué contre Anderlecht.

— Aussi. C'est un gros désavantage.

— Tu crois que Nathalie comprendrait ce que… ?

— Non. Mais je lui en parlerai tout de même.

Histoire de vérifier.

— Vérifie aussi la date de ton article. C'était l'année dernière. Ça va, toi ? ?

— Oui. Mais, hormis un match à la télé que j'ai réussi à choper, j'ai bien bien lâché prise sur l'actualité sportive, j'en suis le premier surpris, alors que Nathalie trouve ça normal. Je suis focus sur l'économie, je lis beaucoup de bouquins - les nouvelles parutions - et je vadrouille sur Internet.

— Pour ton travail ?

— Oui, quand tu les pousses à s'informer par eux-mêmes, enfin quand tu transmets le virus de la curiosité à quelques-uns, derrière tu peux être sûr que c'est zéro confort, il faut être à la hauteur, être à la page.

— Et à la bonne, cette fois. Pas celle d'Anderlecht.

— En tout cas, ça va. Merci et t'inquiète !

— Je l'espère, Bruno.

Tu te fais du souci pour Nathalie ?

— J'ai tellement envie qu'elle l'ait, son agrégation ! Je fais *même* du ménage cette année.

— C'est bien.

— Elle a calculé que j'étais passé de 0,5 % à 25 % des tâches ménagères.

— C'est le coup classique : elle cache son enthousiasme : c'est tactique.

— Pour que je grimpe à 50 ? Je devrais même faire 75 % sans qu'elle ait besoin de me demander quoi que ce soit, je connais sa notion de la propreté, très éloignée de la nôtre. Alain ? ?

Ah ! Ça y est ! ! Ah ! Ça y est ! ! Malgré l'épisode du papier peint, globalement positif et synonyme d'espoir, il s'enferme sur le balcon pour passer sa grosse tête chez nos voisins (et péter à cœur joie, libéré de toute tracasserie). Quand ils le voient, ils me posent des questions, après, pour bien me faire comprendre que c'est moyen comme sensation. Je leur répète que c'est un toc, pas un toqué. Je leur épargne la vérité. Je *nous* épargne… *ça*.

Et moi je bloque à 25, je suis un bloqué des efforts ménagers. Ma mère demandait parfois à mon père de l'aider. Un jour, elle a réalisé l'hérésie de cette formulation. Alors, elle lui a demandé s'il pouvait… participer. Il n'a jamais refusé. Jamais pris l'initiative.

15.

Marie-Catherine

« Salut, Coquine ! ! Câlins, croquettes ? Oh oui ! ! Oui, c'est bon… ! ! » Bon, stop. Il y a les cinq messages et Nathalie sera là dans dix minutes ! Pierre-Olivier plus tard, je ne réponds pas, de toute façon, et je n'ai rien préparé ! ! Certaines marques de surgelés, si. Ouf ! ! J'ai du choix ! Et des tomates, un concombre, un reste de vinaigrette.

Finalement, salade de crudités assaisonnée, deux œufs mayo et une tarte aux poireaux pour toutes, fromage blanc 20 % nature en dessert ; si l'on fait du sport, ça n'est pas pour venir tout gâcher juste après ; alors que gâcher à 75 ou 80 %, ça, oui, aisément.

On parla de tout, de rien, de la salle de sport, de mes courbatures - je ressortis même le vieux dicton « Mal de fesses chasse mal de dents » -, on parla aussi du boulot qui ne va pas toujours comme l'on voudrait, de sa préparation à l'agrégation, des rêves de réussite aux épreuves d'admissibilité qui agitent ses nuits, et l'on parla de nos dernières lectures, Victor Hugo, Voltaire, Gustave Flaubert *et* un Philippe Djian qu'elle m'a offert.

Puis, soudain, la dérive :

— À propos d'Alain, la première impression a été plutôt bonne…

— Mais la seconde également : il est venu au cabinet à 8 h 15.

— Tiens donc ! Un patient impatient !

— Oui : motivé par la mésothérapie.

— Ou motivé par la mésothérapeute ?

— Tu sais ce qu'elle te dit, la mésothérapeute ?

— J'en ai une vague idée.

— Je crois aussi.

— Si tu l'intimides autant que j'avais pu le noter, c'est que tu lui fais de l'effet.

— Vous n'étiez pas là, alors au début, c'était pire ! ! Puis, il a réussi à s'émanciper. Un peu, en douceur.

— Logique.

— Il n'est pas toujours comme ça avec les nanas ?

— Jamais avec moi, même au début !

— Ah d'accord… ! Mais raconte-moi plutôt où tu en es avec ton Bruno ?

— Parce que… tu… tu sais ? ?

— Tu en parles beaucoup trop pour un colocataire.

— Un ami. Un meilleur ami.

— Tu m'en as parlé mille fois, de ton meilleur ami.

— Mais je le critiquais énormément. Pour le ménage et… … Sans jamais dire que j'éprouvais des sentiments d'une autre nature.

— Était-ce bien nécessaire ?

— Apparemment, non.

— Ça fait longtemps ?

— Juste après le lycée. Je suis devant la première marche depuis 'la séparation'. Ça a empiré avec la colocation. Je me savais jouer avec le feu.

— C'est d'une telle évidence que je me demande comment il fait pour passer à côté. Tu en as parlé ouvertement à quelqu'un ?

— Non. À toi, j'ai failli.

— Je sais.

— Tu m'en veux ?

— Devine !

— Merci. Mais tu n'en parles à personne !

— À qui veux-tu que j'en parle ? ?

— À personne, je viens de te le dire.

Je pouffe, je ris, je reprends :

— Mais ça bouge ? Tu envoies des signaux ? ?

— D'après toi ?

— Signaux inconscients seulement *et* tu ne lui as pas parlé.

— Lui parler serait une erreur.

— Toi, alors ! Tu dramatises toujours tout ! Au pire, je dis bien 'au pire', il ne t'aime pas du tout comme toi tu l'aimes, et tu perds ton meilleur ami, ton meilleur collègue et peut-être ton appartement.

— Vu comme ça..., concéda Nathalie qui commençait déjà à y voir un peu plus clair.

Nathalie n'était donc pas totalement réfractaire : je poursuivis selon la même logique :

— Mais oui, bien sûr ! Dédramatiser est une étape un peu délicate, mais c'est toujours la première marche.

— Ah oui ? La première marche vers quoi ?

— Vers la solution, le problème résolu.

— Et l'on appelle ça 'avoir l'esprit d'escalier' ?

— Non, je ne crois pas, mais quel humour, madame la professeure ! !

— On dit que Diderot ou Rousseau se plaignaient de trouver toujours trop tard, en descendant l'escalier, l'esprit dont ils auraient eu besoin pour faire belle figure dans le monde. D'où : 'avoir l'esprit d'escalier' ou 'avoir l'esprit de l'escalier', quand la bonne repartie arrive à retardement.

— Alors, tirons objectivement les leçons pour vous deux : demain, ou jeudi, Bruno te dit « Nath, passe-moi la moutarde, s'il te plaît », et toi tu n'attends pas une année complète, pas même quelques mois : tu lui réponds : « Il me plaît ! Voilà, prends ça, mon amour ! » *Et*, en cas d'absolue nécessité, tu lui précises que tu l'aimes depuis des années… Enfin… la vérité, la triste vérité, mais sobre.

— Sobre ?

— Le plus possible.

De son sac à main, elle sortit une feuille A4 pliée en 4 :

— J'ai écrit ça.

— « Tu es mon ami le plus doux
Et je suis ta plus fidèle amie
Je connais tout de toi
Tes rêves, ta vie, et tes secrets émois
Ce que tu veux, et ce que tu ne veux pas
Je sais ce qu'il faut pour te plaire
Pour que tu aimes vraiment
Mais je ne sais pas le faire
J'ai eu si peu
En t'attendant
J'ai eu si peu d'amants
Tu m'aimes comme un ami
Moi je t'aime en silence
Tu connais tout de moi
Sauf mes vrais sentiments
Je voudrais tout changer
Pour que tu m'aimes un peu
Je voudrais tout changer

Pour que tu m'aimes un peu plus
Je dois apprendre à être forte
Repousser les faiblesses
Pousser les peurs
Pour que tu m'aimes un peu
Je dois apprendre à être belle
Savoir te faire rêver
Et deviner le moment
Où tu veux devenir mon amant
Oui, j'apprendrai tout ça
Pour que tu m'aimes un peu
Et ce jour-là, je saurai avouer
Mon ami, mon amour
Que je t'aime un peu
Que je t'aime un peu plus »

— … … Alors ? ? — Alors fais sobre.

— Tu n'aimes pas ? — Si. Mais évite.

— C'est pour amener l'idée en douceur.

— L'idée que tu pourrais l'aimer… et que… Oui. C'est vrai que c'est un bon vecteur, et l'écrit sera plus doux pour toi aussi, qui seras déjà si émue quand il lèvera son regard pour le poser sur toi.

— Quel supplice… ! !

— Le supplice, c'est aujourd'hui.

— Douleur compensée par notre amitié.

— Non. Pas depuis quelques semaines.

— Tu as ressenti ça ?

— Pas toi ?

— Si.

— C'est Le moment.

16.

Nathalie

Retour à la maison, Minette accourt la première, puis Rémi tandis que j'enlève ma veste. Caresses.

Suivie de très près, je me dirige vers la cuisine. En tenue de nuit, il corrige des copies sur la table. Bruno lève les yeux vers moi, les baisse vers Rémi et Minette de part et d'autre de mes pieds.

— Nath ? Comment ça va ?

— Très bonne soirée, MC va bien. Et toi ?

— J'ai nourri les bêtes et Alain, papoté, puis j'ai plongé dans les copies.

— La moisson est bonne ?… couci-couça ?… à peu près tolérable ?

— Accablante. Je serai le premier prof d'économie à 100 % d'échecs au Bac. Avec douze copies, j'en ai plus appris qu'à la fac. C'est très dépaysant. C'est une matière vivante, mais quand même…

— Tu le leur a dit, qu'ils n'auraient pas le Bac ?

— Non, je leur laisse la surprise. Je crois que c'est mieux.

— Quand on sait que les parents sont trois fois pires que leurs phénomènes, oui, c'est plus prudent.

— Et moi ? Peux mieux faire.

— Oui, on voudrait toujours mieux faire. On se sent si souvent en échec. Et bien sûr que l'on peut faire mieux !

— Oui ! Toujours chercher à progresser ! En qualité d'être humain, déjà.

Son sourire croissant déclencha le mien, notre complicité dans sa plénitude, quelques secondes magiques…

— Et avec Alain ? Quoi de nouveau ?

— Il va tout faire pour trouver un autre boulot.

— Ça n'est pas plus mal…

— Non, pas plus mal.

— Et à part ça, de quoi avez-vous parlé ?

— De MC. Elle l'a piqué, déjà.

— Je sais : il a fait le coup des douleurs et elle a fait le coup de la mésothérapeute.

— Elle a avoué ?

— Non ! Elle noie le poisson. Et lui ?

— Il nie tout. En bloc.

— Courte trêve de plaisanteries :

Il m'interrompt : — Tu reprends mon expression ?

— Oui, tu la délaisses trop ! Et donc… elle sent son intelligence.

— Elle est douée. On ne peut pas dire qu'hier ça sautait aux yeux.

— Ce matin, peut-être ?

— Il n'est pas du matin.

— Elle m'a dit l'horaire…

— Jusqu'à 13 h 30.

— C'était 8 h 15, en plus : elle a un don.

— Elle a ? ?

— Un don.

— Pour éviter le dossier Pierre-Olivier ? aussi ? Encore trop épineux ? ?

— Encore. Elle refuse catégoriquement d'en reparler. Et tu es prié de ne pas en parler à Alain : elle le fera elle-même si nécessaire.

— Bon… Après le conseil du jour, fort utile à 23 h 59, quoiqu'un peu tardif, il est temps pour moi de regagner mon lit douillet, conclurent Bruno et son pyjama bleu nuit.

— Mais… tu m'attendais ?

— Un peu. Mais je souhaitais avancer dans mes copies.

Il se leva, regroupa ses affaires, un peu éparpillées sur la table.

— C'est gentil d'avoir attendu.

— Oui, enfin… c'était surtout pour les copies.

— Bonne nuit, Bruno. Fais de beaux rêves.

Je l'embrasse sur les deux joues.

Son regard est doux, viril, apaisant.

Un frisson me surprend avant le retour au calme.

— Tu es sûr-sûr d'avoir nourri les chenapans ?

— Oui, j'ai nourri les bêtes. En quantité suffisante.

— Alors, elles ont toutes les deux de très gros problèmes de mémoire.

— Je sais. J'en suis arrivé à la même conclusion. Pourtant, ces repas sont de grands événements. Pas longs-longs, mais intenses, forts, costauds en émotions. Et, à première vue, vitaux. Bonne nuit, Nathalie. Dors bien.

Je le regarde sortir de la cuisine avec ses copies, ses affaires, son pyjama.

« Nath, passe-moi la moutarde, s'il te plaît. »

« Il me plaît ! Voilà, prends ça, mon amour ! ! »

J'allume la radio. Les infos, puis c'est l'heure de Caroline Dublanche sur *Europe 1*. Henri nous parla d'Agnès : visiblement, il était très amoureux et elle moins : Caroline aida Henri à conscientiser qu'il devait prendre en considération cette donnée, l'accepter et lui donner toute sa place. Comme l'eût dit Sophie Peters, l'autre psychologue phare de ce vol de nuit.

Mais pourquoi suis-je si nerveuse ?

17.

Alain

En parallèle de mon boulot actuel, j'avais postulé comme télé-conseiller pour les centres d'appels de *LOL* (*L'Opportun Limousin*), une banque du groupe *COA* (*Crédit Opportun Amiénois*).

Dès 8 heures, et pendant toute une matinée, se succédèrent tests de logique, tests de mémoires auditive, visuelle, tests de vocabulaire, grammaire, rapidité, tests de personnalité, le tout sous forme de QCM (une chance sur quatre si tu ne sais pas), et, pour finir avec le sourire, un texte de la longueur de son choix, sur le sujet de son choix. Être tétanisé par le stress ou anesthésié par un anxiolytique ? J'avais choisi l'anesthésie et tenu le choc, mais pris Basilou - un chat en surcharge pondérale devenu 'fit' - pour sujet de rédaction pour devenir banquier, et obtenu des résultats qui impressionnèrent suffisamment les personnes des ressources humaines chargées de choisir lesquels d'entre nous allaient obtenir un entretien individuel dans l'après-midi.

Je fus reçu à 14 heures. Un quart d'heure avant, j'avais accompagné mon sandwich au thon d'un bon *Lexomil*, les effets de ma dose matinale commençant à s'estomper dangereusement.

Costume gris anthracite, chemise blanche, cravate rose pâle.

Une femme élégante, sans doute un peu plus jeune que moi :

— Quelles sont vos principales qualités pour être un bon télé-conseiller ? Particulièrement à *LOL* ?

— La motivation : j'ai toujours été attiré par les métiers basés sur le contact avec les gens, j'aime le milieu bancaire et j'ai très envie de travailler pour un grand groupe comme le *COA*. Et puis, sans parler spécifiquement de *LOL*, où j'ai tout de même eu le grand plaisir d'être accepté pour y exercer des fonctions d'accueil pendant un mois dans le cadre d'un stage d'études, je connais les placements adaptés à tel ou tel client, les produits bancaires adaptés à tel ou tel objectif. Je suis abonné à *Mieux Vivre votre Argent* depuis toujours et je lis *Les Échos* à la moindre actualité chaude.

La femme prenait des notes.

— « Toujours », ça chiffre à combien ?

— Depuis mes 26 ans : douze ans.

— Quel est votre défaut numéro Un ?

— Être perfectionniste.

— Et pour vous, c'est un défaut ?

— Oui.

— Vous avez raison : on vous demandera d'obéir, d'appliquer les directives venues d'en haut, d'atteindre les objectifs, donc on vous demandera toujours la quantité, selon une qualité prédéfinie. Oui, le perfectionnisme est devenu aujourd'hui un véritable défaut, un obstacle pour la réalisation de vos objectifs : vous avez raison, monsieur Mignon. Et vous êtes, donc, un perfectionniste ?

— Un perfectionniste modéré, très très modéré.

— Mais vous l'êtes ? Ou pas ?

— De moins en moins. Je m'adapte de plus en plus.

— Oui, je vois : ce qui vous confère une qualité supplémentaire.

— Et mon rapport au perfectionnisme est entièrement corporate.

— Je sais que c'est facile en paroles, moins en actes, mais oui… Il l'a dit !

Elle continuait à prendre des notes.

— Votre mois à *LOL*, vous en retenez quoi ?

— L'esprit d'équipe et, en même temps, savoir être autonome, trouver les solutions seul en se familiarisant vite avec l'outil informatique.

Le médicament m'aidait énormément, mais j'étais quand même nerveux.

Malgré l'enjeu très fort, cela s'était suffisamment bien passé pour que je reçoive quelques jours plus tard un courrier de *LOL* me conviant à participer à la dernière épreuve de sélection.

Cela signifiait qu'une 'intervenante extérieure' allait m'appeler chez moi, tel jour, à telle heure, allait jouer le rôle de la cliente - la toute nouvelle cliente potentielle d'une agence de voyages, par exemple -, et j'allais devoir jouer le rôle du vendeur dynamique, professionnel, qui sait écouter, synthétiser et reformuler ce qu'elle a dit pour être certain d'avoir tout bien saisi : « Si j'ai bien compris, vous… » Pas le gars qui lui balance le soleil des Bahamas si seuls les musées et les vieilles pierres l'intéressent, la cliente ; et toujours avec le sourire « qui s'entend au téléphone ».

Le jour du test ultime, le jour tant espéré, redouté, qui pouvait tout changer, ce jour venu, une heure avant la pression devenait insupportable et je pris la dose maximale, moitié plus que la fois précédente, deux fois plus que pour dormir. C'était risqué car l'exercice qui allait m'être demandé nécessitait lucidité, réactivité, esprit de synthèse ; c'était même trop risqué, réalisai-je vraiment quand le calmant commença à agir fortement.

Mon téléphone fixe sonna avec dix minutes d'avance. Je tremblai en décrochant, j'avais eu raison de mettre le paquet. Vingt minutes après, j'étais confiant pour la première fois. Deux heures après, mon contrat m'attendait : oui, j'étais téléconseiller de *LOL* en période d'essai, j'allais bosser à La Défense, à deux pas du métro, RER, au cœur de la tour *LOL* en plein quartier d'affaires.

Restait à prouver chaque jour que je pouvais être à la hauteur de la tâche.

Restait à faire le maximum pendant quatre mois afin que la période d'essai se transforme en un contrat à durée indéterminée.

Le bonheur, quoi !

À jour exceptionnel, activités exceptionnelles : après six mois d'absence, j'opère mon grand retour sur Facebook : 10 demandes pour être amis ici, dont 9 filles perpétuellement dénudées si ce n'est un peu de dentelle par accès (ou excès ?) de pudeur, 6 messages d'auto-promotion du même chanteur auto-produit et 405 notifications, dont ça :

lapinicho - 6 sept. à 12:04 @ Salamanque: tu as laissé 8 coms rageux sur cet article, tu n'as donc pas de vie ?

Dragao7 - 6 sept. à 13:07 Toi non plus apparemment tu as quand même compté le nombres de post...

Ce Dragao7 a toutes les lettres, mais une pas au bon endroit.

Autre activité pas ordinaire : allumer la télévision, qui, normalement, ne me sert qu'à payer la redevance sur l'audiovisuel public. Non ! Un ordi suffit aujourd'hui pour y être assujetti, ma vieille télé a gagné sa gratuité.

Je tente tout de suite l'exploit : regarder une télé-réalité qui, étrangement, me rappelle ces filles qui me veulent pour ami sur Facebook, elles ont pris ~~deux~~ la taille en-dessous en maillot de bain, mais elles s'en accommodent ; moi aussi, très bien ; trois minutes et je m'ennuie déjà ; à part *là* - sous la very dirty douche, occupées à se malaxer, se caresser le corps, le maillot -, *là* où tu as ta chance, mais plans beaucoup trop courts, pas de quoi se… Ah ben tiens, oui ! Ça fait longtemps que je ne l'ai pas fait ! Encore plus longtemps que je n'y suis pas arrivé. Il me faut un scénario béton sur fond d'interdits pour avoir vraiment ma chance dans le premier quart d'heure. Moi qui me suis construit (ça reste une ébauche mal foutue) avec l'idée que l'amour était sale, mal, anormal, j'ai cette attirance pour les rencontres où la faiblesse de la chair s'exprime. La faillite de l'esprit devant le fruit interdit. Ou l'inverse : le pouvoir de l'esprit.

« Miaouuu ! Miaouu ! » « Oui, moi aussi je t'aime, mais je suis occupé avec Madame… et Monsieur. »

« Miaouuu ! » « Oui, moi aussi j'ai envie d'un très gros câlin. En revanche, pas avec toi. »

« Miaou ! » « Tu as reformulé, clarifié tes propos, je vais tenter de faire de même : Moi aussi j'ai envie d'un gros câlin. En revanche, je n'ai pas le temps, moi. »

Puis : « Bon, je sens que t'expliquer pourquoi va être plus long que te prendre dans mes bras. Viens là, le Basilou ! Tu sens bon, mon chat. »

Et enfin : « Je mets sur Pause, tout de même, tu es cent fois trop jeune et ces gens-là n'ont décidément aucune pudeur, aucune retenue, et désormais aucun vêtement. »

18.

Marie-Catherine

Elle sentait bon.

Après dix jours en République Centrafricaine où je participais au programme de vaccination de la population à l'ouest du pays, près du Cameroun, je récupérai la Coquine chez Pierre-Olivier - il m'avait confié un double des clefs. Très très gros câlin puis retour à la maison. Je me couchai avant 19 heures, dormis onze heures d'affilée.

8 h 00 Première consultation : Monsieur Robert Moulin, un jeune retraité qui se demande tous les jours : « Alors, qu'est-ce qui ne va pas aujourd'hui ? Quelles douleurs ce matin ? Et c'est-y pas un début de rhume, là ? ? » Le pire dans tout ça ? Je suis toujours là, ou presque, pour accepter sa Carte Vitale suivie de près par sa carte bancaire. Mon bénévolat annuel financé par Robert Moulin, ça n'est pas glorieux.

Bon, je noircis le tableau... Je suis la seule du quartier (et au-delà) au tarif Sécurité Sociale, je ne pratique pas la mésothérapie sur ce pauvre Moulin qui m'implore d'accepter, je limite ses visites à cinq par mois et s'il voyait un psychiatre ou une kiné deux fois par semaine et moi de temps à autre, la Sécurité Sociale y perdrait largement. Surtout que je lui prescris très peu de médicaments remboursés. Non, je n'ai pas d'arguments plus percutants. Oui, je suis faible avec lui, sans que je sache vraiment pourquoi, et je dois trouver le bon remède :

— Quand vous vous mouchez, c'est blanc ? Ou bien jaune ou vert ?

— Attendez, docteur : je vous dis ça tout de suite, annonce-t-il avant d'ôter ses lunettes et de se moucher bruyamment, une fois, puis deux. C'est jaune ! et vert ! Vous voulez voir par vous-même, docteur ?

— Oui, je préfère vérifier. Non, pas trop près !

Jaune tout pâlichon, vert inexistant.

Je l'ausculte.

— Même si je reconnais qu'aujourd'hui il y a un petit quelque chose, par les pouvoirs qui me sont conférés, je vous déclare officiellement 'pas enrhumé', monsieur Moulin. Néanmoins, afin de renforcer vos défenses immunitaires, continuez les oranges, les kiwis, les pamplemousses, sans devenir obèse, pour la vitamine C. Et des probiotiques. S'il vous en reste.

— Pour les gouttes nasales ? Du *Derinox* ?

— Non. Rien. L'échantillon est sorti facilement.

— Non. Moyen.

— Non.

— C'est dommage pour les gouttes.

— Oui.

— Vous aimez vous moquer de moi.

— Et vous aimez venir me voir ? ?

— Non.

— Alors il faut venir moins souvent, monsieur Moulin. On va penser à réduire la voilure !

— La voilure ?

— Venir moins.

— Encore moins ? ? ?

— Je suis médecin, monsieur Moulin, pas un bon copain, je vous l'ai dit. Je soigne votre solitude… Et, *parfois*, vous avez un petit quelque chose d'autre. C'est même incroyable ce que vous pouvez être en bonne santé !

— Grâce à vous. Mais je ne vous ai pas dit, j'ai mal.

— Où ? ? ! Parce que bientôt vous allez avoir mal aux fesses et une bonne raison pour ça ! dis-je montrant le plat de ma main. Là, je vous croirai ! Et vous savez que je ne veux pas que vous veniez à 8 heures : c'est le seul horaire possible pour certaines personnes.

— Mais moi aussi j'ai un emploi du temps !

— Parfois plus souple ! Pensez aux autres.

— Parce que vous croyez qu'ils pensent à moi ? ?

— Ça n'est pas nécessaire pour penser à eux.

— Ah bon ? Et j'ai le droit de faire mes courses aux heures de pointe ? ?

— Hum… Tout juste.

— Vous blaguez ?

— Oui, je vous taquine. Mais… Sur ce…

Encore seul, donc ma voix suave d'hôtesse d'aéroport pour :
— Monsieur Alain Mignon est attendu de toute urgence au service après-vente…

— Bonjour Marie-Catherine, dit-il le regard droit avant de choisir la même chaise que la dernière fois, mais démontrant toute l'étendue de ses progrès en s'asseyant normalement.

— Alors ? ? Ces épaules ?

— À gauche, ça va. À droite, ça reste un peu sensible.

— D'accord. Enlève le haut et assieds-toi, on va piquer !

— Et j'aimerais bien, aussi, entendre la blague de mauvais goût de ton collègue, le sadique.

— Disons qu'une infiltration développait parfois son côté joueur.

— Pour le moins.

— Bon, la blague douteuse ! Un client vient voir son avocat : à l'accueil, on lui demande « Vous venez pour le Maître ? », et lui répond : « Non : juste pour le voir. »

Alain pouffe.

— Moi, elle me fait rire.

— Ben oui ! Je constate. Et je suis déçue ! dis-je riant aussi.

— Fallait pas la raconter, alors.

— Ah mais je suis déçue de l'avoir fait, aussi.

— Tu mens très bien.

— Et, malgré ça, aucune crédibilité…

— On est gamins, quand même.

— Moi ado attardée, et pas qu'un peu !

— C'est bien.

— Nathalie m'a dit ! ! Tu as trouvé un nouveau boulot, *LOL*.

— Au téléphone.

— C'est bien ?

— C'est mieux.

— Mieux ?

— Sur le papier, beaucoup mieux, ça ne se discute pas. Mais j'attends la suite, je commence après-demain ma période d'essai.

— Tu me raconteras ?

— Tout : je te dirai tout sur mon collègue aux blagues douteuses, celui qui fera croire au client qu'il a un gros découvert, mais juste pour rire.

— Ne m'épargne aucun détail. S'il te plaît.

— Il ne faut pas me le dire deux fois…

Je palpe, presse fort, repère la douleur.

— Je vais aller un peu plus en profondeur, mais ça reste sans douleur.

— J'ai tout de même senti quelque chose, la première fois.

— Non : ça reste sans douleur pour moi.

— C'est déjà ça…

Je remplis ma seringue avec la feinte de la gourmandise sadique.

Mais pourquoi est-il si nerveux ?

19.

Bruno

12 h 45 Cantine Michel Drucker

Nath et moi y déjeunions tous les vendredis, jour de truite aux amandes ou sole meunière. Réfectoire aux couleurs criardes, beaucoup de rouge, de jaune, un peu d'orange, une touche de blanc, « File d'attente light » dit Annabelle se glissant juste derrière nous.

Deux bises à Nathalie, puis c'est mon tour.

Première fois que nous croisions Annabelle au self-service. Le temps de savoir si tout le monde allait bien - en fait, oui (apparemment) -, Nathalie avait saisi son plateau imitation bois luisant sous les néons, ses verre et couverts, j'avais laissé passer Annabelle, souri. Pas de petit pain pour Nathalie, le bras qui s'allonge puis renonce, pour Annabelle et moi si, au même moment. Celui où mon pouce toucha son petit doigt. Immédiatement nos yeux se trouvèrent - deux secondes, trois peut-être, une éternité à cette intensité -, se baissèrent presque au même instant, se séparant d'un commun accord. Ultime échange de regards, furtif et synchronisé, quignon de pain à la main, avant le retour à la normale.

Je regarde Nathalie. Elle me fixait.

Ces étincelles, elle les avait vues, senties.

Horriblement gêné, je lui souris mal, puis tourne la tête vers les entrées, le pâté-cornichon-laitue. Je prends un œuf mayonnaise.

Le brouhaha habituel émanait de cette salle affichant presque complet. Les tables étaient rouge carmin ou jaune moutarde. On avait encore le choix, mais Guy-Hervé, prof d'histoire-géo, déjeunait seul à une table jaune pour quatre : sur une idée originale de Nath, scénario et dialogues de Nath, nous complétons la tablée.

Et là… là… On parle boulot et… histoire-géo, dialogues de Guy-Hervé.

Ne plus jamais se demander pourquoi Guy-Hervé déjeune seul. Le pire 'quand il a de l'avance', c'est que, une fois la bouche vide, il parle encore plus. Le hic, c'est qu'il mange trop trop vite et quand on s'est assis il en était déjà à mi-dessert. Le choc, le fin du fin, ce sont ces signaux d'écoute qu'il réclame non-stop, éternel appel aux hochements de tête, bouches ouvertes, onomatopées échappées, sourcils en accents circonflexes, airs concernés, contrariétés partagées, grandes révoltes monosyllabiques, soit la gamme complète de l'estomaqué, toute la panoplie du consterné. Là, on a pris lourd, très lourd, on a morflé sévère.

Une première. Une dernière.

C'est qu'il a réussi à torpiller ma journée, ce con. Et *bien*.

Ma seule phrase de plus de cinq lettres a été « C'est bon à savoir ».

Huit fois, je crois.

— Dis, Guy-Hervé, tu n'as pas des copies à corriger ?

— Si, Bruno. Mais j'ai parlé de ça ? ?

— Aussi. (Je mens très rarement.)

— C'est bon…, laisse filtrer Annabelle figée aux trois quarts.

Nathalie à deux doigts du *Grévin* laisse choir : — … à savoir.

— Vous avez raison, j'y vais ! En plus, j'ai dû un peu vous saouler, à force, avec toutes mes histoires…géographie ! ! !… géographiques ! !

— Non, dit Annabelle d'une voix éteinte.

— Non, gémit Nathalie. Ça va.

— Du tout. (Je mens trop rarement.) (C'était l'occasion.)
On en a connu des plus tarés, ai-je failli ajouter.
Mais j'avais assez menti pour aujourd'hui.

* * *

Le cours venait de s'achever, la salle s'était vidée quand Annabelle entra.

— Bonjour *monsieur* le professeur d'économie. Auriez-vous quelques instants à m'accorder, s'il vous plaît ?

— Bonjour *madame* la professeure d'anglais. En quoi puis-je vous être utile ?

— Tu t'es remis de Guy-Hervé ?

— Un peu. Il m'aura fallu tout l'après-midi pour commencer à digérer l'autre grand tordu, *La Chose* gluante, le taré en chef. Mais, coup de bol, j'allais beaucoup trop bien avant, ça devenait tout à fait indécent. Et toi ? Dis-moi.

— Tout l'après-midi aussi ! ! Pour le même résultat. À supposer que tu sois libre - et en état -, dîner ensemble ce soir, tu jugerais ça indécent ?

— Pas super envie. Mais si tu portes ta jupe blanche…

— Vous serez séduit, monsieur le professeur.

— C'est très possible.

— Ce sera indécent.

— On dîne à quelle heure ? ?

— Tu préfères venir chez moi *et* je nous prépare une petite recette à base d'œufs et légumes verts, ou plutôt resto ?

— Ça dépend… Tu habites la région parisienne ?

— Oui, je te rassure. Un ticket de métro suffira.

— Alors chez toi.

Elle me tend un Post-it : — Mon adresse exacte et mon numéro de téléphone.

— Merci. Un ticket de bus, alors. Le 274.

— Métro, bus, c'est à équidistance. Tu connais ? ?

— « équidistance » ? Je demanderai à Nathalie.

— À égale distance. Super ton sms ! — Ah bon ? ?

— Oui. « Merci Annabelle » : aucune notion d'histoire-géographie et pas de mots anglais. Disons 20 heures ?

— Ok. En plus, j'ai l'adresse *exacte*.

— Pfff... ! ! J'ai dit ça comme ça... Sans réfléchir.

— Tant mieux ! Si tu avais réfléchi pour sortir ça... j'aurais annulé.

— Il faudra être nettement plus agréable, ce soir !

— Alors, la jupe blanche... *ou* l'indécence.

17 h 15, je passe chercher 'mon cadeau à Nath pour ses 14 ans', hélas encore réparable, réparé, et regagne l'appart' porté par l'initiative d'Annabelle. J'aime ça, être choisi, appelé en sélection. C'est cool.

18 h 15, Nath is back ! Elle me remercie pour le réveil qui - oui ! ! ! - fonctionne, je refuse qu'elle me rembourse - non mais ! ! -, elle veut savoir si mon après-Guy-Hervé s'est bien passé, je réponds « Compliqué, et toi ? », elle m'explique pourquoi « Couci-couça... » pendant quatre longues minutes *et* quarante-quatre secondes, pas une de moins - je le sais, j'ai juste devant moi cet énorme réveil rouge atroce (bref passage par la table basse du salon (normalement dans la chambre de Nath (ou aux encombrants (j'étais quand même bien bien largué, à 14 ans

et 3 mois)))) avec une aiguille hypertrophiée qui-fait-peur même pour les secondes.

En revanche, là, elle me prodigue un massage ‘expert’ du haut du dos, remonte jusqu’aux trapèzes, termine par le cou.

— Merci ! !

— Je t’en prie, je vais me doucher.

Dix minutes et douze secondes plus tard, Nathalie a passé un vieux survêtement, une chose un peu large, délavée, un peu trouée aussi et qui a bien connu les années quatre-vingt-dix ; sur elle, c’était toujours charmant.

Comme vingt ans plus tôt à Compiègne, elle vient s’asseoir à mes côtés sur le canapé du salon.

Tout a changé et rien n’a changé.

— Je sors.

— Vas-tu voir Alain ?

— Non.

— Amanda ? Natacha ?

— Non, Annabella. Enfin, Annabelle.

— La prof d’anglais ? ? — Yes. — Of course.

— A problem ? — No problem.

— Ça s’est décidé au tout dernier moment, mais, de toute façon, tu n’avais rien prévu de particulier pour nous deux ?

— Non, ne t’inquiète pas, tu as eu raison de lui proposer… ce que tu lui as proposé…

— Dîner chez elle.

— C’est elle qui t’a proposé ? ? ? — Oui.

Nathalie s’était ramollie, d’un coup !

— T’as pas l’air bien, toi ?

— Si, si, ça va, merci beaucoup.

— Tu me le dirais si ça n’allait pas ?

— Je te promets que, ce jour-là, tu seras le premier informé.
— Petite mine, quand même, hein ?
— C'est possible. Guy-Hervé et après-midi atroces. Avec un s.
— Je peux ajouter le réveil ? Mais quelles atrocités après Guy-Hervé ? Tu m'as raconté ce couci-couça en quatre minutes *et* quarante-quatre secondes.
— Parce que maintenant tu me chronomètres ? ? ? Au lieu de m'écouter ?
— Mais je t'ai écoutée… aussi.
— Oui !… Quatre minutes et quarante-trois secondes.
— Quarante-quatre.
— Pourquoi tous ces quatre ? Bruno ?
— Je me penche sur les lois de la probabilité *et* je te réponds d'ici quatre ans, quatre mois et un jour.
— Au fait, tu sais que ça va bientôt faire un an ?
— Un an que je suis devenu ton colocataire.
— Oui.
— On s'entend bien tous les deux… hein ?
— Oui, dit-elle avec son plus doux sourire.
— Sans oublier les deux saletés à moustache.
— Tu parles comme ça de Minette et Rémi ?
— Oui, je ne parle pas d'Alain et MC.
— Non, évidemment. Alain ne porte pas la moustache actuellement.
— Tout à fait.
— À quelle heure vois-tu Annabelle ?
— 20 heures. On peut encore papoter.
— Non : va te faire beau pour elle !
— C'est toi qui as raison ! Je dois mettre toutes les chances de mon côté, ça peut servir. Je vais me raser, me laver, me sham-

pouiner à l'amande douce. Tu peux me croire, si en plus je choisis ma chemise grise, ça va faire mal !

— Oui, mon beau Bruno, ça va faire très mal. Et pour *mon* shampoing : tu peux !

— Je savais que tu dirais ça. D'ailleurs, c'est simple, je n'en achète plus.

— Depuis un trimestre.

— « Un trimestre » : tu parles comme une prof !

— Je suis prof.

— J'aurais dû m'en douter.

— Et toi aussi.

— J'aurais dû m'en douter.

— Tu travailles dans un lycée.

— Merci. C'est toujours bon à savoir.

— Es-tu certain qu'il te reste deux neurones ?

— Non. Ça, c'était avant. Je dirais « un ».

— Maximum. Minette et Rémi sont à tes pieds, ne leur écrase pas les pattes, Alain s'en charge très bien tout seul.

— Non, il s'acharne sur Minette. Je peux me faire Rémi. Tranquillou.

— Tu veux surtout te faire la prof d'anglais…

— C'est d'une rare élégance.

— Oui !… Je te prie de bien vouloir m'en excuser.

— T'inquiète ! Ça ne s'est pas vu, mais ça m'a fait rire.

— Ah ! C'était l'idée, mais tout de même… !

— Tu évolues, Nathalie. Avant, il n'y avait que moi pour 'vanner pourri'.

— La fin d'un monopole étendu sur vingt-deux ans.

— Compagnons de médiocrité, c'est cool.

Je me lève, sors du salon. Come-back pour embrasser Nath sur la joue, elle tente « Il est très très beau, ce réveil ! », je la joue fine, abrège, avec « Oui, bien sûr, vous êtes très beaux tous les deux, dans des registres bien différents », je reprends le chemin de la salle de bains, et cette fois définitivement.

Comme Alain, elle habitait Clichy. À deux rues près, ils étaient voisins. Aux bus, métro, je préférai un kilomètre neuf cents de marche à pied. J'arrivai chez Annabelle juste avant 20 heures ; son appartement était au 2e étage d'une résidence située square Jean-Pierre Darroussin (anciennement impasse Laure Manaudou). Son nom de famille était Gariguou, je cherchai l'interphone, sonnai : — Oui ?

— C'est moi. — Entre !

Elle m'ouvre, puis deux étages plus haut :

— Entre, Bruno ! — Merci.

— C'est normal entre collègues.

— Oui, parce que les autres, on les reçoit - de préférence - sur le palier.

— Toujours. Je suis beaucoup plus conne que j'en ai l'air.

— Eh bien… Ça promet. — Oui. Ça tient aussi.

— Parlons English, au moins je ne comprendrai pas, it's big secret of our big bonheur coming soon.

— Ton prof était souvent absent ? Contrairement au prof d'allemand ? Tais-toi, c'est évident avec cet accent qui a fait l'aller depuis la Bavière et dont on espère le retour.

Je ne relève pas, je nous épargne ça, j'entre les mains vides, avec de belles compensations coming soon : — Comme mon fleuriste était en grève, j'étais dans l'embarras.

— Aucune importance.

— Alors pour toi, j'ai écrit un poème.

— Aucune importance. — Tout de même !

— Je crains le pire. — Écoute, j'y vais, je me lance… De toute façon, tu ne pourras pas être déçue puisque… *état d'esprit pas bon.*

« Belle
On dirait un mot inventé pour elle
Pour Anna-belle »

— … Et ? — A y est. As-tu senti le trait d'union ?

— Très bien. C'est encore pire que ma pire crainte.

— Je t'ai peinte, aussi - de mémoire -, mais ça, tu l'auras demain. Parce que ça sèche… là.

— Non, ça ira. La poésie m'a suffi, c'est un beau cadeau, déjà.

J'espère seulement que ma cuisine sera à la hauteur, pour dire merci.

— Normalement, oui ?

— Oui. Du moment que tu ne vomis pas tout de suite, oui.

— Et si l'on se vouvoyait ? Vous étiez plus agréable avant.

— Je suis désolée d'avoir dit ça ! ! ! Je ne sais pas pourquoi, mais avec toi j'ai l'impression de jouer au tennis debout sur une table de ping-pong ! !

— C'est que tu es à l'aise… Malgré ou grâce à mes pitreries.

— Dis-moi quand même : j'ai droit à un traitement de faveur ou c'est habituel chez toi d'en faire trop ?

— Quand j'ai très envie que ça se passe bien, ça m'arrive de négliger la finesse. Enfin, tu vois le style ?

— Ah oui, là… Je vois même très bien.

Elle était émouvante parce que redoutablement intelligente, drôle, féminine. Elle était aussi gracieuse intellectuellement que physiquement. Je voyais en elle une partenaire de jeu bonne du fond du court, apte à renvoyer toutes les balles. Restait à monter au filet, lancer l'offensive, elle ou moi. La soirée fut passionnante, j'appris qu'elle avait 33 ans, n'avait jamais connu ses vrais parents, sa mère n'ayant pas survécu à l'accouchement et son père à une mauvaise grippe trois mois plus tard, en voyage d'affaires au Nicaragua. Adoptée à 6 mois par un merveilleux couple d'enseignants sans enfant, elle était devenue une jeune femme optimiste, libérée et très sentimentale, avait vécu, entre 21 et 32 ans, une grande passion et une grande désillusion, expérience fusionnelle à laquelle il avait mis fin il y a un an et quatre mois, parce qu'il avait rencontré une autre femme, parce que « C'est la vie » en guise d'adieu. Elle contenait son émotion. Il y a deux mois, elle avait commencé à se remettre de cet amour-là, premier très grand amour, qu'elle imaginait être le dernier.

Je parlais peu. Si elle posait des questions sur moi, vite je revenais à elle.

22 h 10 Le salon m'avait été proposé, mais j'avais préféré un rab de salle à manger. Café bien chaud à peine servi, je le portai à mes lèvres.

— Et Nathalie ? — Nathalie ? ?

— Vous représentez quoi l'un pour l'autre ?

— Nathalie, je l'ai connue quand j'avais 14 ans, classe de 3e. Notre bonne entente a commencé le premier jour, dans la cour de récré où nous sommes tombés nez à nez et 'en amitié'. Déjà. Presque. En trois jours, c'était plié. Je l'aime énormément, cette fille, elle est ma meilleure amie, sans ambiguïté aucune, elle est aujourd'hui ma famille choisie la plus proche ; une petite sœur à protéger de toutes mes forces, mais aussi une grande sœur qui veille sur moi.

Elle avait écouté avec la plus grande attention. Elle resta d'abord silencieuse quelques secondes, songeuse, sourire de façade, semblant hésiter sur son degré de contrariété.

C'est vrai que notre relation pouvait surprendre, ne pas aider Annabelle à se détendre.

— Plus complices que vous deux, ça ne se trouve pas facilement. — Non.

— Vous avez beaucoup de chance, tous les deux.

Son sourire semblait empreint du regret de ne jamais avoir connu ça. Nos mains n'étaient éloignées que de quelques centimètres sur la table de la salle à manger. Je posai ma main droite sur sa main gauche, elle me laissa faire. Elle baissa les yeux, laissa un sourire ensoleiller son visage. Elle leva à nouveau les yeux sur moi, elle était plus belle que jamais ; parce qu'elle était émue, parce qu'elle était émouvante, elle était incroyablement belle.

— N'ayez pas peur, très chère madame ! Nos intentions sont pacifiques. — Jean-Pierre Marielle, démarcheur à domicile, *L'entourloupe*.

— 1980, réalisation Gérard Pirès, scénario de Jean Herman et Michel Audiard, d'après le roman *Nos intentions sont pacifiques* de Francis Ryck.

— D'accord. C'est bien de le préciser.

— Oui. Surtout là, maintenant. Ça m'a paru tout indiqué.

— Ça l'était. J'imagine que les occasions sont rares.

— Extrêmement, Annabelle !

Elle se lève, m'entraîne par la main, je me laisse faire.

Elle me fait signe de m'asseoir là, sur le canapé crème juste à côté d'elle, tapotant le coussin pour m'aider à situer l'endroit précis ; je m'assieds.

Elle m'embrasse délicatement. Je l'embrasse tendrement.

Elle m'embrasse plus fougueusement, je sens déjà le sauvage en elle. Nos échanges s'intensifiaient rapidement, les initiatives se répondaient. Sa main saisissant la mienne, elle m'entraîne vers la chambre.

— Tu les attrapes tous au lasso ?

— Toujours. C'est ma seule chance.

— *Enfin*... Tu les attrapais...

— ... Oui, tu es le premier depuis lui. Et peut-être...

— Le premier d'une short-list ? — Very short ?

— Mais tu as une chatte superbe ! ! Et tu la cachais !

— Elle est très timide. Et elle avait déjà mangé.

— Elle a un petit nom ? — Foufoune.

— Il faut changer son petit nom immédiatement.

— Et si on l'appelait Ginger ?

— Ok. Mais, là, on change complètement de sonorités. C'est un peu dur pour Foufoune. Et y a-t-il d'autres Fouf...d'autres bêtes dans cette pièce ?

— À part toi ? — Oui.

— La locataire, peut-être ? — Oui !

Pas un cri, juste un Oui nettement plus affirmé.

— Tiens, j'ai grandi. De cinq centimètres, je crois qu'il faudra apprendre à faire avec. Ça peut surprendre un petit peu, mais à force de prendre de la hauteur, ça me pendait au nez.

— Tu finiras bien par descendre de la balance, ce n'est qu'une question de jours.

— Ok, ça ne rigole pas, tous les coups sont permis, je retire cinq mais je pose trois.

— Puisqu'on la joue cartes sur table : j'ai viré mes chaussures : retire trois aussi.

— Tu as réponse à tout, comme ce vilain pèse-personne, que j'imagine plus fiable qu'un labrador pour vider sa gamelle.

— J'aimerais beaucoup te donner raison, mais il est si susceptible dès que je prends quinze grammes qu'il surréagit, arrondit à cent - ou deux cents - pour marquer le coup.

— Et si tu les perds, les quinze grammes, ça déclenche quoi ? Vingt-quatre heures de festivités, non-stop ? Un *Bravo, fillette !* qui clignote tous les quarts d'heure, une place garantie au Panthéon avec petite mise en demeure d'y aller tout en douceur ?

— Aucune idée, je l'ai depuis seulement deux ans.

— Effectivement, faisons le point plus tard.

— Pour plus de précision et un confort accru : deux ans et deux mois de déceptions.

— Effectivement. Faisons le point. Plus tard. C'est si drôle, l'histoire du confort, je ris. Je ris déjà. Faudra recommencer. Mais pas souvent, je crois, la vie est trop courte.

— Ok ! Alors, tu le veux, tu vas l'avoir, 'le vrai retour' sur ton poème !

— Je sais, c'est moyen, c'est moins bien qu'une tulipe. Donc tu comprends mon embarras pour le tableau pas sec ?

— Je sous-loue ma cave, suis sans grenier et le débarras affiche complet, tu saisis ?

— Oui, tu as le seul appart' de la région avec un débarras, ce qui permet de louer la cave et de survivre sans grenier, mais quel rapport avec mon œuvre ? bientôt sèche ?

— Parions qu'avec toi la vie sera longue.

Passé le 4e, faut des barreaux aux fenêtres.

— On avait dit *in English*, les gentillesses.

À la limite, en latin, j'ai beaucoup perdu.

20.

Nathalie

Mon réveil était programmé pour 6 h 15, mais je fis un cauchemar interminable auquel participaient le proviseur et quelques-uns de mes élèves - mon subconscient avait sélectionné les pires spécimens : je me réveillai à 3 h 45, j'étais prête à bondir, rebondir, mes neurones en effervescence !

Un grand verre d'eau fraîche, je me ressers, exerce de douces caresses sur Minette et Rémi ensommeillés des deux côtés du canapé, je me recouche. Je me retourne dans tous les sens, aucune position ne m'apaise, je suis bien trop excitée, je saute hors du lit, me prépare un café léger, m'installe à la cuisine munie des *Contemplations* de Victor Hugo, au programme de l'agrégation. Lire, analyser, en tirer la substantifique moelle. Il est 4 heures.

6 h 18 J'abandonne la poésie pour mon thé du petit-déjeuner, mets de l'eau à chauffer, dispose deux bols, deux petites cuillères et deux serviettes, sur la table de la cuisine où Bruno n'avait pas laissé traîner *L'Équipe* d'il y a un an et quelque, mais le *France Football* 2007 qui s'émiette, si. *Enfin*, prêt à s'émietter.

Je mets le café de Bruno en route.

Je dispose à présent les pots de confitures de fraises, abricots, cassis, une petite cuillère pour chacun. Je sors du pain complet, du pain blanc.

S'occuper des chenapans ! Parce qu'ils ont faim et font savoir que c'est l'heure par tous les moyens à leur disposition : miauler, gémir, glousser, sauter sur le plan de travail pour elle, tenter le moonwalk pour lui, le réussir, se mettre bien dans mes jambes, me regarder fixement, surveiller le moindre de mes mouvements ; la totale, comme toujours. Seuls les mordillements de Minette, rares mais jamais trop rares, m'auront été épargnés. Leurs appétits délirants réveillent en moi l'idée d'un bon chocolat chaud. Idée approuvée par une voix favorable contre une réticence. L'intendance suit, le lait chauffe, le chocolat, résigné, attend son heure. J'avais dit « probablement proches du délire » la fois précédente, mais ils ont franchi un cap sur la grande échelle des frappadingues : on ne les 'reverra pas' de sitôt, ni l'un, ni l'autre.

Bruno émergea à 6 h 30 au son de 'Je ne vous parlerai pas d'elle' de Jean-Jacques Goldman, il était encore à moitié endormi quand il pénétra mollement dans la cuisine, fit sa rockstar avec les chenapans, puis vint me faire deux bises, accepta les miennes, remplit son bol de café chaud :

— Merci pour le café, Nath, c'est super, c'est gentil, c'est super gentil.

— De bonne humeur, toi, dis-moi ?

— Tout à fait. J'avoue tout, madame la commissaire, tout. Même si, pour la déco de son salon, elle a misé sur une 'pure atrocité', je ne te le cache pas.

— Je vois ça. C'est passionnant, ça répond à toutes mes questions. As-tu bien dormi ?

— Oui. Un peu trop court, mais… ça ira pour aujourd'hui. Et toi, tu as dormi comment ?

— Mal.

— Ah bon ? ! Y a une raison ?

— J'ai fait un cauchemar en milieu scolaire.

— Tu étais prof ou élève ?
— Prof.
— Merde. Y avait qui ?
— Et toi ? ? La soirée s'est-elle bien passée ?
— Très bien. On a mangé des légumes verts.
— Heureuse de l'apprendre.
— Oui, je sais.
Avec du poisson. Finalement, elle a fait du poisson.
— Midi et soir ? Ça y est, vous faites une cure ?
— Ah mais sans Guy-Hervé, c'est autre chose… Ça a du goût.
— Donc, tu es content, elle aussi, et tout va bien ?
— Oui. Mieux serait indécent. D'ailleurs, ce fut… Non, rien.
— Ce fut indécent ?
— Non, laisse tomber… Rien d'intéressant.
— Donc, ce fut indécent.
— Mais c'est qu'elle insiste, la bougresse ! ?
— 'La bougresse' te remercie pour cette appellation flatteuse.
— La vérité, c'est qu'hier nuit, c'était pas beau à voir, je ne suis pas très fier de moi. C'était destiné à un public majeur et averti, je dirais même, de préférence, des individus de plus de vingt-quatre ans qui auraient suivi une préparation psychologique d'une quinzaine de jours, environ.
— Je vois…
— Je sais…
— Pas beau à voir ?
— Pas beau à voir.
— Tu vas la revoir ?
— Oui.
— Et sinon… On peut savoir pourquoi ton *France Football* 2007 traîne ici ?

— Fin 2007 ! Décembre. Un rapport avec la discussion précédente ?

— Non. Bruno.

Silence.

Je relançai la personne qui payait tout juste la moitié du loyer et prenait en charge à peine 25… 35 % des tâches ménagères :

— Et ?

— J'ai déjà répondu à cette question. Une fois.

— Et ?

— Test. Je te teste.

— Il faut bien admettre que chaque seconde passée avec toi dans les parages apporte son lot, sa pléiade, sa batterie de tests tous plus étranges les uns que les autres, mais en temps normal, tu ne te rends compte de rien : alors, pourquoi cette envie consciente et répétée, là, d'aggraver ton cas ?

— Parce que.

— Mais pourquoi fais-tu ça, *exactement* ?

— Exactement pour avoir ce genre de conversations.

— J'avoue, je concède que c'est passionnant, et pas qu'un peu, des deux côtés du bâton. En fait, on aurait facilement pu éviter ma question. Sans déroger, sans nuire, à la qualité d'ensemble.

— Je crois aussi. Éviter was 'possibol'. En toute objectivité et en Anglais titillé, frontalier, approché. En Anglais approx'. Le fameux Anglais frôlé.

Oui, loin d'être approximative ou frôlée, sa débilité était flagrante, largement étalée, déclinée sous tous les angles, en démonstration et progression constantes ; pour tout dire, elle se passait de commentaire.

— Au fait, j'ai lavé toutes les assiettes pendant ton sommeil. À mon avis, elles sont sèches, déjà.

J'étais très très émue : — Y en avait deux, grand maximum. Tu as fait ça sur un coup de tête ? Ou c'est l'aboutissement d'un long et fascinant processus ? Je t'écoute, ne m'épargne aucun détail. Parce que tu es l'Homme des grandes expériences, mes deux oreilles seront toujours là pour toi et tes récits.

— Désormais, l'injustice a un prénom, et c'est le tien.

J'éternue : mes grosses lunettes aux cercles noirs glissent sur le bout de mon nez. Je les replace de mon index droit. Mais Bruno me regardait bouche bée… Comme l'autre fois, comme hypnotisé. Comme chaque fois, même si j'avais toujours cette impression de première fois.

Ses lèvres bougèrent à nouveau : — Alors ?

— Ça va, toi ? — Euh… Ben oui… Ça va, moi.

La fenêtre est mal fermée, y a un léger filet d'air.

Tu as froid ? Tu veux mon grand gilet, en plus ?

— Je veux bien. J'ai ouvert juste avant ton arrivée pour faire sortir une araignée.

Mon Merci arriva avec du retard. J'étais touchée.

Par son trouble.

— Tu l'as mise facilement sur un papier ?

— Oui, aucune de nous deux n'a paniqué.

— C'est très bien.

— Mais j'ai mal refermé, elle est peut-être revenue.

— T'inquiète, quand Minette est dans un appart', elles ne s'attardent pas.

Alain

Tout s'était enchaîné très rapidement.

Réponse favorable de *LOL*, signature de mon contrat de téléconseiller, immersion immédiate en agence pour voir comment les collègues travaillent 'sur le terrain', puis cinq jours de formation intensive pour connaître tout ce qu'il faut savoir, ou presque, sur les produits financiers en général et les produits maison en particulier, et à nouveau cinq jours pour apprendre à maîtriser les outils informatique et téléphonique.

Première journée d'observation sur la plateforme : regarder, écouter, les téléconseillers 'modèles' traiter des appels.

Une deuxième journée pour manipuler la souris de l'ordinateur pendant que ton collègue répond aux clients.

On inverse les rôles le jour suivant : tu prends tes premiers appels, premiers clients, tes premiers gros coups de stress, pendant que ton collègue s'occupe de la souris, fait apparaître les informations nécessaires sur l'écran de l'ordinateur. Même jour, l'après-midi : tout faire tout seul. La peur au ventre, la voix et la main qui tremblent un peu, beaucoup ; un peu trop, mais de moins en moins. Apprendre chaque jour ce nouveau métier, respecter les procédures et satisfaire au mieux les demandes des clients, travailler vite, prendre au moins onze appels de l'heure avec une proposition commerciale à chaque client (quand on dit « une », ça peut être deux).

Et ne jamais oublier que « le sourire s'entend au téléphone ».

Cela faisait dix jours, neuf heures et ~~huit~~ une minute, que je souriais.

— Et, *en plus*, monsieur Bilaverne, *actuellement* cette carte bleue Visa vous est offerte les six premiers mois, et la cotisation annuelle ne sera donc prélevée sur votre compte qu'au cours du septième mois.

— Si je la prends, votre carte : après les six mois gratuits, la cotisation annuelle, elle me coûtera combien exactement ?

— 45 € par an, ce qui représente 3 € 75 par mois *ou environ* 83 centimes par semaine *ou environ* 12 centimes par jour, monsieur Bilaverne.

— Mais ça fait toujours 45 € par an.

— Oui… Tout à fait, monsieur Baliverne.

— Monsieur 'Bi-Bila-Bilaverne' ! Pas Baliverne ! !

— Tout à fait, monsieur Bilaverne. Veuillez m'excuser.

— Si vous saviez combien j'en ai entendu !

— Des 'Baliverne' ?

— Oui. — Si j'osais… — Osez, jeune homme !

— En ôtant la majuscule : moi aussi… Un très long 's' à la fin.

— Ah ça ! !… Et aujourd'hui, vous en débitez !

— Non, ça va, j'évite. C'est sérieux, *LOL*.

— Mais ça fait toujours 45 € par an…

— C'est ça. Juste… Vous allez me dire que c'est un détail, mais après cette offre promotionnelle, vous pourrez mensualiser votre cotisation. Mais ça fera toujours… ce que ça fera, sur un an.

— Allez, c'est parti ! ! Je signe où ?

— Sur le contrat que je vais vous faire parvenir par voie postale, monsieur Bilaverne.

Sourire.

Sourire toujours.

Je souriais de dix heures à dix-neuf heures, du lundi au vendredi ; plus un samedi par mois.

Pas étonnant que je sois si nerveux.

21.

Annabelle

Trois nuits qu'il ne partait plus, il petit-déjeunait ici, puis nous allions au lycée ensemble si l'un de nous deux avait cours de bonne heure.

Ce soir, Bruno et Nathalie m'avait conviée à un dîner maison.

Selon Bruno, Nathalie souhaitait que leur appartement se transformât peu à peu en point de ralliement de 'la bande des quatre', le lieu privilégié où les uns et les autres réinventeraient à chaque occasion cette petite bande chaleureuse, familiale et magique, que formaient déjà Bruno, Alain, Marie-Catherine et elle ; j'allais devoir les rejoindre, me faire une place, à commencer par ce soir, cela me paraissait une étape décisive pour donner toute sa chance à notre relation sentimentale. Sa complicité avec Nathalie semblait lui apporter tant de satisfactions, de sécurité affective, je devais construire sur notre complicité naturelle une complicité intime et unique.

Bruno à ma droite, Alain en face, Marie-Catherine qui riait en diagonale, Nathalie dînait en bout de table, près de Bruno. Table en bois clair, petite salle à manger séparée du salon par une cloison, des coquilles Saint-Jacques copieuses, délicieuses, dans nos assiettes.

— Et la rencontre avec Bruno ?

Ma version intéressait donc Alain, Nathalie tendait le cou en ma direction, tout le monde avait posé sa fourchette.

— Bruno m'a plu dès le premier jour, il avait l'air différent…

— Il l'est, assura Nathalie.

— Sa réelle décontraction semblait signe d'intelligence, de capacité à ne pas se prendre au sérieux, à relativiser toute chose en toutes circonstances.

— Pas le signe d'une superficialité, d'un défaut d'intérêt ou d'une insouciance puérile, compléta Nathalie, me coupant la parole. Tu extrapoles beaucoup, mais tu extrapoles bien.

— Tout à fait. *Pour Bruno...* Son naturel ne fait pas de lui un grand discret, mais il ne cherche pas à se mettre en valeur : il se met en valeur. Sans forcer. Chaque moment passé avec lui, je guettais des indices de son intérêt. Et il aura fallu trois semaines...

— Pour qu'Annabelle fasse le premier pas, précisa Bruno, simulant le petit air satisfait du séducteur qui se sent tellement irrésistible que ce sont elles qui font tout le boulot.

— Être entreprenante, ça n'est pas dans ma nature profonde, mais...

— Elle était motivée... motivée par la bête ! conclut Bruno.

— *Le* bête ! ajusta Nathalie du tac au tac.

— Il avait l'air content, il avait...

— Ce sourire idiot qu'il a parfois ? avança Nathalie, sur mon silence.

— Pas vraiment, non, dis-je avec le plus de naturel possible, ne sachant pas bien si c'était *ça* l'humour de Nathalie ou *ça* la preuve que je redoutais.

— Je sais, j'ai dit « parfois ». Que d'indulgence pour deux neurones. Douceur d'euphémisme.

Parce que Nathalie avait dit ces quelques mots d'une certaine façon, sans doute très inhabituelle, et parce que Bruno s'en montra déstabilisé, je compris alors que les rapports entre elle et lui étaient tout sauf clairs, immuables, même si Bruno serait sans doute le dernier à en être informé.

— Et en parlant d'avoir l'air bête, si tu leur racontais le jour où tu es retournée prendre des cours à l'auto-école ?

— Oui, bonne idée, Bruno ! fit Nathalie.

— Oui, j'en ai une, parfois.

— Mais te taire maintenant serait le meilleur moyen de nous prouver que tu peux enchaîner, mon grand !

— Ça aurait fait deux, mon record égalé sur une journée.

— Mais on jurerait qu'il est vexé ? ? C'est dommage.

Silence.

— Ça va ? demanda MC à Nathalie.

— Oui…

Bruno vida son troisième verre de vin blanc, regarda le mien. Je n'y avais pas touché. Il le but d'un coup. Lui qui boit si peu ! ! Qui n'en a pas besoin pour être bien, détendu. Soudain, à des degrés divers, on avait tous un air ahuri et presque figé.

Nathalie se leva et vint faire une bise sur la joue de Bruno, lui caressant le bras. Puis elle présenta sa joue pour qu'il lui fasse la bise à son tour :

— Allez, Bruno, cesse de boire et fais bécot !

Bruno adopta un air renfrogné, s'ensuivit un air incrédule, puis il sourit un peu, un peu plus, avant de se relâcher complètement et faire bécot. Il n'avait pas compris ce qui venait de se produire pendant quelques secondes. Bruno avait à présent un air ravi, quasi extatique.

Alain profita de l'occasion pour détendre l'atmosphère définitivement : — C'est vrai… C'est vrai qu'il a l'air idiot !

Nous rîmes plus qu'en temps de paix.

Bruno parvint à reprendre son sérieux, suffisamment pour prononcer ces quelques mots :

— Mais… ça peut plaire.

— Oui, mon Bruno ! dis-je prenant sa main gauche dans la mienne.

— Mais oui, conclut Alain, c'est Annabelle qui a raison : Bruno est… différent. Acceptons sa différence !

— Personne dans le monde ne marche du même pas, et même si la Terre est ronde, on ne se ressemble pas, acceptons les différences ! entonnai-je.

— 'Arnold et Willy' ! Le générique ! Tu chantes bien, Annabelle.

— Merci Alain.

— Il faut dire que d'habitude, tu ne bois pas, mon Bruno, dit Nathalie.

— Non… Mais je trempe mes lèvres.

— Presque pas. Et pas souvent.

— Bon, et cette histoire d'auto-école, alors ?

— Ah ! ! Je vois que je peux compter sur ton soutien, Marie-Catherine.

— Évidemment.

— J'avais donc mon permis depuis douze ans, mais, n'ayant jamais pratiqué après, j'ai trouvé plus prudent de prendre quelques cours de conduite avant de reprendre seule le volant. Et, lors de la première leçon, le moniteur, un grand pédagogue, m'a annoncé : « Ah ben dites-moi, ma p'tite dame, vous n'êtes pas près de l'avoir votre permis de conduire ! Non, et vous pouvez me faire confiance ! » Je lui ai alors répondu « C'est bien que je sois prévenue, ça va m'aider » *et* je lui ai mis mon joli permis tout rose sous le nez. J'étais passablement énervée : « Je l'ai eu il y a douze ans mon permis et je viens pour reprendre un peu confiance, alors bravo ! ! Et merci ! » Le moniteur était stupéfait, gêné, honteux. Je crois même qu'il avait peur.

Nous rîmes tous quelques secondes.

Je remarquai, à ce moment-là, un échange de regards complices entre Nathalie et Bruno.

— Et tu sais conduire, à présent ? Enfin, tu conduis bien ? s'enquit Alain.

Nous éprouvâmes tous de la reconnaissance envers Marie-Catherine pour sa façon de dévisager Alain et d'éteindre la mèche :

— Tu veux t'en prendre une, toi aussi ? ! !

Bruno posa son regard sur la bouteille de vin blanc que venait d'apporter Nathalie, elle lui dit « Non, pas toi ! », il répondit d'un sourire contrarié.

— Je te connais, dit Bruno à Nathalie.

— Oui. Je sais…

— Je te connais
Depuis longtemps déjà
Je te connais
Tu me plais et même plus que ça
Mais je te connais trop peu
Il y a toutes ces choses que je ne sais toujours pas
Ces choses de toi qui restent à découvrir
Ces choses avec toi qui restent à venir…
Prendre ta main dans ma main
Te dire les mots que l'on ne dit jamais
Oublier tout le reste jusqu'au lendemain
Me réveiller à tes côtés
Je n'en ai pas besoin
Mais envie un peu trop

Mais envie depuis longtemps déjà…
Caresser tes cheveux
Effleurer ton front
Caresser ta main
Effleurer ton genou
Caresser ta joue
Effleurer tes lèvres
Et déposer un baiser
Je n'en ai pas besoin
Mais envie un peu trop
Mais envie depuis longtemps déjà
De ces choses avec toi qui restent à venir
Mais…
De ces douceurs d'euphémismes
Je ferai mon feu sacré, mon secret
Je ne te parlerai jamais, mon ami pour la vie
— … … C'est de moi. Classe de 3e.
Tu t'en souviens, Bruno…
Il baissa les yeux un instant.
Se replaça sous le regard ému de Nathalie.
Ça leur prit quelques secondes de se regarder.
— On avait 14 ans, lui dit-elle.
— Oui.
— On a le droit d'être émus, dit Nathalie.

— Oui.
— Oui.
— Oui, dis-je après cinq secondes de silence, Marie-Catherine et Alain.

— J'ignore pourquoi il a bu comme ça.
— *Il* ignore pourquoi, ma Nathalie, dit Bruno.
— Peut-être n'est-ce pas une soirée ordinaire ?
— Ah si, ma Nathalie, très ordinaire !
— Merci.
— Merci.
— Merci, dit Alain après MC, avec le même sourire.
— Il a dit « très », pas « trop ».
Ma précision plut à tout le monde.
— Et j'ai très bu ! Toujours « très », jamais « trop », avec Bruno !

Sourires et arrière-pensées.
— La prochaine fois, soirée sans alcool ! lança Nathalie.
— Ou sans Bruno ? dit Alain.
— Ou sans moi ? dis-je par spontanéité.
— Annabelle ! ! ! Bruno et moi allons vite progresser, jusqu'à devenir des hôtes présentables.
— C'est pas gagné ! dit MC.
— Non ! ! approuva Bruno. Ni pour l'une, ni pour l'autre !
Rire libérateur de Bruno. Communicatif sans exception.
Et l'on fit tous un peu semblant, je crois, à partir de ce moment-là.
On rentra à pied et Bruno resta avec moi.
Avec Ginger et moi.

22.

Nathalie

Assise à mon bureau, je corrige des copies ; la pièce nous sert aussi de bibliothèque, Bruno y vient pour travailler, pour lire, plusieurs fois par semaine. D'autres fois, afin de ne pas toucher à mes affaires de travail, savamment disposées un peu partout, il trouve refuge dans la cuisine où, dit-il, on travaille, on lit, tout aussi bien, sauf si Minette réclame non-stop.

La Minette était tout près de moi, installée noblement au centre d'un vieux fauteuil en velours vert, comme Sa Majesté l'eût été sur son trône. Rémi gambadait joyeusement et je le voyais apparaître puis disparaître aussitôt. Cela faisait deux heures que je travaillais, la lassitude pointait son museau, les va-et-vient de Rémi parvenaient à présent à me déconcentrer.

Je me lève, gratte Minette sous le menton quelques secondes, puis gagne la cuisine suivie de très près par les bê...les chenapans.

Je pense à lui, à Annabelle, à la soirée qui nous a réunis tous les cinq, et je digère mal la façon dont je me suis comportée, désagréable envers Bruno, c'était déplacé vis-à-vis de tous et nullement justifié.

Comme comité d'accueil, Annabelle pouvait espérer mieux que moi dans le rôle de l'aigrie de service et Bruno, éméché, mais ému, qui récite mon poème d'adolescente.

Depuis, je ne savais que penser. Voir Bruno et Annabelle ensemble m'avait retournée, puis le poème m'avait retournée aussi, sans me remettre à l'endroit pour autant. Ils sont tellement faits l'un pour l'autre, elle a tout pour elle, elle a tout pour lui, tout pour lui plaire : c'est très exactement ce que je me suis dit.

Jusqu'au poème.

Mais pourquoi suis-je si nulle quand il ne faut surtout pas ?
Mais pourquoi suis-je si nerveuse ?
Mais pourquoi tant de pourquoi ?

23.

Bruno

Le remplacement qu'effectuait Annabelle à Michel Drucker allait se prolonger encore un peu, et, tout en restant discrets, parfaitement chastes, dans l'enceinte de l'établissement, nous profitions le plus possible de cette situation-là, qui nous réunissait plusieurs fois certains jours.

Chez elle, le soir venu ou le week-end, nous étions alors un peu moins chastes et, parfois, moins discrets. Le plaisir féminin réveille les voisins et, dès la première fois, j'avais eu droit à des sourires chargés de sous-entendus (et de bien entendus) quand nous croisions des voisines sur le palier ou dans l'ascenseur. Je souriais aussi, je les trouvais vraiment cool. La première fois, il était 2 heures du mat'. Depuis, nous prenions nos précautions : avant 22 h 45, quitte à éveiller la curiosité de jeunes esprits.

Mais la nuit après le dîner, je l'avais passée avec elle et le fantôme de la soirée. Silences et regards faux-fuyants, elle m'avait imposé son programme parce qu'elle n'avait pas aimé le mien. Je m'y étais plié à moitié, respectant ses silences mais regardant droit dans ses yeux, tentant de capter une lueur favorable à la faveur d'une bonne humeur passagère.

Dès le matin, renouveau !

« Tout allait pour le mieux - ou presque - dans le meilleur des mondes possibles », comme l'eussent dit - ou presque - Voltaire ou Nath.

Mais pour accéder de plain-pied au meilleur, restait à confirmer les bonnes dispositions de MC à l'égard d'Alain, et réciproquement, ainsi que trouver pour Nathalie un garçon intelligent, sensible et littéraire, une espèce d'Annabelle au masculin. Et si Annabello pouvait aussi être abonné à *Télérama*, ce serait un plus. Mais, ne nous leurrons pas, le modèle toutes options est très demandé - il plaît énormément, donne entière satisfaction -, et ce modèle n'est peut-être pas disponible actuellement.

En ce lundi où le Soleil brillait intensément, j'étais d'humeur taquine et j'avais envie de m'amuser en rendant leur devoir à mes élèves de terminale préférés. J'allais sans doute me montrer très vilain au moment de rendre les copies les plus catastrophiques - copies que je gardais toujours pour la fin, pour que la pression monte, que ce soit encore meilleur.

Je commençai par un étincelant 19/20, un brillant 18, un 16 et trois 15 satisfaisants, avant de plonger dans la médiocrité - étape intermédiaire qui annonçait déjà le franchissement prochain du cap de la nullité absolue ; disons 'relative'. Quoi qu'il en fût, aujourd'hui encore, je dispensai alors un peu de pédagogie :

— Et… à partir de maintenant, on est le 14 juillet, début des festivités et feu d'artifices !

Emma, 4,5/20 : vous viviez sur vos acquis, vous êtes passée en mode survie. Si je vouvoie, pas de panique, ça s'en va et ça revient, c'est fait de tout petits riens. En clair, je patauge.

Gustavo, 3,5 : c'est nul ! de cacher aussi bien tes capacités !

Babacar, 2 : en chute libre, Babacar ! ! Il faut… hein ? ! Motivé ! ! fis-je gestes à l'appui, afin qu'il réalisât peut-être qu'il pouvait mieux faire et que j'étais derrière lui. Babacar, résiste ! ! Prouve que tu existes !

Babacar : — France Goal ?

Moi : — Non. Pas du tout.

Babacar : — Je voulais faire une préférence.

Aïcha : — 'France Gall', et c'est une 'référence'.

Encore moi : — Merci Aïcha !

Babacar : — Merci Aïcha.

— Merci Babacar. Et, à présent, les trois vedettes, mes trois préférés, le trio de l'horreur…

Numéro 3 : Virginie ! 1,5 ! Du grand art au service d'une noble cause : la paresse, le poil dans la main.

Autre partisan du moindre effort, le numéro 2 : Paul ! 1 ! J'aimerais tant que tu trouves une autre façon de m'étonner, Paul. Travailler serait la plus efficace, et tu pourrais même y prendre goût avec l'amélioration de tes notes. Tout reste possible ! Paul ! En fait, comme Virginie, qui végète à 1,5 au lieu d'aligner les 18, et comme la plupart de vos camarades de jeu, ici présents ou ici absents, vous construisez votre scolarité, vous vivez votre scolarité, sur un postulat archioptimiste : je bosse quatre heures *par beau temps* et, hop !, ça passe, pâquerette aux lèvres, calé sur mon transat, le Bac avec mention 'Non, ne pouvait pas mieux faire' à la boutonnière. Et ma déduction, affreuse, concerne la météo : elle vous a beaucoup déçus, ces quinze dernières années.

— Météo des plages, tapez 1, météo des pages, tapez 0 !

— Tutut ! On cesse de rire et l'on déverrouille son téléphone : météo de Guillaume, tapez 0,5 ! Le numéro 1, l'apothéose, le bouquet final, du grandiose : Guillaume ! ! Limite 'foutage de gueule' : 0,5, mon Guillaume ! Et encore, j'ai noté large parce que tu m'as fait rire, parfois. J'arrive encore à me demander où tu vas chercher tout ça… ! Merci pour l'ensemble de ton œuvre !

— Mais j'vous en prie…

— Tu vois ? ? ! Même là tu es drôle ! Tu sais que j'ai envie de te mettre 1. Enfin, presque envie. On a beau pousser, pousser à plusieurs, les repousser, y a *encore* des limites.

Je m'adressai alors à tous les élèves, sans exception, qu'ils soient nuls ou un peu moins nuls, et je leur livrai quelques-unes des clefs de ma pédagogie :

— Mes commentaires ont pour but de frapper votre esprit, frapper votre intelligence, frapper là où ça fait mal… !

— Je suis frappé de stupeur ! fit Guillaume, le visage sérieux et stupéfait.

Rires de toute la classe.

Moi aussi.

— Mais Guillaume a raison… « Frappé de stupeur » : étonnement profond qui ôte toute possibilité de réaction. C'est tout notre Guillaume, ça !

À nouveau, toute la classe rit, je souris.

— Bon, assez ri pour aujourd'hui ! ! Vous me pondez des horreurs, et ce sont mes profondes déceptions que vous devez retenir ! Pas les rires. Même si j'espère qu'il y a des rires nerveux. Qui vont vous faire réagir, tous, du pire au meilleur d'entre vous ! !

Ici, personne n'est à son maximum !

Je suis derrière tous ceux qui le souhaitent !

En plus, il y a le Bac à aller chercher… Hein ? ! !

Et vos études à aborder dans les meilleures conditions, si vous choisissez de continuer.

— Merci Monsieur. — Merci Aïcha.

— Merci monsieur Boss.

— Merci Babacar. Et là vous pouvez rire, parce que « monsieur Boss »… C'est abuser ! J'ai trop un nom ridicule !

Rires.

— Vous êtes de la famille d'Hugo Boss ?

— C'est ma sœur.

Rires joyeux.

— La honte de la famille.

— 1885-1948, présenté parfois comme « le tailleur d'Hitler », il s'était inscrit au Parti nazi en 1931. Les commandes d'uniformes par Hitler ont permis à son entreprise d'échapper à la banqueroute. « Nous souhaitons également exprimer nos profonds regrets à ceux qui ont été maltraités ou ont enduré des sévices dans l'usine dirigée par Hugo Ferdinand Boss sous le régime nazi », précise la maison de couture sur son site Internet.

— Merci Guillaume, Wikipédia et… Nokia, tu éteins, je ramasse.

Un nom qui n'a pas toujours fait rire…

— Même quand on pense à vous, on rit pas, on pense 'le boss'.

— Ah ? Si Babacar le dit, possible que je me détache *de peu.* De la meu…Du groupe ! Et merci Guillaume. Tu penseras à le récupérer.

— Ah ça ! !…

Rires, mais ça tourne déjà au rire nerveux. *On me les a bien fatigués*, ce matin.

Je souris, j'en apaise quelques-uns parmi ceux qui n'ont pas encore entamé une cure de sommeil. Un ronflement strident les réveille tous. Mais, eux, il faut faire quoi pour les garder éveillés ? ? ? Ronfler dans les aigus ?

Gustavo cajolait son téléphone sans jamais faiblir, penser à faiblir, *la chose* ne quittait sa main gauche que pour sa main droite, mais le plus souvent les deux mains étaient au contact : — Elle a bien pris… quand même… la greffe. C'est tellement d'espoir, c'est si beau, une greffe d'ado sur un téléphone. Après ça, tu peux espérer quoi ? de mieux ? La greffe d'enfant sur un téléphone, ce sont plus de satisfactions, c'est au-dessus. Normalement. Ça se sait peu, mais les cours d'économie qui nous agitent l'année du Bac ont d'autres objectifs que les bains d'ondes collectifs. On éteint tout. Tu peux rester assis, Guillaume : lumière pas concernée.

Avec moi, ils se limitaient aux sms, à deux-trois bricoles sur Internet. Pas d'oreillette, c'est la description d'un succès pédagogique. Je viens peut-être de dire une énorme connerie, là.

— Si tu as mon 06, faut pas m'écrire quand je crois faire cours, ça va être notre minimum. Au passage, je ne m'appelle pas Rebecca et quant à être open pour la suite plus qu'avant, non. Je tairai ton vilain prénom : discrétion.

Et, histoire de reléguer aux oubliettes les plus sophistiquées le suspense créé par toutes ces affirmations désormais diffamatoires « Le pire n'étant jamais sûr, blablabla au choix », je bouclai l'heure de cours et le Pédagogie World Tour par ce concentré de vaste flan ô combien rodé, testé avec succès, sur un lapin psychorigide et une chatte caractérielle, de grands réfractaires à la vie entre les repas comme mes ados à toute activité glissée entre deux dingueries estampillées 'Ça leur passera', alors que non, pas du tout : au fait, Le pire indétrônable sera :

— Alors, la jeunesse ? Bientôt au pouvoir ?

Tenter de tempérer le pire, c'est du vécu ? Pour moi, la réponse est oui : — Pas de panique, les ados, on détend gentiment les premières cervicales, vous avez dix à douze ans pour répondre.

Sur ce, vous pouvez tous et toutes faire taire Guillaume et sortir en silence.

Bien sûr, on est souvent...on est toujours trop optimiste avec une classe de terminale en cruel manque de magnésium, autant dire une classe à bout de nerfs, donc mon « Sur ce, vous pouvez » était une erreur de débutant : — Mais, « pouvoir », c'est le champ des possibles, bientôt la porte grande ouverte, très vite la fausse bonne idée : d'où, ce précieux correctif : vous *devez* tous et toutes faire taire Guillaume, puis sortir en silence la conscience tranquille, le regard clair, la bonne soirée à portée de main.

Jamais. Comme quoi, le pire n'est jamais sûr.

Les records sont faits pour être battus par moi par pugnacité pédagogique d'origine.

24.

Alain

Au nord-ouest de Paris, 'La Défense' et ses tours immenses, le rendez-vous des banques, de la finance. Moi face à mon ordinateur, casque sur les oreilles, *Puma* aux pieds. Ici, le téléconseiller ne porte pas de costume, ni de cravate ; enfin, on fait comme on veut. Tu viens en baskets, tout le monde s'en moque. Résultat : tout le monde en porte, peu y dérogent.

Seule la qualité du travail compte : procédures respectées à la lettre (authentification du client pour des raisons de sécurité et de confidentialité, phrases à dire mot à mot pour tout et son contraire), nombre d'appels par heure et efficacité commerciale - chaque vente te rapporte un nombre de points en adéquation avec le bénéfice pour la banque, *LOL*, le groupe, *COA* -, sont les critères prépondérants pour évaluer cette qualité.

Il était 18 h 03 et j'atteignais les objectifs de la journée, finalisant mon quatre-vingtième appel reçu et ma dixième vente :

— Je vous envoie le contrat : vous le signez et hop ! dans la grande enveloppe, madame Ranavalontsimitavitaminanmanana. D'accord ?

— D'accord.

— Avez-vous des questions à me poser ?

— Non, ça va.

— Ai-je bien répondu à votre demande ?

— Ah, très bien !

— Merci ! Et merci pour votre appel, excellente fin de journée à vous, au revoir, madame Ranavalontsimitavitaminanmanana !

— Bonne fin de journée à vous aussi !

— Ce sera fait, madame Ranava…*madame*, au revoir et merci !

J'allais m'occuper du contrat à préparer informatiquement et imprimer pour la cliente, mais un peu plus tard parce qu'il y avait 124 personnes qui attendaient dans toute la France ; 124 apparaissait en rouge, clignotait, défilait sur les bandeaux lumineux haut perchés sur les murs de tous nos centres d'appels, de Marseille à Lille, en passant par Bordeaux, Lyon, Amiens.

125 : tout augmente.

D'un simple clic sur mon écran, je prends un nouvel appel :

— *LOL*, bonjour ! Alain Mignon à votre service, monsieur Leblanc.

— Bonjour… J'ai attendu huit minutes et cinq secondes ! ! ! Et j'en ai marre d'attendre ! ! ! précise le client, parlant très fort, hurlant presque, se défoulant sur moi après avoir fulminé tout seul.

— Je comprends, monsieur Leblanc. Que puis-je faire pour vous ?

— Et vous êtes où, là ? ! ! Au Maroc, en Tunisie ? ! ! éructe-t-il en massacrant consciencieusement ce qui pouvait rester encore de mes pauvres tympans à 18 h 05.

— Non : nous sommes tous en France, et moi en région parisienne.

— Pourtant, à la télé, ils disent que vous êtes tous chez les bougnoules !

— Merci pour votre appel, excellente fin de journée à vous, au revoir, monsieur Leblanc.

Je coupai alors la communication.

J'étais choqué, éprouvé, mon stress était monté très haut, j'avais du mal à respirer.

Émile, 28 ans, beau costume, belle cravate, mon superviseur, s'approcha aussitôt :

— Alain ? — Oui ? — Je vois que toi, Alain, tu as coupé l'appel : tu peux m'expliquer ? — Oui, Émile : dès le début, le client était énervé… et il a tenu des propos racistes.

— D'accord. Alors, tu connais la procédure ?

— Oui. Je lui dis que l'appel est enregistré et je lui demande de modérer ses propos.

— Bien : tu connais donc la procédure, mais tu as préféré couper l'appel. Alors, tu peux m'expliquer ?

Que répondre ? Émile avait raison.

En plus Émile a toujours raison. Il me l'a dit. Il me l'a fait comprendre.

— J'ai eu tort. — Et ?

— Tu as raison. Ça ne se reproduira pas.

Je respecterai la procédure, Émile.

— Y a 130 clients qui attendent. 131 !

J'étais fatigué. Soudain.

Vidé.

Interdit d'évoquer ses clients avec ses collègues, mais les noms malgaches de '26 lettres - 9 a' semblaient pouvoir justifier un 'imprime-écran' qui circule, apaise les tensions par le sourire. 31 - 9 : c'est bon, c'est du lourd.

La soirée qui s'ensuivit ne fut pas sans originalités, aussi.

Aucune fenêtre de l'ordi ne souhaitait réellement s'ouvrir, ça moulinait à tout-va sans l'avantage d'un résultat, YouTube ne répondait pas, le silence s'étendait, remplaçait les musiques habituelles, avant de dénicher une sorte de 'pop up' et d'un clic le direct d'une radio qui, hier, avait fait ses preuves en fond sonore. Mais dix minutes de pubs sans préliminaires et j'ai méchamment regretté le silence, puis surgit la voix de Christophe Maé et j'ai rudement regretté les publicités, puis re-bug, silence le retour, cent fois plus lourd, j'ai eu une pensée émue pour la pub *Carrefour*, qui m'avait fichu un sale coup, m'avait anéanti trente-cinq secondes plus tôt.

Par ailleurs, je ne savais toujours pas comment je m'y prenais pour être aussi con, mais, mon téléphone portable en charge via la multiprises quinze centimètres à gauche de mon pied gauche (utile aussi pour la lampe de bureau et le coussin chauffant couvrant le dos, les trapèzes, en partie les épaules, si contractures), je marchais sur le fil du chargeur plus que toute autre activité. Trois fois sur quatre quand je me levais, la récidive n'était pas souvent oubliée au moment de se rasseoir, sois sans crainte sur ce point, plus des extras pour ne pas douter, rester un numéro Un sans partage sur les créneaux 'Phobie des contraintes', 'Procrastination avec conséquences', 'Connerie assumée, mais faut pas pousser' - pour tout ce qui ne ressortait pas comme indispensable parce que pas prioritaire, selon des critères qui pouvaient cheminer vers la rationalité dans la pensée majoritaire. Ou s'en écarter.

Acharné, Basilou tenait soudain à faire ses griffes sur mes draps : ajoute la p'tite fringale H24 sur laquelle 'gros désaccord aussi', lequel de nous deux pour être le plus contrariant ? Fatigant. Usant. Prenez des chats, qu'ils disaient ! Sacrée arnaque.

25.

Marie-Catherine

Alors que je venais de prendre mon courrier - il y avait un avis « Un colis vous attend à la loge » - et refermais la boîte aux lettres aux noms de Rebaudières et Boulant - Pierre-Olivier et moi qui ai conservé mon nom, moins élégant peut-être mais moins prout-prout -, Léa Lanoi, notre gardienne encore moins prout-prout que ne le tolère l'imagination, sortit de chez elle - à 20 h 30, elle avait fini sa journée de travail depuis une heure :

— Bonjour, Marie-Catherine !

— Bonjour, Léa ! Comment allez-vous ?

— J'ai quelque chose pour vous : venez !

— Vous êtes sûre ? ? Ça peut attendre !

— Non ! Surtout pas ! ! — Ça se mange ?

L'entrée de son petit appartement faisait office de loge, la curiosité m'animait : elle me dévoila trois bouquets de roses.

— Pour vous ! ! ! — Pour moi…

— Oui, et il est venu lui-même ! !

Elle me tendait une carte qui me révèlerait l'identité du 'capable' (de) : — Merci… … Pierre-Olivier.

— Lui-même : votre mari ! Et il m'a dit de vous dire : « Les douze roses blanches pour son cabinet, les douze roses roses pour l'hôpital et les douze rouges pour l'appartement. » Je les ai comptées, y a pas d'erreurs. Vous voulez que je vous aide ?

— Pardon ? — Pour les roses, je vous aide ?

— Non, mais c'est très gentil. — C'est normal.

— Merci Léa, et merci de votre zèle !

— Mon zèbre ? ?

— Zèle, excès de conscience professionnelle.

— Ah, ça ! C'est bien normal avec vous… et avec votre mari.

— Je suis touchée. Belle soirée à vous !

— Le petit carton ? L'avis de passage ?

— Oui, je vous le rends ! Il va tomber… Hop là !

— Merci. Bonne soirée, Marie-Catherine !

— C'est moi qui vous remercie encore ! Et ne faites plus d'heures sup' ! Là j'ai laissé faire, mais la prochaine fois, faites-moi penser à vous gronder très fort !

— Ne vous inquiétez pas pour ça ! Et puis les fleurs, ça n'attend pas, je n'allais pas vous les remettre assoiffées et fanées. Je n'ai pas de si grands vases, j'aurais été bien embêtée.

— Je vous donne bien du souci, alors !

— Vous vous moquez de moi !

— Attention, vous allez me donner des idées que je n'aurais jamais eues toute seule !

— Vous pouvez y aller, j'ai de l'humour.

— Je sais. Votre sens de l'humour vous permet même de penser que 'les grands airs' de *mon mari* ne sont qu'un petit jeu pour vous taquiner.

— Là, vous vous moquez de moi ! !

— Vous me dites d'y aller, j'y vais !

— Heureusement que j'ai de l'humour ! !

— Ah ben quand même… On part de là.

Il avait choisi de ne pas pénétrer dans l'appartement. Sans doute pour impressionner la groupie du pianiste. Léa est folle de lui comme la moitié des fleuristes dans ce pays, sans épargner tout à fait le Maghreb. Léa : cacher sa joie n'est pas en projet !

26.

Bruno

20 h 15 - Salle de sport

Nathalie et MC rament côte à côte : mouvements amples, rapides et parfaitement synchronisés ; c'est même spectaculaire ; si le rameur synchronisé existe un jour en compétition, elles n'y seront sans doute pas étrangères.

À quelques mètres du spectacle de ces jeunes beautés, Alain et moi, pas mal en short et tee-shirt, échangeons devant un appareil destiné à renforcer les pectoraux d'Alain - seule mon arrivée récente était parvenue à le distraire (de cet objectif essentiel pour la survie de l'espèce).

Alain venait de m'annoncer que son ordinateur portable, trois ans seulement, était bon pour le tri sélectif :

— Oui, et plus de garantie, plus rien. Je pourrais demander à ma mère de m'aider, me prêter, mais je préfère éviter ça.

— Pourquoi tu ne vends pas quelques actions ?

— Les frais ; des frais énormes, au Brésil, disproportionnés pour une petite vente. Surtout quand tu fais ça depuis la France.

— Ta mère, pas une bonne idée ! Elle ne comprendrait pas que tu refuses de vendre. Je l'imagine facilement craindre le pire pour ton héritage. Et elle n'a pas besoin de s'inquiéter pour toi en ce moment.

— Oui… Elle, la seule bourse qu'elle connaisse, c'est sa bourse d'études qui lui a permis de grimper haut sur l'échelle sociale.

— Tu m'as raconté le traumatisme que représentait pour elle l'impôt sur la fortune, alors je me dis que c'est une corde sensible, l'argent et l'idée que tu puisses en perdre.

— Très sensible. Sinon, pendant ma période d'essai au boulot, les seuls crédits auxquels je peux prétendre sont ceux obtenus sur du déclaratif : là, il suffit que je mente et contre un taux de 16,5 % je l'ai, mon ordi.

— Et toi qui as horreur des frais…

— Je t'assure que pour mes actions…

— Oui ! ! Pour ton ordi, tu veux rester sur Mac ?

— J'aimerais autant… que faire se peut.

Je voulais bien admettre que pour les petites transactions effectuées entre Paris et São Paulo les frais fussent excessifs du point de vue d'Alain, mais je croyais surtout qu'il était fragilisé par le décès d'Yvette, qu'il s'accrochait à ses actions à la fois parce qu'Yvette misait depuis des années sur cette entreprise - et qu'elle le faisait pour lui -, et à la fois parce que devenir dépendant à l'évolution du cours d'une action est la chose la plus simple au monde. Vendre aurait accrédité l'idée qu'il n'était pas tombé accroc.

Mais il avait peut-être besoin de ça en ce moment, et sans peser le pour et le contre :

— On va dire mille cinq cents euros. Pour du bon matos.

— Tu… ? Toi ? ? ? Tu… ?

— Oui.

Il hésite.

Il dit ça : — Tu es sûr ?

— Au pire, tu vendras pour me rembourser, malgré les frais disproportionnés.

— Bien sûr ! ! Bruno, merci, vraiment…

— On passera à un distributeur, j'ai un plafond de retrait tout à fait disproportionné lui aussi, ne me demande pas pourquoi. Non, tais-toi ! ! Suffit ! Tu viens de le dire ! Si tu as besoin d'un peu plus, là je t'écouterai peut-être.

— Oh, tu plaisantes ! ! ?

— Pas du tout. C'est même pas drôle…

— Non, mais c'est gentil. En parlant d'argent : pendant que Basilou était sur mes genoux, j'ai réalisé qu'il fallait relativiser le poste de dépenses qu'il représente par les économies de chauffage en hiver.

— C'est ça, et en été, il faudra penser à le pousser vers le balcon.

— Oui : le coincer. Réussir. À le coincer. J'aurais mieux fait de me taire !

— Ne compte pas sur Raoul pour te dire le contraire…

Il avait bien noté qu'Alain et moi bavardions depuis cinq minutes, et, surtout, observé encore une fois que nous avions glissé nos mains dans les poches de notre short :

— Ça va ? Pas trop dur ? ? Je vous l'ai déjà dit, Messieurs : Attention ! ! Vous risquez d'agrandir vos poches !

— C'est bon à savoir. Là, on va faire gaffe.

— Là, on va prendre nos précautions.

— Super gaffe.

— Toutes nos précautions, Raoul.

— Insister un peu a du bon, Messieurs.

— Y a jamais de mauvais élèves, toujours de mauvais profs.

— Merci, en tout cas. Au revoir, Raoul. À très vite.

— Je ne suis pas loin, Alain, je reste dans le coin.

Au pire, je suis à quelques mètres.

— Et, au mieux, ça donne quoi ? — Ça donne ça, Bruno.

Mais, parce que Raoul était en forme *et* parce qu'il avait décidé de 'remettre tout le monde au travail', il continua avec un autre ce qu'il avait commencé avec nous : — Monsieur, il y a un temps pour conter fleurette *et* il y a un temps pour travailler, rappela-t-il poliment mais fermement à Denis, un vieil habitué. Et vous, les filles, ne rigolez pas à ses blagues : ça l'encourage !

Il venait de libérer deux jeunes femmes, de les rendre au sport.

Ensuite, un nouvel adhérent qui venait régulièrement depuis quelques semaines, un type d'environ 65 ans, plutôt petit, pas un gramme de muscle, une espèce de gringalet, demanda conseil à notre Raoul pour être sûr de ne pas faire un exercice de musculation des épaules avec des poids trop lourds pour son corps chétif.

Sans forcer, comme ça, d'entrée, Raoul donna alors le meilleur de lui-même :

— Tu as une certaine puissance physique, affirma-t-il tranquillement pour poser les bases de sa réflexion.

— Oui ? s'étonna un peu, tout de même, l'adhérent.

— Tu es quelqu'un de très grand, précisa Raoul qui poursuivait sa réflexion.

— Oui ? Enfin, disons que… je mesure un mètre soixante-huit. C'est pas… pas immense ? commenta l'adhérent.

— Si, c'est beaucoup. Crois-moi.

D'ailleurs, moi, je mesure trois petits centimètres de plus. Tu vois que… Comme quoi ? conclut notre Raoul.

Sacré Raoul. Il nous fait beaucoup rire.

Et réfléchir : il a donné à Nathalie la grande question que nous devrions tous nous poser dès qu'apparaît une tension : « Mais pourquoi suis-je si nerveuse ? »

Pour Nath, ce fut de l'ordre de la révélation. Souvent, je sens qu'elle se la pose.

— Pauvre Basilou, tout de même… Transformé en radiateur par ton esprit malade.

— C'est quand même, de loin, mon radiateur préféré.

— Pauvre bête ! !… Je parle toujours du chat.

Toi, je ne te plains pas. Ah ! J'oublie à chaque fois ! Nath a tout de suite compris pour Anderlecht. « Oui, leur défense est nulle », elle m'a dit ! ! « Une vraie passoire », elle a ajouté ! ! !

— C'est ça, la femme parfaite.

— C'est bien possible… Ça y ressemble.

Mais pourquoi suis-je si content ? Quand on est tous les quatre ?

Cependant, ce soir-là, hélas, j'allais être la principale victime de l'humeur taquine de mes contemporains. Attablés à la salle, c'est Marie-Catherine qui commença :

— Alors, Nath m'a dit que tu avais été sélectionné pour le jeu télé 'Premier Baiser'… Enfin de la grande télévision bientôt à la portée de tous ! !

— Oui, et c'est devenu tellement rare un peu de culture accessible au plus grand nombre, précisa Nathalie.

Je souris bêtement, fis oui deux fois avec la tête, histoire de donner le change.

— Bravo, mon grand ! fit MC. — Bravo ! confirma Alain.

— On est tous très fiers de toi ! ironisa Nathalie, elle aussi.

— Mais tu n'es pas trop vieux pour un « premier baiser » ? s'inquiéta MC. Tu as laissé passer ta chance. C'est fini maintenant.

— Moi aussi, je ne t'aime pas. — Je le savais.

— Tant mieux si mes efforts pour te le faire sentir…

— Et Annabelle ? Elle en pense quoi ? dit Alain.

— Elle pense que ce n'est qu'un jeu et que vous êtes tous les trois aussi bêtes les uns que les autres !

— Quoi qu'il en soit, ce sont tes élèves qui vont se régaler ! dit Nathalie.

— Hélas.

— Ah ça c'est connu, ils l'aiment beaucoup, cette émission ! précisa MC.

— Beaucoup, confirmai-je avec l'air d'un condamné volontaire.

— Mais tu sais que nous aussi, on va aimer ça, ajouta MC.

— Oui. Oh oui, je vous fais entièrement confiance… pour bien vous moquer de moi, tous les trois.

— Ça t'embête, peut-être ? s'amusa Nathalie.

— Au contraire. Ça me fait plaisir.

— Parce que, tu sais, dit MC, on comprendrait très bien que ça puisse te contrarier.

— Mais vous ne seriez pas super lourds, parfois ?

— Si. — Si, fit MC. — Parfois, dit Alain.

Alors, excellente initiative personnelle, MC eut la très riche idée de changer complètement de sujet, et, ainsi, enfin, tout de même, ouf, nous parlâmes un peu d'Alain, d'épaules et de soins. Une quatrième séance était prévue pour un zeste de douleur récalcitrante, j'étais ravi.

— Vous savez que, dans le vestiaire des hommes, il y a un type qui se fait les ongles de pieds ? lançai-je. Il se les fait au coupe-ongles et il en expédie partout.

— C'est immonde, commenta Nathalie.

— Immonde, confirma MC, sa main un instant sur l'avant-bras d'Alain.

— C'est très mal, dit Alain.

— Même toi, tu ne ferais jamais cela !

— Tu me sous-estimes largement, Nath. Je compte bien m'y mettre dès que possible. Ce sera toujours mieux que sur le balcon, quand ça tombe sur les passants, toujours un peu surpris, apeurés, au moment de l'impact.

— Je sais que c'est faux, mais c'est immonde rien que d'y avoir songé, s'offusqua Nathalie.

— Immonde, confirmèrent MC puis Alain.

Je les regardai tous les trois, ravi. C'est qu'ils l'avaient bien méritée, cette anecdote en deux temps, rapport au harcèlement récent.

— Mais je suis immonde. Depuis toujours.

Et très très rancunier. Depuis peu.

— Depuis quand ? s'amusa Nathalie.

— Oh, ça va bien faire deux minutes.

* * *

— Au fait, Annabelle à la salle de sport, mythe ou réalité ?

— Je l'ignore, elle hésite encore. Mais qui t'a parlé d'elle, Raoul ? ?

— Tous les quatre, vous parlez trop. — Entre nous…

— Mais tu devrais commencer à savoir que je ne suis jamais loin. Et je vois… : peu de sport, peu d'efforts.

— Et là, tu es venu surveiller nos consommations ? Si elles descendent à la vitesse qui te convient ? Raoul ?

— Non, Bruno, je ne suis pas un bon barman, je dépanne, laisse-toi faire, on va dénouer un peu ce cou, ces trapèzes, et se poser la bonne question.

— Mais pourquoi suis-je si nerveux ?

— De moins en moins, c'est bien…

— Tu as un client… qui devient nerveux. Il nous regarde et toi tu masses. Tu n'es pas un bon barman fiable. Ça m'gêne.

— Il n'est pas pressé. — Comment peux-tu savoir ?

— Quand il est pressé, il ne prend pas de café.

— Il nous regarde tout de même beaucoup. Et puis il a peut-être envie d'un petit café vite fait ?

— Oui, c'est un café qui s'apprécie vite fait ou pas du tout, mais Non.

— Là encore : comment peux-tu savoir ?

— Sinon il serait parti.

Il a envie d'échanger quelques mots, d'être regardé, écouté, considéré. Me dire où il en est. Bon, j'y vais… Tu parles beaucoup trop pour un massé du cou. Et tu as des amis, toi.

— Et des trapèzes ! Merci pour eux ! !

Tu vois, MC, c'était Raoul… multifonctions.

Pourquoi croyez-vous qu'on l'adore ?

— Aaah ! ! Bruno et Belmondo ! dit Nathalie.

— *Le Guignolo* ! dit Alain.

— J'y ai droit, en alternance avec *Le Magnifique*…

— À quelle fréquence ?

— Tous les combien ? dit MC au même moment.

— Quand j'autorise ! !

— Le problème avec elle, c'est qu'elle autorise tout le temps, précisai-je.

— Répétition de « elle » : tu aurais pu mieux formuler ton ânerie.

— Y a que là-dessus qu'elle arrive à être chiante. Et c'est pas souvent ! !

— Et *ce n'est* pas souvent.

— C'était *cadeau*… Un petit plaisir pour toi, Nath.

— Merci. Ça me fait plaisir et beaucoup sourire.

C'est dommage : je suis trop fatiguée pour rire.

— En fait, elle le prend bien. Quand elle a cet air un poil contrarié, c'est signe de grosse satisfaction. Enfin, normalement. Alors, maintenant elle sourit *très* très très très fort et, là, *mystère*, il n'y a pas d'antécédent connu depuis sa création, il y a trente-six ans environ. Ah ! ! Le rire ! Elle a ri en terminale, déjà. Quand un élève a lourdement chuté dans l'escalier.

— Oui parce que je croyais que c'était toi ! Mais chut…

Alain : — C'est son premier jeu de mots ? Ou y en a déjà répertoriés ?

— Premier. En humour de colocataire, le vide. Les seules traces connues, c'est, de 0 à 3 ans, un humour qui piochait dans le comique de répétition.

— Entre *ton* Guillaume et toi en one-man-show, mon choix sera vite fait, conclut Nathalie.

— C'est moche à savoir.

— À propos de nos petits phénomènes de précocité humoristique, j'ai toléré, *enfin* j'ai accepté un chocolat chaud, *enfin* j'ai dit Banco à un Benco chez Carlos : son père rentrait du judo, il se prénomme Pablo, il est déjà ceinture jaune, ils habitent à deux pas du lycée, Tata Maria-Pablita et l'horreur canine qui la suit de près vivent avec eux le week-end et le mardi. Il m'a invité à tester le café chez eux, mais, hélas, je n'en bois pas après 17 heures, il m'a proposé un thé, mais j'ai dit « Pas après 18 heures, hélas ».

— Passionnant. Hélas. Vivement la suite.

En légèrement moins drôle, si c'est encore possible.

— Merci Bruno. — De rien. C'est normal.

— Pas tant que ça. Alors Pablo m'a indiqué « Je suis sûr que vous avez envie d'un bon chocolat chaud », j'ai tenté d'indiquer, de dire « Surtout pas », mais il a insisté…

— Il a dû beaucoup insister. Te connaissant.

— Beaucoup, mais ça s'est joué à peu. C'est bizarre, vous avez réussi à ne pas rire.

— C'était un poil court sur le quatrième prénom de la grand-mère du mercredi et de la première quinzaine d'août, c'est pourquoi je vote Guillaume par élimination, mais, hélas, je ne réponds pas aux sondages d'opinion après 19 h 12 le mardi et le week-end.

— Alain est donc le pire d'entre vous, les garçons, c'est acté, mais où situer la MC ?

— J'ai oublié si le chien a encore tous ses vaccins, *enfin* si le clébard est à jour.

— Moi, je suis décédé trois fois. Moi, c'est Bruno. *Enfin*, c'était Bruno.

— Ne jamais désespérer : la prochaine sera la bonne.

— Et alors ? Tout ça pour quel résultat ? s'enquit Alain.

— Trois fois rien : Carlos n'est plus un parfait inconnu pour sa famille, à présent.

— C'est beau comme du Xavier Bertrand un soir de triomphe électoral par 51/49,2.

— C'est bien que l'on fasse du sport. Quand même. Conclut MC, qui entrait en lice.

27.

Ton père ne t'a jamais aimé
Comme tu voulais le voir t'aimer
Ton père ne savait pas t'aimer
Comme tu avais besoin d'être aimé
Il n'a jamais posé les questions, ni tout compris
Quand tu parlais de toi et de ta vie
Il ne t'entendait pas, ou si peu parfois
Quand tu hurlais tes peurs, ton désarroi
Et il ne t'entendait jamais Quand tu disais que tu l'aimais
Mais, un jour, tu dépasseras tout ça
Et tu deviendras vraiment toi
Un toi qui aimeras Son enfance, sa vie et ses choix
Même certaines blessures
Qui rappellent qui l'on est, et qui rassurent
Un toi qui comprendras Qu'il y a un être humain sur Terre
Qui te regardera
Même si tu as en toi la brûlure d'un père
Qui ne s'intéresse pas à toi
Un toi qui auras appris à s'aimer
Qui auras compris que même un père peut se tromper
Et oublier de tout donner
Ne pas savoir aimer
Celui qui l'aime depuis toujours
Et mérite aussi d'être aimé
Ton père ne t'a jamais aimé
Comme tu voulais le voir t'aimer
Ton père ne savait pas t'aimer

Comme tu avais besoin d'être aimé
Il n'a jamais posé les questions, ni tout compris
Quand tu parlais de toi et de ta vie
Il ne t'entendait pas, ou si peu parfois
Quand tu hurlais tes peurs, ton désarroi
Et il ne t'entendait jamais Quand tu disais que tu l'aimais
Tous ces jours, toutes ces années
Que tu ne pourras jamais oublier
Tous ces manques et ces absences
Qui ont dessiné ton enfance
Ils ont fait ce que tu es
Un homme blessé, un homme sensible
Un homme qui sait qu'il ne gagnera jamais
Qu'il n'est pas fait pour ça
Mais qui parfois se bat
Pour échapper à tout ça
Tous ces jours, toutes ces années
À jamais envolés
Tout ce besoin d'amour
Au chevet de l'enfance
Aux frontières de l'adolescence
Ils ont fait ce que tu es
Un homme qui aime
Un homme que j'aime
Mais qui sait qu'il n'est pas fait pour ça
Un homme qui parfois se bat
Pour changer ces idées-là
Mais, un jour, tu dépasseras tout ça
Et tu deviendras vraiment toi
Un toi qui aimeras Son enfance, sa vie et ses choix

Même certaines blessures
Qui rappellent qui l'on est, et qui rassurent
Un toi qui comprendras Qu'il y a un être humain sur Terre
Qui te regardera
Même si tu as en toi
La brûlure d'un père qui ne s'intéresse pas à toi
Un toi qui auras appris à s'aimer
Qui auras compris que même un père peut se tromper
Et oublier de tout donner
Ne pas savoir aimer
Celui qui l'aime depuis toujours
Et mérite aussi d'être aimé
Un homme qui sait qu'il ne gagnera jamais Qu'il n'est pas fait pour ça Mais qui parfois se bat Pour échapper à tout ça
Un jour, tu dépasseras tout ça Ta vie sera à toi
Tu dépasseras tout ça
C'est ton combat

28.

Marie-Catherine

Paris 17e, samedi soir, un peu avant 20 heures, nous entrons dans le resto situé au 339-ter boulevard Philippe Gildas, *Le Bistrot de Prosper*. Habituée du lieu, je le précède.

Première fois que nous nous voyons seuls hors pratiques médicales.

Une serveuse nous accompagne devant une table pour deux personnes, une jolie chaise en bois couleur acajou et une place côté banquette, acajou aussi. D'un naturel accueillant, au sourire apaisant puis l'air contrit :

— Vous pouvez vous mettre là, mais ce soir nous avons un peu de retard en cuisine, et je vais donc vous prier d'attendre quelques minutes.

— D'accord, merci beaucoup.

— Merci, fit Alain.

— Je prends la banquette ?

— Parfait.

— Tenez ! Et tenez ! Je vous laisse regarder la carte, je reviens vous voir le plus vite possible.

— Merci, dit Alain.

— Merci.

Alain passe derrière moi, m'aide à ôter ma veste.

— Galanterie et humour en entrée : prometteur, jeune homme !

— Humour ? Je n'ai pas fait preuve d'humour.

— Si. Dans le choix de tes vêtements.

— Chaussures noires *Mephisto*, futal en toile gris foncé et polo bleu nuit.

— Les manches courtes te vont bien. Tu es le seul, mais tu es très smart. Dans ton genre. Et ce bleu nuit me rappelle un pyja… vêtement que Nath a acheté pour Bruno. J'aime cette couleur…

Il pose délicatement ma veste sur le dossier de sa chaise, sa veste à lui par-dessus la mienne.

— Tu es une testeuse compulsive, c'est ça ?

— Pas du tout ! Rien de compulsif.

— Je l'ai passé avec succès, ton petit test ?

— Un triomphe. Ça te dispense des autres tests.

— Super. Je vais pouvoir penser à détendre ma première cervicale.

— Ah non ! Rien qui rappelle le boulot, s'il te plaît.

— C'est presque promis. La prudence sera de mise.

— Comment comptes-tu t'y prendre ?

— Je tournerai sept fois ma langue dans ma bouche avant de parler.

— La salive initiera le processus de digestion, super.

— Ah non ! Rien qui te rappelle le boulot.

— Oui ! ! ! En plus, ça, tu le savais ! !

— Je suis content que tu m'aies appelé.

— Je suis contente que tu aies dit oui.

On entend un portable vibrer.

Alain comprend que c'est le sien, il se saisit de l'appareil, mais trop tard.

— J'ai oublié de l'éteindre. C'est ma mère.

— Ne l'éteins pas : comme ça, si c'est important, elle te rappellera.

— Tu as raison. Elle ne connaît toujours pas la boîte vocale, mais quand ça lui paraît important, elle rappelle tous les quarts d'heure.

Alain replace rapidement son téléphone dans la poche intérieure de sa veste, m'offre un sourire qui présente toutes ses excuses pour le dérangement.

— Et ça donne quoi, *LOL* ? Raconte-moi !

— Hier, un client a tenté de résumer notre métier par « Vous êtes grassement payés à ne rien foutre ! » : la formule est belle, mais inexacte sur les deux points qu'elle soulève. Et si l'on tient absolument à synthétiser, on est plus proche de la vérité avec la formule de mes collègues : « On s'en prend plein la tête pour pas un rond ! ! »

Il y a les clients qui pleurent, les râleurs éternels, ceux qui insultent, et il y a… surtout, avant tout, plus que tout, le rebond commercial obligatoire sur chaque appel, même quand le client est moyennement sympathique, pas foncièrement bien disposé 'pour'.

Si le client te dit « Fils de pute ! ! », tu dois lui répondre « C'est super gentil de s'intéresser, mais assez parlé de moi ! Parlons plutôt de vous, monsieur Le Client. Avez-vous aussi entendu parler de notre gamme élargie de livrets d'épargne, et de leurs caractéristiques ? »…

Et si Madame La Cliente pense tout haut que tu es « un gros connard », tu dois répondre « Je comprends que ce soit pénible, madame La Cliente, mais, en revanche, vous a-t-on présenté tous les avantages de la carte Plus Plus ? »…

Mais bon : bilan globalement positif.

— Je vois ça…

— Non, vraiment : premièrement, ça me convient très bien, et deuxièmement, je n'ai pas trop le choix.

— Je vois…

— Oui : tu t'en fous ?

— Mais pas du tout ! Bien au contraire !

Je commence à rire, fais le maximum pour me retenir.

— Alors, tout va bien.

Je reprends peu à peu mon sérieux, le questionne à nouveau :

— Et tes collègues ? Plutôt sympas ?

— C'est toujours l'histoire de l'horizon des attentes, comme le dit Élise Bétremieux, une éditrice. Sinon, en réponse normale : Oui mais pas tous. Surtout avec les clients : il y en a qui raccrochent au nez de *la petite vieille* qui s'est évertuée à appuyer sur les bonnes touches, quitte à devoir renouveler son appel pour tout bien faire et arriver jusqu'à nous… Juste parce qu'elle a 80 ans, que c'est l'âge à partir duquel tu n'as plus le droit de faire des propositions commerciales et *qu'en plus* tu risques de te retrouver 'englué' dans un appel long où les choses se disent plusieurs fois pour rassurer *la petite vieille*. Si *elle* a la force et l'optimisme suffisants pour rappeler, elle nous dit que « Ça a coupé ! ! », sans penser une seule seconde que ça puisse être délibéré. C'est pour ça que ces clients ne font pas de 'réclamation' ou, si, pour problèmes techniques, si ça se produit plusieurs fois. Le pire, le fin du fin, c'est que nos appels reçus sont régulièrement écoutés pour vérifier le respect des procédures et la qualité de l'accueil réservé aux clients, donc c'est sans doute repéré, mais est-ce sanctionné ? À la tête du cli…téléconseiller, selon ses performances ? ?

— Eh bien… ! ! Hallucinant… !

— J'imagine que c'est même cautionné à tous les étages, en atteste le directeur du centre d'appels qui vient à notre 'débriefing' mensuel pour nous balancer les chiffres d'un autre centre, réputé pour ses 'raccrochés au nez', qui prend plus d'appels par jour par téléconseiller, *et* qui nous fixe pour objectif de faire aussi bien. On met sur le tapis ce qui fait leur réputation *et* il nous répond : « Il faut savoir balayer devant sa porte, avant de parler. » Bon, il était nerveux, mal à l'aise, récitait ses phrases presque sans intonations - et aucune qui sonnait juste -, il évitait nos regards, mais, sans convaincre personne, 'il a fait le job' : introduire une menace sur les primes.

— Oui, vous n'avez pas fait semblant, ça ressemblait trop à une parodie.

— C'est ça. Il y a aussi les ventes validées malgré le refus du client ou, tant qu'à faire, sans lui poser la question - tu gagnes du temps, comme ça. De petites ventes, comme recevoir un sms qui t'informe de la situation de ton compte chaque semaine. 1,40 € par mois, ça peut passer… Et avec tous ces gens qui ont des vies de dingue, à ne plus savoir où donner de la tête, *ça passe* souvent ; l'ouverture de livrets d'épargne, aussi, comme par magie. Parfois, ils vont jusqu'à vendre une carte bleue sans 'consulter' le client. *Tout ça* pour améliorer ta prime commerciale et, motivation supplémentaire, figurer parmi les trois gagnants de nos challenges du plus grand nombre de ventes à l'échelle du centre d'appels, bons d'achats à la clef. Un collègue qui devait connaître une promotion grâce à ses victoires à répétition s'est révélé être l'auteur de 235 ventes sans l'accord du client.

— Non ? ? ? ! ! On marche sur la tête ! ! !

— Le discours officiel n'évoque pas l'idée du licenciement, les préjudices faits aux clients, ni, d'ailleurs, la nécessité de restituer ses bons d'achats, tant pis pour l'exemple et, aussi, pour ceux classés de 2 à 4.

— C'est fou…

— Que j'aie parlé autant sans avoir fini, ni respiré, oui.

— Vas-y, gros bêta ! ! Moi je respire ton centre d'appels, c'est l'essentiel.

— On nous a juste dit que sa promotion était reportée. De trois mois, semble-t-il. C'est tous les trimestres qu'un 'Généraliste' peut être promu 'Spécialiste' : tu reçois des appels de clients disposant d'une plus grande surface financière chez nous et tu peux, notamment, passer des ordres de Bourse. C'est plus varié et mieux payé. Mais, à côté de ces dérives, 95 % d'entre nous, minimum, donnons notre maximum pour servir les clients.

— Vous avez le bon état d'esprit, ça reste donc autorisé.

— Ah mais, *si client mécontent*, on réécoute l'appel et, au moindre écart, c'est le blâme ; quand ça fait deux, tu es viré. Il y a des contradictions qui ne sont pas réglées, délibérément. Et encore, nous, on est en France et l'on travaille dans de bonnes conditions et une très bonne ambiance.

— Oui. Puisque tu parles d'ambiance, tu ne m'as pas *encore* fait rire avec des histoires de collègues taquins comme *le mien et sa très grande aiguille*, mais, pour quelqu'un qui débute, tu as du débit ! Si je puis dire.

— Tu peux. Et j'ai encore droit à trois mots ?

— Accordés !

— En vingt ans, les banques françaises qui gardaient leurs clients pour la vie, et agissaient en ce sens, sont passées au court-termisme à outrance. Être cotées en Bourse et devoir satisfaire les actionnaires a accéléré le processus, fait sauter les dernières barrières. Mon regard a bien changé, ‘le rose n’est plus si bonbon que ça’, mais la motivation intacte.

— C’est bien. Et les filles, elles sont roses ?

— Rien que les téléconseillers, nous sommes déjà 96 : 8 équipes de 12 et une majorité de roses.

— C’est joli. Pourquoi y a-t-il des équipes ?

— Parce qu’il y a des chefs d’équipe.

— Question idiote…

— Non… La question idiote, c’était avant.

— Sur la couleur des filles ?

C’est lui qui sourit le premier. Je ris, je dis :

— Je sais que tu n’es pas superficiel, ça se sent tellement.

Il est intrigué. Ses yeux me titillent, me fixent. Pour que je parle.

— Plus tard, je te dirai combien tu me regardes différemment… … … des autres hommes.

— Je te regarde comme une femme ?

— Même pas. Tu es ému par mes imperfections, par ma voix, par mes mots. Et mes maux. Par mon intelligence que tu suspectes. Par… moi.

Plus tard, je te dirai aussi que tu es beau mais que tu te comportes comme un moche.

Là, je l’ai scotché. Ses yeux me le disent.

— Qui se sent moche, se vit moche, Qui ne s’aime pas… ou pas assez ! !

Ses yeux me disent beaucoup de choses (que j’aime).

— Si je vais vers une relation, je ne cherche pas à me valoriser à travers l’autre, l’apparence de l’autre. Alain.

— Je sais. … Ça, je sais.

Je le regarde, attendrie par cette douceur.

Je ne savais pas encore de quoi serait faite notre relation, mais l'amitié en ferait partie, j'en étais sûre.

— Je crois qu'elle nous a oubliés, dit-il.

— Qui ça ?

— La serveuse.

— Ah oui.

Nous aussi…

— Oui.

Ce soir-là, profitant pleinement de quatre heures extrêmement courtes, Alain allait me raconter un peu son enfance, son adolescence tardive - de 15 à 38 ans, série en cours, record en vue -, son parcours professionnel ; moi, j'allais lui parler de mon enfance géniale et turbulente, mon adolescence appartenant au passé depuis huit ans, mon métier que j'exerçais sans études parallèles depuis cinq ans (je suis généraliste, mais je collectionne les spécialisations ; je ne me rappelle plus tout à fait lesquelles, mais c'est inscrit sur ma plaque et sans doute sur mes cartes de visite).

— Dix ans d'études, c'est considérable !

— En plus, j'ai même fait onze ans. J'ai redoublé ma première année.

— Ah ? Tu as doublé. Je dis bien 'doublé' parce que sinon ça signifierait que tu as fait ta première année quatre fois, tu vois ?

— Tu sais, redoubler sa première année de médecine, c'est banal, presque normal.

— Oui ? Enfin, ça explique quand même beaucoup de choses.

— Ça explique qu'il m'ait fallu quatre séances de mésothérapie pour te soigner complètement ?

— Ça n'est pas moi qui l'ai dit.

— Méchant ! Vilain garçon ! Ordure !

— Ordure ?

— Ordure.

— Oui, je sais. On me l'a déjà dit trois fois. Dans des dîners.

— Ah ben… tu vois ? En plus, les occasions sont rares, moi c'est une insulte que j'utilise très peu. Trop peu !

— Oui… Mais les occasions sont rares.

— Oui.

— Ça se soigne, une ordure ?

— Non, dis-je.

— Avec un très bon psychiatre, peut-être ?

— Encore moins.

Je n'allais pas lui parler de Pierre-Olivier.

Il était minuit, j'habitais à quelques minutes.

— … et moi je lui dis « Nous avons tous nos névroses et notre façon de les accueillir, il faut les accepter, faire avec, tout en n'écartant pas l'idée de progresser ».

— Ah ? Pour la calmer, c'était… Enfin, ça a dû lui plaire…

— Beaucoup. « Ferme ta grande gueule, connard ! ! », elle m'a dit.

— Ah ? Ça a dû te plaire…

— Énormément. J'ai accueilli ses réserves sur mes capacités et accepté sa demande, sans écarter l'idée de ne pas la revoir. Même 'à jeun'.

— Tu l'as revue ?

— Non ! !

Nous longeons le Stade Roselyne Bachelot, le square François Berléand, et nous nous engageons dans la rue François Cluzet, ma petite rue calme, lumière douce, belle endormie.

— J'habite là : à vingt mètres.

— Beau quartier.

— Oui.

Je m'arrête devant la porte de mon immeuble.

— J'habite là, au quatrième.

— Au quatrième ?

— Oui.

Quelques secondes. Le silence.

— Nathalie m'avait dit que tu étais gentil, marrant et tout à fait charmant. C'était donc vrai.

— Bruno m'avait dit tout le contraire, et je me rends compte qu'il te connaît bien.

— Oui, mais tant que l'on dit du mal de moi, les risques d'erreurs sont très limités.

— Je… Je vais te souhaiter une bonne nuit.

— C'est gentil de m'avoir raccompagnée.

— Mais je suis gentil, marrant et tout à fait charmant, selon un panel de deux personnes représentatif de l'intelligence féminine dans cette région.

— Bon, marrant, pas trop quand tu fais de Nath et moi une moyenne régionale. Ça inclut Brie-Comte-Robert, quand même. Ce qui peut remettre en cause ton intelligence supposée à toute épreuve.

— Je n'ai pas 'doublé', moi.

— C'est beaucoup plus facile, tu n'as pas fait d'études.

— Je connais ma table de 2. Dans les deux sens.

— Et le blog 'Instants', tu connais ?

— … Aussi. Dans les deux sens.

— Tu vas toujours ajouter cette phrase ? ? Tu aimes ses textes ?

— Ah non ! ! Juste quelquefois. Par jour. Et ses textes ? Ça va.

— Moi j'adore ! C'est Nathalie qui m'a parlé du blog parce qu'elle souhaite que l'on aille ensemble à sa première lecture publique, dimanche dans deux semaines. Il sort de l'anonymat à cette occasion. Tu viendrais avec nous si je te réservais une place ?

— ... ... D'accord.

— C'est vrai ? ? C'est super ! Ça va être bien !

— *Ça*... Nul ne le sait. Et surtout pas moi.

— Instants de vie ou poésies, moments de réflexion, c'est ici.

— Ça, c'est lui qui l'annonce.

— Mais c'est vrai, gros bêta ! Ou gros jaloux ?

Il sourit un peu, puis vraiment !

Je lui fais une bise sur la joue, une vraie, déposée du bout des lèvres.

— Rentre bien, Alain.

— Dors bien, Marie-Catherine.

Il pousse la porte cochère par dessus mon épaule, je me retourne, nous sommes face à face, collés. Son corps tout entier penché vers l'avant, son visage est juste au-dessus du mien.

Quatre secondes ou une éternité.

Il fait un pas de côté, je recule un peu.

Il hésite et dit Au revoir. Je dis Au revoir.

Je ne sais pas quelle mouche m'a piquée. Pas une tsé-tsé.

Je suis réveillée comme jamais.

Moi qui aime les baisers volés, celui-ci s'est dérobé au dernier moment.

* * *

Alain

Métro Malesherbes, 6 minutes d'attente sont annoncées. Je pense à elle, à lui écrire « Personnalité étoilée comme un ciel d'été », mais c'est trop, c'est ça qui me vient mais ne me convient pas. J'écris « Merci », elle me répond « Merci aussi ».

Il est une heure quand je rentre à la maison. Basilou arrive en trombe, miaule, se frotte contre mes jambes, renifle mes mains… qui le caressent à présent. Je pose ma veste sur le dossier de la chaise de l'entrée, mais plus de téléphone portable dans la poche intérieure. Disparu. Du téléphone fixe du salon, j'appelle *Le Bistrot de Prosper*, mais trop tard, un message enregistré m'indique l'horaire d'ouverture : dimanche, onze heures.

J'appelle mon numéro : ça sonne, ça vibre.

Deux autres tentatives. Personne pour répondre.

Je laisse un message.

La soirée m'avait bouleversé.

Ému par cette fille depuis la première fois où je l'ai vue, il était évident que ce soir n'avait rien arrangé.

Bien sûr, j'ai coincé. Je n'ai pas su…

L'embrasser.

J'aurais dû tenter. J'en avais tellement l'envie.

Je m'endormis peu avant trois heures, la fatigue l'emportant enfin sur l'excitation, et me levai frustré de sommeil alors que le radioréveil indiquait péniblement 6 heures.

Basilou accourut dans la chambre aussitôt, ronronna fort sous le feu de mes caresses. Puis il fila vers la cuisine telle une flèche et trouva intéressant de miauler avec insistance pour réclamer ses croquettes de 7 heures :

— Miaouuu, miaouuu ? Ça, c'est du miaou de compétition !

— Miaouuu, miaouuu ! !

Je voulus lui faire des bisous, mais ça ne l'intéressait plus du tout. Pourquoi il m'embête, au lieu de me donner *mes* croquettes ?

Je bois de l'eau au robinet, enfile ma veste, je vérifie mes clefs, dévale l'escalier et sors profiter de la lumière naissante. La ville s'éveille, s'anime, j'ouvre les yeux. La fraîcheur fait pleurer mes yeux fatigués.

Un café ouvre ses portes, je suis tenté, mais je continue à marcher.

À 7 heures, croquettes et petit-déjeuner.

Café noir, pain blanc, confiture orange, lait sucré.

Je lis *Les Échos* de vendredi, m'attarde sur les articles qui peuvent me servir pour le boulot. Le supplément dédié aux placements financiers allait s'avérer aussi, et plus encore, une mine d'or pour un 'perfectionniste comme défaut'. Mais sans cesse mes yeux remontaient et mon esprit se posait sur elle, caressait son visage, ses lèvres, ses mains, respirait ses cheveux, ses seins, ses cuisses, rêvait et souffrait.

8 h 50, 9 h 50, 10 h 00 : j'appelle mon numéro.

11 h 00 : je leur laisse une minute.

11 h 01 : j'appelle *Le Bistrot de Prosper* :

— Vous n'avez rien trouvé ? ? ! !... D'accord, merci d'avoir vérifié, bonne journée à vous ! Au revoir, Madame.

11 h 05 : je retente mon numéro :

— Allô ? dit-elle.

— Marie-Catherine ? ? ?

— Bonjour, Alain !

— Marie-Catherine, bonjour…

— Elle-même, jeune homme ! Quand madame Votre Mère a appelé, vous avez rangé votre minuscule appareil dans ma veste qui était sous la vôtre.

— C'est super ! ! Mais moi, quel crétin je fais !

— Tu viens vers 14 heures ? Ça te va ?

Bien sûr que ça me va ! Je réponds Oui.

13 h 59 : j'entre dans l'immeuble de Marie-Catherine, vais jusqu'à la cage d'ascenseur. J'avais eu cette chance rare dans le 17e arrondissement de trouver trois roses admirablement roses à un prix raisonnable, et, comme le dit Laurent Baffie : « Quand les prix sont raisonnables, il faut vraiment en profiter. »

Un homme élégant, 40 ans, attendait déjà l'ascenseur. Il tenait dans ses mains un splendide bouquet de fleurs et un joli petit sac blanc siglé *Les Alliances du Bonheur*. Sourire léger, je le salue :

— Bonjour !

— Bonjour, dit l'homme sans vraiment sourire.

Je regarde mes trois roses délicatement roses et les juge bien pâles et saugrenues. L'ascenseur arrive, j'ouvre la porte.

— Après vous.

— Merci, dit-il, entrant le premier. Quel étage ?

— Le quatrième.

— Moi aussi. Vous allez voir Marie-Catherine Boulant ?

— Oui. Vous la connaissez ?

— Très bien.

C'est ma femme.

— Ah oui ? ! ! ! Quand même ? ! !

— Apparemment, elle vous a très peu parlé de moi.

Pas étonnant.

— Vous savez… je la connais peu… Si je suis là, c'est par un concours de circonstances. Je la connais par Nathalie Deyglun et Bruno Boss.

— Vous êtes Alain ? le meilleur ami de Bruno ?

— Oui, Alain… Mignon.

— Je ne suis pas intéressé. Moi je ne mange pas de ce pain-là.

— Vous êtes drôle ou homophobe ?

— Les deux.

— Non. C'est impossible.

— Alors la 2.

— Alors pas bien.

— Vous allez me rendre un petit service, Alain ?

— Oui ?

Il me tend le bouquet irrésistible et le petit sac chic de la boutique choc :

— Vous allez lui donner tout ça de ma part, Alain : ça reste dans vos capacités ?

— Ça dépend, ça pèse combien ?

— Mais vous pratiquez bien la musculation ?

— Pas au point que… J'ignorais que ça se savait.

— Nathalie m'a parlé de vous et j'ai une excellente mémoire.

— Ah bon ? ?… C'est bien, ça.

— C'est essentiel. Et vous travaillez ?

— Pourquoi ?… Mais oui, je travaille, *LOL*.

— Épargnez-moi les mdr/ptdr et attrapez ça !

— Oui, dis-je, prenant le bouquet, le sac.

— Merci Alain.

— Je vous en prie, monsieur Boulant.

— Apprenez, cher ami, que Boulant est le nom de jeune fille de Marie-Catherine ; patronyme qu'elle a choisi de conserver. Je me nomme Rebaudières. Mais la prochaine fois, Alain, appelez-moi Pierre-Olivier : ça me fera plaisir.

— Le plaisir vient des choses simples, si souvent…

— Et le malheur vient des détails. Pour rester dans les banalités, Alain.

L'homme sort de l'ascenseur, se retourne, pointe de son index mes trois roses, et précise :

— Vous avez raison, elle les aime beaucoup.

Il se penche, appuie sur le 4 :

— Allez, filez… Mignon !

— C'était la 1. Vous, vous n'êtes pas homophobe.

L'ascenseur envisage un départ, la lenteur vise un record, on se dévisage comme on remplit des mots fléchés.

— Alain, dis-moi qui est ton dentiste, je te dirai qui éviter.

— Alors, on se tutoie, c'est ça ?

La petite grille et la porte vitrée se referment gentiment, ou disons qu'elles essaient.

— Non, c'est la phrase qui veut ça. Les bains de bouche, pensez-y.

— Promis. Surtout, dis-moi quel est le tien, je saurai quoi éviter à tout prix.

— Chacal en rut. Y en a qui aiment.

— Je m'en doutais, c'était ça ou Belette en fête.

— J'alterne avec Putois en joie.

— Pensez à Fennec au bec. Y a-t-il plus anxiogène que la lenteur de cet ascenseur ?

— La rapidité de la descente, peut-être ? Un mélange de chute libre et d'optimisme. Heureusement, avec les turbulences de la grimpette, on a eu le temps de virer croyant, puis de changer de religion, entre chaque étage. Mais je déconseille l'escalier.

— Pourquoi ? Ce 'déconseil' ?

— Les dangers classiques puissance 4.

— C'est-à-dire ? Short list ou Top Ten des dangers ?

— Trébuchement, glissade, mauvaises rencontres, obscurité, doutes sur l'étage, épuisement, émotivité, hypoglycémie, dépression, noyade. Mais c'est plus rapide.

— Pour mourir ?

— Mignon, il ne faut pas dramatiser.

— Appelez-moi Alain, je préfère.

— Alain, il ne faut jamais dramatiser.

— C'est quoi l'espérance de vie dans cet immeuble ?

— Faible.

— Ah ?… — Vous comptez venir souvent ?

— Oh… … Oh ! Je sens que ça décolle, Pierre-Olivier.

— Bonne chance, Alain. — Avec… l'ascenseur ?

— Évidemment ! ! Il faut suivre, mon grand !

Et bonne chance à mes objets, avec vous dans les parages je doute qu'ils puissent s'en dispenser plus de trente secondes.

— Je ne connaissais pas la situation, et je n'ai toujours pas de vue d'ensemble.

— Moi non plus. Et cessons de crier.

— Personne n'a crié, à part vous, moi ça viendra plus tard avec la panique, je suis à 30 centimètres du sol, à quatre étages moins 30 cm de vos bibelots *et* à deux doigts de risquer l'hypoglycémie, la dépression, la noyade, à partir du 1er étage.

— Le palier est quasi sous-loué à Frédéric, un chien psychopathe, mais tentez votre chance. J'ai une petite assurance, efficace, en cas de vol ou détérioration d'un cadeau.

— Pour la digestion, on est comment ? tout est prévu ?

— Une page du contrat est consacrée à Frédéric et ses névroses, je vous épargne les détails, souvent l'ignorance est le meilleur remède. Mais on a parfois des surprises, Alain. Sinon, éteignez vite ce bouton, il active l'hyper-maxi-méga ralentisseur d'ascenseur disposé pour les besoins d'une caméra cachée, en tournage prolongé.

— Dois-je redouter d'autres gadgets hilarants dans les douze prochaines secondes ?

Au 4e, je respire profondément, sonne, je la devine bondir sur ses pattes arrière.

— Bonjour Alain, entre !

— Bonjour Marie-Catherine, dis-je d'un ton qui se voulait neutre.

Elle contourne les fleurs deux fois pour me faire la bise.

— C'est pour moi ? — Oui. — Mais pourquoi deux bouquets ? ?

— C'est-à-dire… trois, ça me paraissait tout de même beaucoup.

— Tu sais que moi, j'ai un seul téléphone pour toi.

— Ça ira : l'échange peut avoir lieu.

— Voilà La Chose… — Merci Marie-Catherine.

Je lui offre les trois roses : — De ma part.

— Oui, j'avais deviné… Merci Alain !

Je tends vers elle l'autre bouquet et le sac :

— De la part de ton mari. Enfin, Pierre-Olivier.

— Ah oui ? ? ? ! ! ! Quand même ? ? ! !

Elle était prise de court, le souffle à moitié coupé.

Je prends son bras d'un côté, soutiens son épaule opposée :

— Ça va ? ? ? Marie-Catherine ?

— Oui. Mais tu l'as rencontré comment ?

— On a pris l'ascenseur ensemble.

— J'aurais dû… mais c'est un peu compliqué. Tu veux du café ?

— Oui, je veux bien.

— Il est déjà prêt, installe-toi au salon, Alain, juste là…

Son appartement était magnifique : ce que j'en voyais était spacieux, lumineux, somptueux ; impressionnant.

Marie-Catherine servit le café bien chaud bien noir. Il y avait du sucre blanc, du sucre roux, sur la table basse. Je dis Merci. Elle me sourit avec douceur.

Mais, parce que Pierre-Olivier, je ne résistai pas à une ironie légère :

— C'est gentil chez vous. — Pardon ? Tu disais ? — C'est gentil chez toi.

— Oui… Comme tu dis… Mais c'est gentil *chez lui.* Il avait une liaison et j'ai entamé une procédure de divorce. Il habite pour le moment un autre appartement, qui lui appartient également, et il me laisse vivre là, chez lui, en attendant le divorce.

— Je suis désolé. Pour toi… Pour vous.

— On aura été heureux pendant huit ans. Comme tu disais hier : bilan globalement positif. Il s'absentait souvent, il l'a rencontrée lors d'un déplacement, et manque de bol, elle habite à deux pas d'ici.

— Ah oui ? Il travaille dans quoi ?

— Il est gynécologue. — Ah ? Beau métier.

— Oui, murmura Marie-Catherine me regardant avec un sourire empli de tendresse.

— Et un gynécologue, ça se déplace souvent ?

— Il participe à des congrès, des réunions entre spécialistes, et il écrit des livres traduits en plusieurs langues. Italie, le coup de soleil, Amours Romaines. Ville qui fut nôtre l'espace d'une semaine, époque lointaine.

Une petite chatte saute sur le canapé, se frotte contre le bras gauche de sa maîtresse, m'ignorant consciencieusement, puis elle se dirige vers *mon* fauteuil et me fixe, intriguée. Je la cueille, l'accueille à deux mains.

— Monsieur Alain Mignon, je vous présente Coquine, mon petit fauve.

— Elle a l'air mignonne. — Elle est très mignonne.

— Elle a l'air de bonne humeur.

— Oui. Parce qu'elle l'est.

— C'est génial, les animaux de compagnie, dis-je avec conviction, me ridiculisant à tout jamais. Les autres aussi, d'ailleurs.

— Oui, j'adore, dit-elle rieuse. Heureusement qu'ils sont là pour déloger le stress, comme dit Nathalie.

— Non, tout à fait au commencement, en des temps reculés, c'est moi qui disais ça à Bruno, à présent la boucle est bouclée. C'est super.

— L'amitié, c'est la jungle, mais à ce point ? ? Et ils sont profs, les deux… La France est foutue, c'est sûr. Les DOM-TOM avec.

— Tu sais que ton mari appuie sur 'le' bouton ?

— Pierre-Olivier est un gosse en bas âge avec cet ascenseur, je suis désolée qu'il t'ait inscrit au club de ses victimes.

Et toi, tu sais… Si tu es marié ou père de famille nombreuse, c'est le bon moment ! Vas-y, parle, n'hésite pas !

— Non, mais pas loin, je suis pacsé avec Basilou, un chat boulimique au régime.

— Alors, ça va… Sauf pour Basilou devant sa gamelle.

Mais Pierre-Olivier est resté agréable avec toi ? ?

— Je n'irais pas tout à fait jusque-là, je l'ai trouvé glaçant en intro, hautain, mais plus surréaliste et drôle que Bruno et ton sadique de la seringue réunis, je suis sûr qu'il est intéressant même loin d'un ascenseur farces et attrapes ou d'une cage d'escalier avec des cas de noyade.

— Hautain par les mots ? ? les intonations ? ses airs supérieurs ?

— Pour me distraire, oui, il s'est donné du mal. Et je lui ai donné la réplique sans résister, sauf… sauf quand il a haussé le ton et cessé de m'éblouir cinq secondes.

Ça raconte une évidence.

— Oui : il est à moitié fou et à moitié frappadingue.

— Ou l'évidence raconte : il est stimulant.

Et puis pas homophobe.

— Parce que vous avez pris le temps d'aborder ce genre de sujets ? ? ?

— Oui. Juste ça et le Moyen-Orient. Mais un survol.

Je savais déjà que les robots avaient mis leur intelligence artificielle au service des banques, même en France, et tchataient allègrement avec les clients, mais Marie-Catherine m'avait imprimé un article de Delphine Cuny (*La Tribune*) sur 'Aida' qui, par téléphone, « peut tenir plus de 100 conversations en même temps », mais « Aida n'est pas encore très bonne, c'est un logiciel américain, il faut qu'elle apprenne le suédois, y compris le suédois professionnel, le mauvais suédois, les erreurs de prononciation, etc. Ce n'est que le début », selon le porte-parole de la banque SEB.

Août 2017, « Aida doit décharger les conseillers de la plateforme téléphonique, qui emploie 800 personnes et est déjà opérationnelle 24 heures sur 24, des tâches les plus simples et routinières ». Par exemple, par la voix, « guider pas à pas un internaute qui n'est pas encore client ».

Mais pourquoi suis-je si nerveux, Aida ?

29.

Nathalie

Alors que dehors le Soleil brillait, qu'il venait jusqu'à nous à travers la large baie vitrée du salon et réchauffait l'appartement, Bruno, affalé sur le côté droit du canapé en ce dimanche après-midi, et moi - en mode pause et culpabilité dans ma préparation - posée à gauche depuis une heure, regardions à la télévision une rediffusion de la sitcom *Un gars, une fille* :

Jean et Alexandra sont au restaurant, un serveur vient à leur table, s'assure qu'ils ont fini de déjeuner et leur demande :

— L'addition, c'est pour qui ?

Jean répond alors sur le ton feutré de la confidence :

— On avait pensé… au garçon avec la chemise verte… ?

Bruno rigola bien fort, et je ris aussi.

Moins fort.

L'émission se terminait : générique de fin dynamique, musique un peu hystérique mais sympathique.

— Tu restes affalé *là* ou je peux éteindre ?

— Éteins, je ne vais pas tarder à sortir.

— Tu dors chez Annabelle ?

— Non, dormir, non. Mais je rentrerai tard, ne m'attends pas.

— D'accord. Je la trouve très sympathique.

— Oui, fit-il d'un air convaincu.

Mais tu parles de qui ? ? arriva pourtant quatre secondes plus tard.

— Annabelle !

— Oui, sympathique, dit-il du même air convaincu.

Un air qui avait fait ses preuves.

Son enthousiasme pouvait paraître trop modéré pour ne rien cacher, mais je plaçais ça sur le compte d'une pudeur habituelle chez Bruno quand nous évoquions ses relations sentimentales ; les exceptions venaient par l'humour.

Je repris la parole après quelques secondes d'un silence complice, doux, chaleureux :

— On n'a pas eu de nouvelles du dîner entre Alain et MC…

— Non ! Et ça me manque beaucoup !

— Moi aussi ! C'est à se demander s'ils ne seraient pas un peu égoïstes, ces deux-là ? ? !

— Et comment ! !

— Oui, assurai-je sûre de mon fait.

— Oui, soupira-t-il. Surtout qu'il s'est acheté un nouvel ordinateur.

— Ah bon ? ? Mais quel rapport, en fait ? Il n'a pas perdu son téléphone portable ? Ni son fixe ?

— Pas que je sache.

— Mais comment avait-il l'argent pour l'ordi ? Il s'est enfin décidé à vendre ses actions ?

— Ah ça… ? Il a peut-être suivi mes conseils, cette tête de mule ? Tout vendre ou au moins pour partie, mais ne crois pas qu'il me dise tout.

— Non. Mais je ne crois pas que tu me dises tout non plus.

— Je suis limpide comme garçon.

— C'est le mot que je cherchais *et* qui m'échappait, va savoir pourquoi ! Et sinon… Je change encore de sujet, là…

— Change, je t'écoute encore.

— Tu sais que c'est aujourd'hui ? Précisément.

— Oui, Nathalie. Je sais. Cela fait très exactement un an que nous sommes colocataires, toi et moi.

— Oui.

— Et ça se fête ? ces trucs-là ? demanda Bruno.

— Non. Pas ces trucs-là.

— Tu n'avais rien prévu ?

— Non. Enfin, si, reprendre deux fois du Saint-Nectaire et me finir au Saint Moret.

— C'est toujours bien de se lâcher sur le fromage. Mention très spéciale aux fromages avec des noms à envahir la cantine du Vatican et des presbytères environnants, mais tu aurais peut-être voulu que je reste ce soir, autour d'un reblochon ?

— Après l'intarissable flot d'inepties que tu m'a réservé, surtout pas. Fais demi-tour : va, cours, vole et nous venge, Bruno !

— C'est du Corneille, *Le Cid*, cette citation ?

— Oui, Don Diègue à son fils Don Rodrigue. Sauf le demi-tour. Qui est de moi.

— C'est bon à savoir. Mais toi non plus, tu n'es pas un modèle de sobriété aujourd'hui. Et vlan.

— Je ne suis pas un modèle tout court. Bruno, as-tu du cœur ?

— Tout autre que mon père, ou Nathalie, l'éprouverait sur l'heure.

— C'est bien : élève appliqué, sérieux, en progrès. Allez, maintenant, zou ! File réviser ton anglais avec Madame ! Si, Bruno ! ! Ne fais pas l'enfant, tu en as besoin. Tu es, bien sûr, un garçon doué pour les langues étrangères, mais rien ne remplacera jamais la pratique régulière avec une professeure particulière.

— Oui, j'ai droit à des leçons de langue très particulières, mais j'aimerais aussi préciser qu'elles sont particulièrement peu efficaces : je stagne very much.

— C'est trop bête. Vous pratiquez mais ne parlez peut-être pas assez ? Vous pratiquez le hors-sujet ?

— On dit quand même pas mal de conneries, toi et moi ? commenta Bruno.

— Oui, quand même.

— Tu vois, hein ?

Bon, moi, je me prépare…

— Ah, au fait : on peut savoir pourquoi ton *France Football* traîne toujours ?

— On peut.

Silence.

Alors, je relançai la personne qui payait tout juste la moitié du loyer et prenait en charge un peu moins de 25… 35… un peu plus de 50 % des tâches ménagères :

— Et ?

— Test… Je te teste. Mais j'ai déjà répondu à cette question. Deux fois.

Je ne comprenais toujours pas.

Mais moi dire juste « Oui ».

Non, juste ça, aussi, vraiment trois fois rien : « Ça fait longtemps que j'ai dû renoncer à avoir une conversation digne d'intérêt avec toi. 'Une conversation qui se tienne' depuis plus longtemps encore, depuis la perte de ton troisième neurone, en fait. Certes, tu l'utilisais très peu, et, certes, on s'habitue, on relativise à tout-va, mais ça reste une épreuve. Surtout pour moi. Et pour l'Éducation Nationale. »

J'ai enchaîné sur un sujet à sa portée, en plus d'être fédérateur :

— Cette nuit, tu t'es masturbé ?

— Non. Je ne crois pas.

— Si, au moins une fois…

— Pas que je sache. Pourquoi tu dis ça ?

— Parce que je t'ai appelé et que tu ne m'entendais pas.

— Même si l'on admet que ça rende sourd, tu sais que ça n'est pas à effet immédiat ? De toute façon.

— Je voulais dire par-là que tu ne m'as pas répondu.

— Tu pouvais venir.

— Ben non, je croyais… Et puis il était minuit.

— L'horaire, quelle blague ! ! Comme si ça nous gênait !

— Non, mais tu te masturbes souvent à minuit.

— C'est vrai. Ça détend. Ça m'aide à dormir.

— Oui.

— Tu voulais savoir si je dormais pour pouvoir, *toi*, te masturber sans crainte !

— Disons, avec plus de lâcher-prise.

— L'esprit tranquille.

— Voilà.

— De toute façon, ça ne m'excite pas, t'inquiète. Ma Nathalie.

— Super… Mais j'ai un petit reste de pudeur.

— Avec moi ? ? ? Tu me fais de la peine…

— Non, tu as raison ! ! Moi aussi, j'adore qu'il n'y ait aucune gêne entre nous.

— Mais tu n'aimes pas quand je fais caca longtemps.

— J'ai parfois été contrainte de te ravitailler, tout de même.

— Tu m'as dit : « Besoin d'un ravitaillement ? »

— Tu m'as dit : « Non merci. »

— Au fait, tu m'as adressé un sms qui demandait : « Comment vont Léo et son satellite ? »

— Ah mince !

— C'était pour la mère de Léo ?

— Oui. Ou comment changer de sujet…

— Il te plaisait tant qu'ça ? ? Fallait me l'dire.
C'est bon à savoir.

— Tu sais que ça pique les yeux, aussi ?
— Oui.
Normalement, oui. C'est prévu.

Pas prévu : Retour précoce - silence - Nathalie sourit. Moi aussi. Un an réunis. Sur son lit, nos ordi' sur Facebook, j'écrivis « Je te souhaite, Aya, un très joyeux dernier quart d'heure d'anniversaire », semi-imité par Nath élargissant à « une très bonne fin de soirée d'anniversaire » : Aya nous 'lika' avec des « Haha ». Nathalie découvrit l'hospitalisation d'une amie : « Je t'embrasse fort, Leïla ! ! ! Toutes mes pensées sont pour toi », 'imitée' par moi dans le sillage de son message et de son « Allez ! ! ! Dis-lui quelque chose de gentil ! ! » : « Toutes les pensées de Nathalie sont pour toi. » « Ah ! Moins maintenant ! Une envie soudaine de m'étriper, sans m'anesthésier. Elle a commencé. Aïe. Aïe. Je t'embrasse très fort, trop peut-être ? Leïla ? ? » Nath récolta un « J'adore », moi un « Haha » et des bleus. « Aïe. »

30.

Annabelle

— Allô ? — Marie-Catherine ? — Oui.

— Annabelle à l'appareil. On s'est rencontrées chez Nathalie et Bruno.

— Oui, Annabelle, bien sûr ! Bonjour !

— Bonjour Marie-Catherine. J'espère que tu vas bien.

— Oui, très bien. Et toi ?

— Je ne sais pas si je dois aller bien.

— Je t'écoute.

— Nathalie est ta meilleure amie ? — Oui.

— Penses-tu que Nathalie… aime Bruno ?

Silence. Long.

— Oui.

Oui…

— D'accord.

Et penses-tu que Bruno… aime Nathalie ?

Nouveau silence. Avant la sentence :

— Oui. Je le pense.

— D'accord. Merci, Marie-Catherine.

— Je peux me tromper pour Bruno.

— C'est gentil. Merci. Si possible, ne parle pas de mon appel à Nathalie.

— Bien entendu. Et à Bruno non plus, je te rassure, ne t'inquiète surtout pas pour ça, Annabelle.

Mais pourquoi suis-je si nulle ?

31.

Bruno

Je quittai Michel Drucker peu après 18 heures, j'empruntai le boulevard Aimé Jacquet, léger, le nez au vent, l'avenue Laurent Ruquier (celle qui donne sur le square Didier Deschamps), je continuai sur la voie David Hallyday, le passage Marilou Berry, la voie Charlotte Gainsbourg, la place Benjamin Castaldi (anciennement Charles-de-Gaulle-Étoile), l'esplanade Romain Sardou, le quai Justine Lévy, l'autoroute du Sud, le tunnel du Mont-Blanc, l'impasse Clara Morgane (si), l'avenue Cyril Hanouna (anciennement Valérie Damido), l'allée Retour (je plaisante), et déjà me voilà rue Lino Ventura, en quatre minutes, comme d'hab'.

Je sors de l'ascenseur, dis bonjour ! à notre voisine de pallier, récolte un regard en biais, un nez tordu ; j'ignore qui a laissé l'odeur violente de ses aisselles, mais la grosse tentation de l'escalier a existé, pour éviter l'asphyxie et ça : « Ce n'est pas moi ! Au revoir… » ne semble pas arranger mon cas. La petite soixantaine, elle avait le physique ingrat par excellence et nous le faisait payer à la moindre occasion. En fait, dès que l'on croisait son regard lourd de reproches. Parce qu'elle était moche et seule et pas nous ? Elle ne faisait même plus d'efforts pour s'arranger un peu depuis ces six derniers mois. Nath disait l'avoir connue coquette et plus fréquentable sur un palier ou dans un ascenseur, mieux dans sa peau.

Heureusement, les bêtes sont toujours là, derrière la porte, prêtes pour tous les câlins du monde.

Ce soir-là, Nathalie devait voir des parents d'élèves après les cours, puis dîner chez MC. Elle passa déposer ses affaires, embrassa les bêtes entre les oreilles, repartit en coup de vent.

J'attendais Alain pour 19 h 45.

J'avais le temps de préparer le poisson, le riz et mes cours pour demain.

Journée mondiale des aisselles décomplexées ?

— Alain, c'est quoi ton 'déo' ?

— Déo bon marché, journée compliquée.

Ponctuel, de bonne humeur mais nerveusement fatigué, saturé par ses quatre-vingt-dix clients et autant de rebonds commerciaux, par le middle-management d'Émile aussi, il parla peu, mais *que de ça*.

Émile écoute tes appels, les réécoute avec toi et débriefe dans une petite salle à l'écart du plateau central, et là, magie de la pédagogie, Émile te donne l'impression d'être une merde. Que ta façon de bosser, c'est de la merde à tous les étages, que tu es complètement à côté de la plaque, que ce n'est pas la peine de te pointer demain. Tu ne souris pas assez ! Tu passes trop de temps à écouter le client sans le cadrer ! Tu avais la place pour un second rebond et tu te contentes d'une vente ! Le client était mûr, tu n'avais qu'à cueillir ! Tu manques d'assurance ! Il va falloir très vite redresser le tir ! Émile non plus ne sourit pas assez. Comme si son autorité passait par le masque qui va avec. Et il te met la note de zéro sur cinq en efficacité commerciale lors de l'évaluation mensuelle alors que « Je suis à 120 % des objectifs ! », « Tu fais des ventes qui ne rapportent rien au *LOL*,

COA ! » « C'est impossible puisque l'attribution des points est le reflet du bénéfice. » « Tes ventes valent zéro. »

Zéro en commercial : la prime trimestrielle d'Alain sera, déjà, amputée de cent euros. Émile dit J'ai raison. Fin de l'évaluation.

Fin du roquefort aussi.

Place à la glace rhum-raisins.

— Tu connais le mari de Marie-Catherine ?

— Ah ? ?... Oui, je connais Pierre-Olivier, enfin surtout son existence. Mais Nath et moi, on ne t'en a jamais parlé pour deux raisons : premièrement, MC nous l'avait demandé, et petit 2, MC est libre, déjà séparée, bientôt célibataire.

— Oui, peut-être ? Mais lui est médecin, comme elle, il est même un éminent gynécologue ; et puis lui est propriétaire d'appartements en plein Paris, dont l'un d'eux vaut, au bas mot, un million d'euros ; je te dis que c'est un gagnant, ce type, et il ne s'est pas réveillé il y a six mois. Il a tout... pour la rendre heureuse. Parce qu'il l'aime. Et la touche finale : il est plus drôle que toi et moi réunis.

— Je te rappelle tout de même que nous ne sommes pas drôles, ni toi, ni moi, c'est prouvé, j'ai grappillé une seule voix à l'élection du comique de l'escalier et c'était la mienne, après hésitation, toi ça se passe de commentaire, mais lui, tu le vois trop beau.

— Je me contente d'additionner 2 et 2.

— Ah oui ? ? Je fais pareil !... Et ?

— Je trouve quatre. — C'est bien ça.

Mais il faut savoir vivre dangereusement.

— Ah j'ignorais ! ! C'est-à-dire qu'il me manquait cette information.

Je fis alors prévaloir une petite compétence en résumé-synthèse :

— Bon, effectivement, toi, Alain, tu n'es pas propriétaire - ni en plein Paris, ni en proche banlieue -, tu n'es que le petit locataire d'un appart' qui vaut nettement moins d'un million - même en francs -, et professionnellement, tu es un paillasson sur lequel tout le monde s'essuie les pieds. Jusque-là, on est pessimistes. Pas cool. Mais tu fais rire sans ouvrir la bouche, et dis-toi bien que c'est un énorme déf...une qualité rare, mais jamais assez ra...mais trop rare, tu es intelligent comme ça n'est pas permis, ta sensibilité te met à l'écoute des autres, te rend altruiste et fin psychologue, humble et sincère, toujours vrai ! En plus, tu es attiré par elle et ça ne lui aura pas échappé. Elle a insisté pour te payer le resto, parce qu'elle l'avait choisi, et tu as refusé tout net ! Et là, on passe optimistes.

— Non, en fait, j'ai fini par accepter. C'était super cher !

— Et là, on trépasse, je voulais dire On repasse pessimistes.

— Elle a menacé de crier si je ne cédais pas.

— Et là, on repasse optimistes.

— Oui ? Mais moi, je me fais insulter huit heures par jour au téléphone pour 1300 € par mois, pendant que lui, avec ses mains, il opère des gens... à cœur ouvert.

— À cœur ouvert ? Tu en es sûr ? Dis-moi : il y a bien longtemps que tu n'as pas consulté ?

Alain sourit, puis Alain rit ; moi aussi.

— Liste les choses positives, plutôt !

— Tu as raison. C'est plus rapide.

Elle me stimule terriblement. J'ai fini, avec *un* élément favorable détecté.

— Ne te dévalorise jamais ! Pierre-Olivier et toi, vous avez un énorme point commun : vous êtes tous les deux des garçons prometteurs.

— Prometteurs, prometteurs ?… Il les tient déjà, ses promesses !

— Oui, je sais. Il ne s'est pas réveillé il y a six mois. Mais les promesses, en partie seulement : il l'a trompée.

— Il peut avoir appris de son erreur. Et moi, le mieux que je puisse faire, c'est ne plus la revoir… Plus jamais. Je veux dire 'ne plus jamais être dans un rapport de séduction avec elle'. Ne plus jouer avec les sentiments qu'elle pourrait avoir. Qu'elle aurait pu avoir ?

— Ou les sentiments qu'elle a ? qu'elle a déjà ?

— Oui ? Hypothèse envisageable. Mais elle ne m'a rien dit.

— Elle n'a rien dit… La bonne blague ! Je te rappelle que toi non plus !

— Oui, mais moi j'ai mes raisons.

— On peut savoir lesquelles ?

— Non.

Enfin, tu les connais…

— Oui : timidité au moment de conclure, gros manque d'expérience, la maladresse qui va avec. Et tout particulièrement quand tu es très… quand tu l'es vraiment. Je confirme que la vie est mal faite : toi, tu ne peux pas être avec elle parce que tu l'aimes trop, et Annabelle et moi, c'est terminé parce que je ne l'aime pas suffisamment.

— Ah bon ? ? ? Tu l'as quittée ? ! !

— Non : elle m'a quitté.

— Et ça va ? s'inquiéta Alain.

— Oui, soupirai-je, m'efforçant d'être fataliste.

Mais ne change pas de sujet !

— Mais c'est toi qui…, proposa-t-il comme unique argument.

— « Mais c'est toi qui… » ! ! repris-je agacé. Non mais je rêve ! Un vrai gamin ! ! Un gosse… Mais tu es pire que moi, en fait !

Mais pourquoi suis-je si nerveux ?

32.

Marie-Catherine

20 h 45 Prolongations au cabinet, retour hâtif à l'appartement, j'y suis !

Les cinq messages quotidiens de Pierre-Olivier - le contenu habituel, toujours pas de référence à Alain -, caresses à Coquine, qui glousse - « Dis, Coquine, pourquoi tu glousses ? » -, puis ronronne, sent bon entre mes mains. « Tu veux tes croquettes ? ? Mais oui ! Enfin ! ! »

L'eau chaude, une douche rapide, Nathalie sera là dans dix minutes, j'éponge mon visage, mon corps.

Mes vêtements propres sont posés sur le lit, je serai habillée pour lui ouvrir même si elle a l'imprudence d'être ponctuelle.

21 h 15 Elle m'a laissé quinze minutes de rab. Classique.

Omelette aux champignons de Paris et ciboulette pour tout le monde. La spécialité de Bruno, j'ai zappé cette info ! ! La ciboulette, ça dépayse assez ?

Nous parlâmes du boulot qui n'en finit plus de charrier son lot de petites joies et grandes frustrations, parfois l'inverse !, de problèmes ubuesques que seul un esprit particulièrement tordu (y en a) eût pu anticiper.

Après la tartelette aux fraises, Nathalie opta pour une infusion Saveurs des Tropiques, je nous en préparai deux tasses brûlantes.

Hélas, Nathalie voulut tout savoir sur ma soirée avec Alain, et elle se montra extrêmement directe dans l'énoncé de ses questions :

— Pourquoi ne l'as-tu pas embrassé, alors que l'occasion était si belle ?

— C'est un modèle si particulier, je parle d'Alain, j'avais zéro repère. Je sens… il se demande ce qu'il fait là, à part nous faire perdre notre temps.

— « notre temps », « nous » ? ?

— Moi et mon piédestal. — Oui ! !…

— Je voulais que ça vienne de lui. Pour qu'il puisse se dire J'en suis capable ! Que ça l'aide à croire en lui.

— Ça viendra, mais, là, c'était du doux rêve.

— En plus, je ne me suis pas du tout entraînée depuis Pierre-Olivier. Mais tant mieux. Ça aurait pu dégénérer.

— Dégénérer ?

— Aller plus loin.

— Tu ne veux pas en parler, mais, avec Pierre-Olivier, c'est fini-fini ?

— Avec lui j'ai été très heureuse pendant huit ans, et ça, je ne l'oublierai jamais. Mais si atteinte après que je ne l'oublierai pas non plus, avant tout pour me préserver. Je n'ai plus confiance, je n'y arrive pas. Ça tient à sa personnalité égocentrique qui ne s'améliore pas, ou que je ressens plus, et à toutes ces opportunités qui s'offrent à lui. Au fond de moi, j'ai encore une attirance et de la tendresse, mais je ne l'aime plus.

— Mais alors : où était le problème si les choses avaient dégénéré ? avec Alain ?

— Sous un toit qui appartient à Pierre-Olivier ? Pour moi, il était peut-être là… le problème ? Enfin, je crois.

— Comme quoi, la générosité de Pierre-Olivier avec l'appartement est surtout le meilleur moyen qu'il ait trouvé pour maintenir un lien très fort entre vous. Une nostalgie, une 'emprise'.

— Emprise, le mot est fort.

— J'admets. Mais il le vit peut-être ainsi.

— Mais Alain, lui, il aurait pu… Et il n'a rien fait… rien dit.

— Douce et naïve Marie-Catherine, tu dois savoir qu'Alain exerce des métiers à vocation essentiellement commerciale, alors il est capable d'être plutôt à l'aise avec les gens, il peut même sembler séducteur parfois, mais les clients, c'est très rare qu'il les embrasse sur les lèvres… Ça reste exceptionnel. Et faire l'amour, là… c'est super tabou. D'où les conséquences sur sa vie intime, que tu imagines aisément.

— Tu peux tout de même préciser ?

— Il est… comme toi… Un peu coincé.

— Merci.

Pour le renseignement.

Mais, tu me trouves coincée ? ?

— Pas vraiment… J'ai dit « un peu »… Sauf avec Pierre-Olivier.

— Avec Alain, je me suis montrée entreprenante ! Quand je repense à mon visage offert sous la porte cochère…

— Je sais.

C'est à ce moment précis que je profitai, lâchement, de trois secondes de silence pour inverser complètement les rôles : — Et toi ? avec Bruno ?

Annabelle n'est plus là : tu vas lui parler ?

— Bien sûr, tout à fait. C'est même prévu.

— Pour bientôt ?

— Ça dépend de ce que tu entends par « bientôt ». Quoi qu'il en soit, en 2040.

— D'accord. Début janvier, je suppose ?

— Normalement, oui. Ou mi-octobre / début novembre : j'hésite encore.

— Occasion en or mais progression zéro ! ! D'accord. Coincée et pas qu'un peu ! !

— Ne m'en veux pas, Marie-Catherine, mais Bruno est mon meilleur ami depuis tellement longtemps, et je trouve mes sentiments tellement ridicules, que je voudrais... je veux ne plus y penser, ne plus en parler, je veux oublier. Alors, j'oublie, tu oublies, on oublie.

— Oui, mais si Bruno avait également des sentiments ? ridicules ?

— Et si ma tante avait des roues, ce serait probablement un poids lourd transportant du beurre.

— Et ton poème de la classe de 3e ? Ta poésie obscène qu'il connaît par cœur encore aujourd'hui ?

— Oui, je sais. Ça m'a étonnée, moi aussi.

— Juste étonnée ? ? ?

— Ce fut une très forte émotion.

— Et ?

— De là à en tirer des conclusions ?

— Il n'y a qu'un pas, Nathalie.

Si c'est 'zéro risque', 'ceinture et bretelles' comme m'a sorti un patient, tu vas finir vierge.

— Pfffff... !

— Ça reviendra. Ne t'inquiète pas.

Plus vite que tu crois.

— N'importe quoi ! !...

Tu n'es pas très compréhensive cette nuit...

— Avec toi, je l'étais trop, Nathalie.

Fini les atermoiements ! Il faut te décider ! !

— Ah mais c'est décidé.

— Je suis la confidente « un peu coincée » d'une fille très très coincée.

— Je retire « un peu coincée » si tu retires « très très coincée ».

— Bientôt, j'espère. Mais ne l'oblige pas à faire ton repassage.

— Ooooh ! ! ! Tu exagères ! ! Tu es la seule à savoir, ne l'oublie pas ! Et je n'ai jamais obligé personne…

— Oui mais « Vos désirs sont des ordres, madame Nathalie ! »…

— Ne jamais te faire confiance, c'est bien noté.

Je l'avais encore croisé dans la rue par hasard, on s'était fait deux bises, il m'avait dit « Non, moi c'est quatre, je suis passé à quatre », on avait donc continué, je ne voulais pas le contrarier, puis il avait reçu un appel important, dit « Ok, j'arrive ! » après deux minutes, et c'était reparti pour un tour, « Je suis perturbé ! Ça fait bien quatre, là ? » « Ah oui ! ! oui ! Sûr ! Au moins !… Si, si ! Au moins ! Prends bien soin de toi, ne te focalise pas sur des bêtises comme le nombre de bises, et courage ! ! Yvon ! »

— On s'est encore revus !

— Non ! ! ! ?

— Si. Mais trois minutes.

— Et comment va-t-il ?

— Oh… On a parlé moins de trente secondes.

— Mais vous avez fait quoi ? ? sinon ? ?

— On s'est embrassés.

Un commentaire de texte s'imposait. Puis en rester là aussi.

— Son numéro de téléphone, tu l'as toujours ?

— Peut-être. Mais trouve-toi quelqu'un d'autre pour passer la serpillère.

— Y a pas que ça… Y a même du repassage en retard, s'il préfère commencer par son point fort.

— Non… Non… Non ! ! Pas touche ! !

— Je repose… Tu as reçu un sms de Bruno. Ah tiens ! ! Ce matin, une voiture a fait une embardée, sa roue avant mordant sur le trottoir avant de retomber dans une flaque pile poil pour me tremper tout le bas du corps.

— Et te faire peur ! ! ! ?

— Aussi. Il y avait un feu à vingt mètres que le type espérait éviter, je le rattrape, me mets devant sa voiture, il descend, je l'oblige à toucher mon pantalon, mes chaussures, et le somme de me dédommager ! Il dit qu'il n'a rien et qu'il gêne la circulation, je demande à voir son portefeuille : un billet de 10, un de 50, pas de carte bleue : il me tend 10 : je veux 50 : il me raconte que s'il est pressé, c'est parce qu'il va rendre les 50 € « à une personne *moins* compréhensive » : « Mais je ne suis *pas* compréhensive ! ! » « Non, je le garde pour la personne *moins* compréhensive… » « Mais je ne suis pas compréhensive ! ! ! » « Vous ne pouvez pas savoir ! Avec lui, impossible de discuter à peu près normalement ! » « Moi pareil ! ! ! » « Mais ? » « Mais je ne suis pas compréhensive ! ! ! ! » : il a lâché les 50… ! !

— Ah ça ! S'il savait… !

— Ne t'inquiète pas : il sait.

— Et tu n'as pas attrapé froid ? ?

— Penses-tu !… Maintenant, j'ai une petite penderie au cabinet, avec des chaussures de rechange aussi.

— Et tu lui en as parlé, au type ?

— De quoi ?

— De la penderie.

— Non. J'ai compris qu'il était pressé. *Ça*, je l'ai compris.

— Quoi qu'il en soit, tu n'as pas attrapé froid aux yeux.

— Non.

— Hum… ! Je t'ai vue. Si. Oui, tu reposes.

Non, juste reposer, pas regarder Contacts.

Ton escroquerie ne t'a pas suffi pour aujourd'hui ?

Tu n'as pas été assez vilaine ?

— En plus, je suis sûre que tu l'as effacé…

Quoique ? ? Si tu t'obstines à m'interdire l'accès à tes contacts…

— Simple question de principe.

— Mais…

— Mais n'y pense même plus ! Suffit ! !

— Dis-moi juste si tu l'as effacé…

— Non.

— « Non, je ne l'ai pas effacé » ou « Non, je ne veux pas répondre, te faire plaisir » ?

— Quelle heure est-il ? Pas effacé.

— Rrrrraaah ! ! ! Rrrrah ! ! Ça peut servir !

— J'avoue qu'il est bricoleur. Alors Contacts.

— Bien sûr ! ! Tu veux vraiment savoir l'heure ?

— Non, plus maintenant.

— Pfff… ! !

33.

Bruno

Le métro s'ouvre devant nous : les derniers strapontins, Alain et moi.

— J'ai l'impression d'être assis sur un radiateur, dit-il après un silence.

— Si tu m'avais laissé la meilleure place…

— On échange, alors ?

— Alors non. Je préfère encore être bousculé. *Ici*, il fait doux. C'est très agréable. … Tu fais quoi, là ? ? Tu t'es levé pour ouvrir…

— Ah ça !, la porte du milieu, c'est la pire du wagon, la moins utilisée.

— C'est bon à savoir. Tu es vraiment un grand malade.

— J'ai vite super chaud.

— Ou super froid.

— Voilà. Tu sais ces choses-là.

— J'essaie d'oublier… Mais ne fais jamais ça avec MC ! !

— Mais je ne ferai jamais rien avec MC.

— Si !…

S'il te plaît, assieds-toi sur le radiateur. Vite.

Tu es trop grand, sinon.

Je suis déjà 'limite torticolis'.

Merci.

— En français, ça donne quoi ? Ne parle jamais comme ça avec Nathalie.

— Non. Mais je ne parle jamais avec elle.

Sauf pour le ménage.

Sauf pour les bêtes.

— Sauf pour discuter ?

— Ça peut arriver.

Et par politesse.

— Je suis sûr que vous êtes très polis…

— Très.

Très très. Je crois que c'est maladif chez elle.

Je sens déjà que je vais beaucoup regretter cette question, mais pourquoi cette paire de chaussettes dans ton sac à dos ?

— Ce sont mes gants. Je ne retrouve pas les vrais.

— Comme dirait MC : Quand tu sais que ses chaussettes sont aussi ses gants, « inutile de s'étonner de quoi que ce soit ». En tout cas, c'est bien. Qu'elles restent dans le sac à dos quand on nous voit ensemble. Mais ce sont bien les chaussettes hyper épaisses que tu portais chez nous ?

— Oui, elles sont si épaisses qu'elles font pantoufles, aussi. Et en bleu marine, dans la rue, ça passe… ça camoufle, ça fait moufles.

— Ça fait moufles qui se portent aux pieds. Mais si le simple fait que ça serait pire en jaune poussin ou rose fluo te suffit…, je renonce à faire ton éducation. D'ailleurs, approche tes mains, faut qu'je vérifie un truc…

— … Alors ? ? Bruno ? Tu sens quoi ? ?

— Sou…Soupline. C'est lavande, léger, discret.

— Oui, c'est subtil.

— Mais on va t'acheter de vrais gants à côté du cinéma. Pas un mot ! Je te les offre pour Noël dernier, je me suis trouvé un peu rapiat cette année.

— Bien sûr que non ! ! Pas qu'un peu.

— Tu m'as offert deux tee-shirts sans étiquette, meilleure offre à 4 € 20 - le lot - sur eBay. J'en suis même à vérifier si ça couvre les frais d'envoi.

— C'est le prix. Du neuf. On arrête ?

— Oui ! Assez ri. Le film et les gants.

* * *

Alain

Je prends mon téléphone, écris :

« Hello Bruno ! J'espère que tu vas bien.

MC m'a appelé pour m'inviter à dîner, chez elle, chez lui… chez eux. Mais j'ai dit non. Juste Non.

Plus une débilité crasse sur le retour d'une ex de longue date, rencontrée par hasard.

MC et moi, c'est bel et bien terminé avant même d'avoir commencé. Et pour déguster, je déguste, je te rassure. Toi qui dois te dire que ma connerie mérite d'en payer le prix : je paie, je prends cher, très cher. Je me répète, j'arrête ! !

Bonne nuit, Bruno,

Alain »

Je ne m'étais pas relu, écrire avait été suffisamment dur. Tout ce qui me ramenait au « Non » était horriblement dur. Trouver le sommeil était mon prochain objectif : ça s'annonçait compliqué.

Je pense à cette citation sur le profil d'une fille sur le site de rencontres : « Espoir, voilà un mot que j'aime entendre sous votre plume, Maurès. » C'est beau, mais tout me rend triste.

Pas lui ! ! Juste parce que je le regarde, Basilou ronronne instantanément.

Ça mérite récompense une joie simple si communicative. Allez, câlin !

Un mois avant MC, l'autre entorse à mon renoncement à garantie décennale aura été cet abonnement au site, mais l'espoir, c'est trop dur. Ça le reste.

* * *

Marie-Catherine

Pas envie.

Pas d'envie.

Écrire à Nathalie ? À quoi bon ?

À qui d'autre ?

Mon téléphone est sur la table basse, à portée de main. J'écris :

« Bonsoir Nathalie, Ça va, toi ?

Une seule chose semble évidente : il ne veut plus me voir.

Les vraies raisons, elles, sont beaucoup moins claires, et j'y mets des points d'interrogation. Il prétend qu'il est avec une ex, Hélène. Une ex d'un autre temps qui refait surface et hop ! l'histoire repart ! Mais il est probable qu'il m'en veuille pour ne pas lui avoir parlé de Pierre-Olivier.

Et il est encore plus probable que je ne l'intéressais pas autant que ce que j'avais ressenti.

Je comprends mieux pourquoi il ne m'a pas embrassée.

Je t'embrasse fort, Nathalie. »

Minuit dix.

Je me lève, m'agenouille pour embrasser Coquine sur son fauteuil favori, l'embrasser encore et encore.

Mais pourquoi suis-je si nerv…si démunie ?

34.

Bruno

Ça y est… Nath admise à l'oral du concours ! ! ! Rrrrah ! ! Rr-rah ! ! Rra !

Mais, ça y est… Je suis à la télé. Argh…

Après le soulagement profond, le cauchemar dans toutes ses dimensions.

C'est au pied du mur que l'on voit le maçon, au pied des gradins cent pour cent garnis le crétin cent pour cent fini.

Je vais me ridiculiser, je cours à la catastrophe et je ne peux plus reculer.

Séparés par une haute cloison en bois blanc : trois candidates et deux candidats, dont moi.

Je sais que les filles sont assises côte à côte, comme moi vingt centimètres à gauche de mon adversaire.

Kevin, 26 ans grand maximum ; j'en ai dix de plus, minimum. Bon début. Surtout si les filles ont l'âge de Kevin. J'allais bientôt savoir que oui, pour la plus âgée des trois.

L'animateur Fabien Légal est de l'autre côté, je sais qu'il se tient debout juste derrière elles.

Générique 'Premier Baiser'

Fin du générique

Le début de la fin.

Fabien dit bonsoir, remercie les gens chez eux, fidèles, de plus en plus fidèles devant leur poste de télévision, Fabien entre dans le vif du sujet :

— Léa, vous êtes belge : vous nous venez de Bruxelles ?

— Oui…, dit-elle d'une voix timide.

— Ça ira mieux dans un petit moment, Léa ! Le temps de se détendre ! se mettre dans le bain ! Et vous, Nina, vous nous venez tout droit de Montpellier, et je vous sens nerveuse, aussi !

— Nerveuse, oui… Et de Montpellier, oui.

— Ah ? C'est une *Spéciale Timides* aujourd'hui ! C'est bien, ça change ! Émilie, vous nous venez de la belle ville de Nantes, et vous, je l'espère, vous êtes carrément détendue ? ! !

— Moyennement. Pas trop. Non.

— Eh bien, dites-moi… ! Comme ça, vous êtes à égalité toutes les trois ! De l'autre côté, deux beaux mâles, de grands séducteurs vous attendent ! D'abord Kevin, qui nous vient de la belle ville de Marseille !

— Oui et j'en profite pour dire bonjour à tous mes amis qui sont dans la salle : Étienne, Jean-Marc, Lionel, Bernard et Bertrand ! ! !

Ses cinq amis l'acclament aussitôt avec ferveur : folle ambiance. Kevin reprend, continue, Kevin a beaucoup d'amis :

— Et bonjour à Laurent, Michael, Valérie, Karine, Anita (Mais Fabien Légal l'interrompt dans son élan pour prendre le relais)

— Et bonjour à Robert, Albert, Martine, Mathilda !

Premiers rires du public.

Fabien Légal poursuit les présentations, hélas :

— Mais venons-en au dernier candidat du jour : en forme, Bruno ?

— Pas du tout.

Quelques rires. Je reprends :

— Non, tout va bien, dis-je à la fois pince-sans-rire et un peu coincé.

Quelques rires, à nouveau.

— Vous habitez Levallois-Perret ?

— Pas du tout. Non, je plaisante.

Rires. J'imaginais mes élèves, mes collègues, le proviseur, le personnel dans son intégralité, assister à mes exploits, le retour au lycée sous les sarcasmes, les questions piquantes des rigolards, les petites réflexions, et ça ne m'aidait pas du tout à me décoincer.

— Ils sont d'une cruauté avec moi, aujourd'hui ! ! s'insurge l'animateur. Allez, on commence avec Léa : question pour Bruno !

Léa balbutie un peu, mais se reprend :

— Bruno, « Jamais les hommes ne deviennent plus tendres que lorsqu'on leur a pardonné une infidélité de passage » : que penses-tu de cette citation de Ninon de Lenclos ?

— Ben... elle est assez longue..., dis-je, réfléchissant à la suite de ma réponse. C'est Ninon qui a dit ça ? ?

Rires. L'animateur répète la citation presque mot pour mot :

— Ninon de Lenclos a dit : « Jamais les hommes ne deviennent plus tendres que quand on leur a pardonné une infidélité de passage. » Alors, Bruno, qu'en pensez-vous ?

— J'avoue que ça m'étonne beaucoup de la part de Ninon.

Rires. J'enfonce le clou :

— Ça me déçoit un peu...

Rires. Fabien Légal rit aussi, enchaîne :

— À Nina ! Question pour Kevin !

— Kevin, une inconnue te met la main aux fesses : que fais-tu ?

— Ah ben je lui mets la main aux fesses, moi aussi ! !

Rires. L'animateur : — Intéressant...

— Ben, œil pour œil, dent pour dent ! C'est la loi du talon !

— Du ‘talion’, si *talon* c’est *le pied* aux fesses. Très intéressant. À Émilie !

— Bruno, ta partenaire t’apprend qu’elle est frappée de stérilité : quelle est ta réaction ?

— Je suis frappé de stupeur.

Rires très forts, applaudissements. Je cite ‘du Guillaume’ tel quel ! !

Fabien Légal, surpris aussi, retrouve son sérieux :

— À Léa ! Question pour Kevin !

— Kevin, préfères-tu porter le slip, le string ou bien le caleçon ?

— Les caleçons : comme ça, à la plage, j’ai juste à enlever mon pantalon et je suis tout de suite en caleçon, dit-il très sérieux, premier degré et très satisfait (de lui).

— À Nina ! Question pour Bruno !

— Bruno, en grande société, la fermeture Éclair de ton pantalon vient de craquer : que fais-tu ?

— J’essaie de voir s’il y a un annuaire dans le coin.

Fabien Légal : — Oui : les pages jaunes ? Pour le faire réparer immédiatement ?

— Ou bien j’utilise ma cravate autrement. Et je ne mange plus.

Ce n’était pas drôle, c’était décousu, mais sur sa lancée, le public ne faiblit pas. L’ambiance avait juste un peu flanché sur *pied aux fesses* coincé entre deux rires.

— À Émilie ! Question pour Kevin !

— Kevin, que penses-tu des milliers de gens qui meurent tous les ans du tabac ?

— J’ai des amis qui fument, mais je ne m’intéresse pas à ça car je ne veux pas m’y intéresser. Tant pis pour eux : ils n’avaient qu’à pas fumer !

Immense, le Kevin. Gratiné.

L'animateur : — Merci pour vos questions, les filles ! À présent, vous devez en choisir un, et un seul : Kevin ou Bruno ?

— Léa ?

— Bruno.

— Nina ?

— Kevin.

— Émilie ?

Émilie, pleinement consciente de ses responsabilités, hésite un peu, un peu trop, mais fait le bon choix : — Bruno.

— C'est Bruno qui reste !

Applaudissements fougueux, enthousiastes ! !

J'avais gagné, je pouvais envisager de me décoincer un peu.

Fabien Légal salue celui qui fut mon adversaire :

— Au revoir, Kevin, et merci pour votre tonus !

Kevin se lève et Kevin reste fidèle à lui-même :

— Je dis bonjour à tous les Marseillais !

Acclamations de ses cinq amis phocéens.

— Et j'embrasse toutes les Marseillaises ! ! !

Veinardes. Petites veinardes.

Kevin aura donc merveilleusement défendu sa réputation, de blaireau, jusqu'au bout.

Fabien Légal ouvre la porte de la haute cloison en bois blanc, tandis que Kevin sortait du décor par derrière, et il s'assied à mes côtés.

Parce qu'il est comme ça, gentil comme un jeune labrador qui a bien eu toutes ses croquettes, Fabien commente d'abord le départ de Kevin :

— Les supporters doivent être déçus !

Cris des amis de Kevin ! Les chants désespérés sont les chants les plus beaux. Séquence émotion.

— Mais Bruno est très bien ! précise Fabien.

— Et ce Kevin était adorable…

— Oui.

— On est bien sur *TF1* ?

— Oui.

— Adorable, confirmai-je parce que sur cette chaîne tout le monde aime tout le monde et 'C'est que du bonheur !'.

Ni Fabien, ni personne sans doute, ne comprit l'ironie de mes propos ; very private joke, parenthèse refermée.

Le jeu reprit alors une forme plus traditionnelle :

— Bruno : première question pour Léa !

— Ton mari a les dents jaunes : tu lui offres une séance de détartrage ? ou tu lui offres une cravate marron ? (J'espérais que les nostalgiques de Coluche reconnaîtraient l'hommage.)

Rires.

— Un détartrage ! C'est mieux, dit-elle amusée.

— Question pour Nina !

— Ta meilleure amie va se faire opérer, mais elle déclare : « Non ! Je préfère mourir ! » Lui expliques-tu que l'un n'exclut pas l'autre ?

Rires très forts, applaudissements et même quelques acclamations des amis de Kevin.

— Je ne sais pas quoi répondre ?

— Rien, Nina ! Il n'y a rien à répondre ! Question pour Émilie !

— Tu as une entorse quelque part à la jambe droite : restes-tu stoïque ? ou boites-tu du mauvais côté ? (Référence à mon épisode préféré d'*Amicalement Vôtre*).

Incompréhensible, bien sûr, mais rires quand même, parce que c'est du grand n'importe quoi, du doux délire, une ambiance totalement inhabituelle.

— 'On boite' en attendant de réparer tout ça..., dit Émilie après avoir ri.

— C'est très mignon comme réponse, dis-je bêtement.

— Question pour Léa !

— Tous les soirs, ton voisin du dessus claque ses deux chaussures au sol. Ce soir-là, il claque la première, et puis plus rien : que fais-tu ?

Rires.

— Que veux-tu que je fasse ? ?

Rires. L'animateur à Léa :

— Vous montez ? Pour lui demander de claquer la deuxième ?

Rires du public, Léa demeure silencieuse, l'animateur compréhensif :

— Non : vous restez zen ! Très bien.

Bruno, question pour Nina !

— On te présente un garçon qui s'appelle Jean-Paul Ben Mabrouk : es-tu comme l'humoriste, ou comme les gens 'moyennement décontractés', qui disent que ses parents, au moins, ont fait un effort ? (J'espérais que les spécialistes de Guy Bedos reconnaîtraient l'emprunt, même si j'avais formulé la chose à ma manière.)

Rires. Nina, désorientée, paumée, incapable d'articuler une syllabe.

— Vous êtes dur avec Nina ! Allez : une autre question pour Nina !

— Nina, parles-tu régulièrement à ton miroir ?

— Non, pas très... non...

— Pas très ?

— Non, pas très…

— Tu n'es 'pas très' ?

— Non, pas très miroir.

L'animateur : — Pas très miroir ?

— Non.

En référence à Rantanplan, le chien idiot de Lucky Luke, je complétai et affinai ma question initiale :

— Tu ne lui dis jamais : « J'ai déjà vu ce cow-boy-là quelque part… » ?

Nouveaux rires et acclamations des amis de Kevin.

Là, je m'amuse. Mais c'est fini.

Fabien Légal : — Bruno, à présent, vous devez en choisir une, et une seule, entre Léa, Nina et Émilie ?

— Je peux entendre encore une fois Émilie qui dit bonjour ?

— Émilie, dites bonjour !

— Bonjour.

— Nickel. Super ! Alors, je choisis Émilie.

— Bravo, Émilie ! !

Applaudissements chaleureux du public pour saluer sa victoire. Fabien et moi nous levons aussitôt et nous positionnons devant la cloison. Je savais qu'Émilie s'était placée de l'autre côté. Les applaudissements cessèrent.

— Bruno, on ouvre ?

(À nouveau mal à l'aise) — On ouvre…

La cloison en bois coulisse, disparaît complètement. Je découvre une Émilie pas désagréable physiquement. Elle me découvre aussi, s'avance d'un pas, tend sa joue pour une bise, puis deux, sous les acclamations d'un public ravi, conquis, entièrement satisfait du spectacle offert.

Fabien précise ce que nous avons gagné :

— Émilie, Bruno, vous allez vous partager mille euros ! ! Et vous allez apprendre à mieux vous connaître lors de la soirée de rêve que nous avons prévue pour vous deux !

Moi : — Fallait pas…

— Alors, Bruno ? ? Heureux ?

— Ça va. Juste ce qu'il faut.

— Mais encore ? ?

— Il faut revenir à la source. Au départ était l'envie.

— Un *autre* commentaire ? Plus précis, plus accessible ?

— Ah ben… *Ça*, vous m'avez gâté ! ! *Ça*… Et les trois ! Grâce… en cinq lettres…, élégance, intelligence, *mais* simplicité : tout ce que j'aime. (Commentaire à vocation humanitaire sous influence ; sans compter qu'elles étaient toutes sur une expérience de volume capillaire.)

— Voilà un garçon qui a du goût ! Et puis *si surprenant*… Vous n'allez pas vous ennuyer avec ce charmant garçon, Émilie !

— Non, effectivement…

Fabien se tourne alors vers moi :

— Et vous faites quoi, dans la vie, Bruno ?

— J'assure le maintien de l'ordre.

— Police ? Gendarmerie, tête à képi ?

— Hélas, non, éducation nationale, hélas.

— Aaah ! ! ! Pion ? Surveillant ? ?

— Oh, même pas. C'est rien qu'une tête de prof, ça.

— Excellent ! ! ! Et quel âge ont vos élèves ?

Moi, définitivement mal à l'aise :

— Terminales : entre 16 et 21. L'âge de regarder votre émission. Et de la décortiquer. Sans relâche. Et sans clémence.

Fabien, heureux et pas lourd du tout :

— Un petit message pour vos élèves ?

Moi, agrégé à moitié car à moitié désagrégé :

— Non. Rien. Pas… Pas de petit message.

— Bruno, ces jeunes gens vous écoutent : ne les décevez pas, faites-leur plaisir ! !

— Non. Ça ira… Je crois que là… ça ira.

— Allez, Bruno ! ! ! Juste un mot ! Au fait, vous êtes agrégé ?

— Je l'étais. En tout cas, je l'étais.

Et… Merci à Gui…Non, rien !

— Mais si ! ! Merci à Guy… qui se reconnaîtra !

Y a des raisons tout de même, là, Raoul ? ?

* * *

Nathalie

Je ris beaucoup quand l'émission fut diffusée. MC, Alain, les collègues devant leur poste puis devant le replay, rirent aussi (douze avaient manifesté leur enthousiasme, au dernier recensement), et même monsieur le Proviseur, qui avait vu l'émission 'par le plus grand des hasards'… Il concédait avoir trouvé Bruno amusant, mais Kevin consternant.

Même Annabelle, qui avait terminé son remplacement à Michel Drucker depuis quelques jours, adressa un texto à Bruno, lui faisant savoir qu'elle l'avait trouvé excellent, décalé, 'fun' !

Les élèves lui firent un triomphe digne de Rome.

Et il pourra continuer à regarder son jeu tranquillement pendant deux mois après mon concours. Puisque son pari avait été une réussite totale, bien au-delà des espérances initiales, je lui avais accordé un mois supplémentaire.

* * *

Coach Raoul

Eh bien voilà, de retour après 7 jours de sevrage de téléphone, de musique, d'ordinateur et donc... de réseaux sociaux. Sept jours à essayer de parler à bon escient même si ce ne fut ni facile, ni toujours le cas. Sept jours de silence hors des têtes pour essayer de le retrouver à l'intérieur. Sept jours de créativité retrouvée et de respirations. Bref, sept jours d'une belle aventure sans quitter la vraie vie. Alors, le bilan ? Les débuts n'ont pas été sans difficultés et, pour ma part, un fort flux de pensées s'est libéré les premiers jours. Et puis le « courant » a fini par se calmer me permettant de trouver, dans cette paix restaurée, un rythme, une « marche de la vie » plus souple et moins chargée. Comme si je m'étais délesté de quelques bagages encombrants qui ne méritaient pas qu'on les conserve. L'expérience est sans doute trop courte pour que l'on puisse parler de bouleversement mais je crois revenir tout de même du cœur de la vie, telle qu'elle est, éloigné des anesthésiants... Je suis bien résolu, d'ailleurs, à laisser certaines de mes habitudes définitivement de côté. Un livre m'a accompagné lors de cette « retraite », il s'agit de *De l'autre côté du désespoir* d'André Comte-Sponville, ouvrage consacré à la pensée de Svami Prajnanpad. J'en partage ici un extrait qui résume assez bien ce que cette césure m'a offert : « La joie ? Le bonheur ? C'est quand "je n'espère rien d'autre que ce qui est", ce qui n'est plus espérer mais aimer. Le chemin est difficile, certes, qui passe par l'acceptation de la mort et de tout. Mais il n'en est pas d'autre, et d'ailleurs ce n'est pas un chemin : c'est le réel lui-même où nous sommes déjà. »

Effectivement, je crois avoir touché au réel et avoir su m'en contenter. Profondément. Intimement.

Je suis bien conscient de vos difficultés à mettre en place les dispositions de la « retraite »… Il ne s'agit pas de vivre cela comme de nouvelles contraintes dans nos vies, déjà très exigeantes, mais plutôt de se libérer d'entraves qui nous empêcheraient d'avancer sur le chemin de l'apaisement. Préférons donc l'adaptation à l'obligation, la libération à l'injonction. En sortant du champ de la réussite ou de l'échec, prenons simplement conscience de ce qui nous gène et que nous pourrions suspendre. Bref, chacun vivra cette retraite en fonction de son parcours de vie et de ses obligations. Si nos désirs et nos craintes conditionnent terriblement nos vies, comment dès lors envisager qu'il faille gagner ou perdre ? Donnons de la légèreté à ce moment et retrouvons-nous ? ?

J'ai eu des remarques de certaines personnes intéressées qui m'ont fait part de leurs difficultés à adapter ces dispositions à leur vie quotidienne. Déjà, il ne s'agit pas forcément de s'y conformer totalement. D'autre part, est-ce vraiment impossible de couper la radio, la télé, la musique, et même le portable que nous pourrions, dans tous les cas, fortement réduire ? Ne serait-ce pas formidable de se remettre à lire, à créer, à retourner aux expos ou au théâtre ?

Alain : Oui. Se retrouver. Accepter de ne pas être distrait, accepter sa propre compagnie, ses pensées propres.

Ôter les mains de ses poches. Là, tu dois rire. Les autres Facebookiens, Facebookiennes, ne pas comprendre pourquoi tu dois rire.

Au sens propre comme au figuré, les poches.

Te dire merci, aussi. Pour l'exemple que tu donnes, cet humour que tu dispenses et qui nous panse, cette conception de la vie que tu partages ici ou dans ton livre qui prône un retour de l'éthique dans le monde de la musculation et du fitness, que j'ai lu avant tout comme un livre de développement personnel via la pratique sportive bien apprivoisée et, au-delà, un livre qui confère à chacun une portée politique *par* l'exemple qu'il va donner en étant bien dans son corps (découvert, redécouvert, maîtrisé) et plus en paix avec soi-même (tensions intérieures résolues ou apaisées), *et par* les lois qu'il ne va plus laisser passer, les actions groupées qui vont éclore et influer sur la politique.

Il faut parfois être optimiste pour croire en l'être humain.

À défaut d'être 'croyants', Raoul, soyons pratiquants !

Mais pourquoi suis-je… ? … Non.

Non, Alain n'y est pour rien. Progrès en cours.

35.

De l'émotion créée vient la beauté.

Oui, je *marche* aux émotions, j'ai fini par découvrir l'incroyable beauté d'une femme qui avait retouché sa photo sur '1+1=1.com' et dont je me disais qu'elle ne présentait aucun attrait physique potentiel lors de nos deux premiers rendez-vous. Au troisième, elle m'a semblé gentille, je dirais plutôt adorable, en plus de son immense intelligence, son goût pour les mots, l'humour, les taquineries, repérés par écrit dès le début, et là… Son sourire m'a ému, il y a onze ans.

C'étaient sa prose ludique, de pongiste, brillamment provocatrice et drôle, des traces de poésie aussi, qui m'avaient poussé à accepter une suite vite (café rapide, cafés pas rapides, déjeuner, en sept jours), *le charme live* n'opérant pas, *lui*, et ce fut… ma seule belle histoire. Avec 'une beauté' devant moi à chaque sourire esquissé, chaque seconde d'intimidation sous mon regard qui la plaçait sur un piédestal, du moins le vivait-elle ainsi tant elle n'était habituée à rien de tel.

Quarante-cinq ans sans être 'unique'.

Bien au contraire à l'âge où tout démarre avec les parents, ou soudain s'accélère en milieu scolaire. Et là… être source d'émerveillement, en milieu si peu précaire. Il faut bien dire qu'elle restait toujours belle-à-se-pincer par le flot d'émotions qu'elle m'inspirait.

Elle savait ce que je ressentais pour l'avoir vécu quinze ans plus tôt, alors pour elle, s'habituer sembla doux à encaisser. Épris. Et pris.

Elle m'a vite avoué qu'elle avait un amant bimensuel avant de me rencontrer, j'ai été seul à voter pour son maintien (elle a voté blanc sur le moment ; lui n'aura appris mon existence que trois mois plus tard, jour de surprise et de leur dernière fois) ; à 60 ans (55 sur le site), il avait beaucoup plus d'années et de confiance en lui que moi en moi ; cette assurance « d'un homme vraiment homme » (mots d'elle) dont elle avait besoin et, je l'ai su un peu plus tard, cette manière de la négliger, la laisser en quasi-permanence dans l'attente de quelques mots qui changent une journée, une semaine, une vie ? ?, elle était ferrée, accro d'un pur pervers narcissique avec qui elle rejouait en profondeur la relation avec son père, espérant en changer le contenu, 'l'intermittence' de sa considération 'rari-rarissime', l'issue. À première vue. Mais non : il fallait des répétitions sans faille, sans surprise à l'atterrissage, preuves que son père avait raison, tout venait de ce qu'elle ne méritait pas un autre regard, autre jugement, il fallait toujours de nouvelles munitions pour se convaincre que « T'es rien qu'une grosse vache ! ! » hurlé à ses 17 ans, ultime touche du chef-d'œuvre relationnel avant le départ vers une autre famille, ne faisait pas de lui un monstre : elle pouvait continuer à l'aimer. À 27 ans, elle avait cherché à faire connaissance pour savoir un peu qui elle aimait : deux heures de vertige autour d'un café, ignorant sans doute un serveur désespéré, sinon deux, elle n'entendait que lui et « sa finesse intellectuelle ». Il avait dit *ça* pour son bien, pour qu'elle mange moins.

Vas-y, débrouille-toi avec cette douceur-là.

Elle était presque mince, elle ne le sera plus jamais.

J'ai tout tenté pour la convaincre de reprendre un amant, elle avait besoin de se frotter à une virilité plus exercée que la mienne, même si mes capacités en préliminaires avaient connu une progression à 3 ou 4 chiffres par amour (à tout hasard, je rappelle que l'on est sur du pourcentage) et m'avaient valu des *sourires entendus,* étonnamment complices, de la part des voisines, *toutes* tenues informées en sursaut qu'il y avait du nouveau pour *elle* entre 2 h 27 et six secondes et 2 h 30 sept secondes ; après la gaffe, on a fait gaffe, mais y a eu du 23 h 05, 23 h 10, une fois. Elle finissait toujours par me crier d'arrêter, l'intensité n'étant alors plus tenable, douloureuse.

Refus répétés pour dénicher un amant. Le précédent ? ! ! Il était là avant, avait une compagne à qui il mentait depuis le premier jour, dix ans de double-vie (mais très très rarement triple, vraiment) avec une psy-quelque-chose dont l'absence de déformation professionnelle laissait sans voix ou qui s'en accommodait, souffrance sans mot dire.

J'ai décrété une pause d'un an, minimum.

Mais en quelle année, au juste ?

Juillet, sûr. Par a…, sûr. Des regrets ?

Le contact a toujours été maintenu, la différence d'âge aussi, me rappelait-elle par sms, cette année, le jour de son anniversaire :

12 h 03 J'ai 55 ans… J'ai changé en dix ans.

12 h 03 Je te l'ai toujours dit…

12 h 04 La beauté ne…

12 h 05 La beauté ne s'acquiert pas en vingt ans.

12 h 06 Disons qu'il y a une marge…

12 h 06 nécessaire. Mais ce sont des généralités.

12 h 06 Pas tant que ça.

12 h 07 Tout de même. J'ai dit « vingt ans » parce que tu me demandais de comparer des photos de toi à cet âge et toi pendant notre relation, et 'la formule' est restée, entre nous, belle Bécassine !

12 h 09 Bécassine, c'est ma cousine.

12 h 09 Oui ! ! On ne choisit pas sa famille.

12 h 10 Elle est sympa !

12 h 10 En vrai, c'est une tordue. Une grosse tordue. Dans les BD, elle cache bien son jeu.

12 h 11 Ça me fait plaisir que tu y penses tous les ans. Vous êtes cinq dans ce cas, tu es dans Le Club des Cinq !

12 h 12 Ah, ne m'en parle pas ! ! Imbuvables, en vrai ! Les cinq.

* * *

GFE pour Girlfriend Experience, comme sa copine, *21 h 58 (sms)*

Bonsoir Josie, vue sur escorts69.fr,

Je vous prie de bien vouloir m'excuser pour ce message tardif, mais j'aimerais vraiment en savoir plus sur vous, qui semblez privilégier des relations régulières. Juste une phrase ou deux sur cet aspect-là m'intéresseraient, parce que ça me plairait aussi une forme d'attachement en toute lucidité.

Dans le cadre d'une relation GFE... (j'ignorais jusqu'à leur existence), ce serait l'idéal.

Pourriez-vous aussi m'indiquer vos conditions si vous estimez que nous pourrions nous rencontrer.

Par avance, merci, Josie,

Jacky

21 h 59 Bonsoir Jacky Oui Oui je suis disponible et toi tu es dans quelle région ? Tarifs 1h 75 € 2h 150 € 3h 200 € En coupons transcash. Je fais sodomie, anale,avaler, gorge profond,69 etc… Tu es de quelle région ?

On est loin de la tonalité de son annonce. J'en reste là ? Je suis curieux de la suite, même si je flaire l'arnaque 'transcash' *sans hésitation.*

22 h 20 Je suis en proche banlieue parisienne.

22 h 21 OK ça marche Pour quand ? As tu déjà le coupon transcash parce que je n'accepte que ça. Pas de liquider

22 h 22 Que sont ces coupons ?

22 h 23 Ce sont des recharges électroniques qu'on recharges sur sa carte bancaire

22 h 24 Vas dans un bureau de tabac et demande a payer coupon transcash ils vont te vendre ça et tu me tiens informé

22 h 25 Merci. C'est étrange, mais merci. Et puis bonne fin de soirée, si possible.

22 h 26 Demande coupon transcash, hésite pas

22 h 26 Si, quand même.

Mais, si l'idée est de sauver 1 tympan (50 %), il me reste peu de temps pour calmer l'estomac d'un candidat de Koh-Lanta avec du poil autour et le répertoire d'I Muvrini, les tortionnaires corses qui font peser une menace plus lourde qu'un projet de chanson de Francis Lalanne pour soutenir l'équipe de France de football qui n'en demande pas tant. Tout ça pour dire qu'ici les priorités sont clairement définies : manger, et vite.

22 h 26 Ok, hésite pas *22 h 27* Évidemment.

Cette chatte n'envisage pas d'attendre plus longtemps.

22 h 27 C'est quoi cette chatte ? ? ?

22 h 29 Bingo ! C'est ça la bonne question, celle qui revient à intervalles réguliers depuis l'acquisition du jeune quadrupède à moustache. Notez bien, il me fait rire en full time job : son point fort, c'est l'étonnement, son regard halluciné, surtout si vous décalez sa pâtée eu égard à ses prévisions les plus optimistes, à la lisière du farfelu ou en approche de l'escroquerie intellectuelle.

22 h 29 Je attendre toi

22 h 30 Faut pas.

J'hésite encore. En plus, vous n'avez pas tout lu, je le sais.

22 h 30 J'avale

22 h 31 Oui mais il ne faudrait pas que ça devienne une habitude, Josie. Et puis, je le sais depuis 21 h 59, il me faut beaucoup plus que 31 minutes pour oublier cette info, peut-être une vie entière avec un brin de chance, un coup de pouce d'Alzheimer ?

22 h 32 A vite *22 h 32* À très vite.

22 h 33 Bisousss *22 h 33* Tout partout ?

22 h 33 Tu seras pas décu.

22 h 34 Il est impossible que je sois déçu, Josie.

Et ce pour deux raisons.

La première commence par « Si nous nous rencontrons ».

La seconde débute par « Mais, Josie » et ne se termine pas par « qu'est-ce qui nous arrive ? ? »

22 h 35 Ok, hésite pas

23 h 30 Ok, hésite pas

23 h 30 Promis. Pour de vrai.

23 h 30 C'est ca Bisousss

23 h 30 C'est ça. Mes hommages du soir, Josie.

36.

Bruno

21 h 30 Déjà en pyjama bleu nuit, liseré crème, je corrige des copies sur la table de la cuisine. Mon téléphone portable sonne, je pose mon stylo bille rouge, saisis l'appareil, c'est Alain :

— Bonsoir Bruno ! Je ne te dérange pas ?

— Bonsoir Alain. Jamais.

— Super. Tu es assis, là ?

— Puisque ça semble t'intéresser… Oui.

— Bien. 'Notre petite entreprise' Brazilian Petroleum a découvert un vaste champ pétrolifère : un potentiel qui en fera le plus gros gisement du Brésil, qui en fait la découverte la plus excitante depuis douze ans à l'échelle de la planète, et la valeur de l'action a déjà été multipliée par… environ… multipliée par cinq.

— Tu plaisantes ? ? ? ! !

— Non. Même pas.

— Génial ! ! ! ! Non mais génial ! ! ! Trop génial !

— Oui.

— Ah, mon salaud ! ! ! Salopard ! ! Petite ordure !

— Oui.

— Alors, tu as vendu ?

— Oui.

— Et ça te fait combien ? Dans les 400 000 € ?

— Oui. Mais…

— Fantastique.

— Mais y avait des frais, quand même.

— Tu aurais pu tout perdre, mais tu as eu raison d'y croire.

— La première à y croire, c'était ma grand-mère : elle croyait en leur politique de prospection maximale, elle pensait que tous ces millions de dollars investis chaque année déboucheraient sur des jours heureux, donc ce gisement faramineux, elle l'attendait depuis quatre ans… Elle l'a raté de peu, c'est triste.

— Yvette…

— Connais-tu la façon très personnelle dont Alphonse Allais envisageait le remboursement de ses dettes ?

— Un rapport avec toi ?

— Non, et tu vas comprendre pourquoi. Allais disait : « J'ai reçu la lettre d'un créancier, lettre où il me réclamait l'argent que je lui dois en des termes peu choisis, peu civilisés. Je lui téléphonai aussitôt et lui expliquai volontiers le traitement que j'accorde à mes factures *et* le sort que j'allais réserver à celle qui le concerne : « Chaque fin de mois, je note le nom de chacun de mes créanciers sur un petit papier, tous les petits papiers sont placés dans un chapeau, et je procède au tirage au sort, sélectionnant de la sorte la facture qui sera payée, pour le mois considéré. Et, au regard de votre lettre de rappel pour le moins indélicate, qui m'a fortement déplu, cher monsieur, je vous informe que vous ne ferez pas partie de mon prochain tirage. »

— J'adore. Un rapport avec toi ?

— Tu es seul dans mon chapeau, Bruno.

— J'avais compris mais je voulais entendre cette phrase, une douceur pour mes oreilles. D'apprendre que ta mère n'est pas dans ton chapeau.

— Je ne lui dois rien. Et tout, à la fois.

— N'exagérons rien, ça n'est pas un cadeau, ta mère.

— Il y a tellement pire que je l'adore.

— Je peux en parler à Nathalie ?
— Du vaste champ pétrolifère ?
— Oui, pas de ton adoration soudaine pour Maman.
— Elle est là ?
— Elle est au cinéma.
— Sans toi ?
— Oh ça avait tout l'air d'une 'sombre merde *Télérama*' !
— Elle est avec Marie-Catherine ?
— Oui.
— Tu l'as vue ?
— Elle est passée dîner à la maison, avant.
— Et elle était… ? Non, rien. Oui, tu peux lui dire.
Mais juste Nathalie.

Rémi renifle le derrière de Minette, c'est toujours intéressant. En revanche, rarement apprécié. Par celle qui n'a rien demandé. À ce jour, rien demandé. Pas même mon petit signe de la main, ma tête penchée. Sans compter le sourire de Mr Bean, elle qui déteste Rowan Atkinson plus que tout *et* la Tour de Pise en 2.

* * *

Trois jours plus tard, 20 h 30

Au moment exact où je fis mon apparition, Alain s'adonnait au développé-couché sur un banc allemand parfaitement horizontal. A y est, il a fini.

— Le roi de la finance va-t-il bien ?
— Très bien ! Et le roi de la télé ?
— Très drôle, Votre Altesse. Mais encore merci pour les 7500 € …

Aujourd'hui, j'avais reçu un virement où mes mille cinq cents euros prêtés avaient connu la même culbute que les actions d'Alain, du 'fois cinq magique', plus fort que Garcimore, meilleur que Potter (dans un bon jour).

— J'ai hésité pour les 7500.

— À me donner plus ou moins ? ?

— Plus, si tu veux savoir…

— Non, finalement, je préfère ne pas savoir.

Combien ? ?

— Tu m'as évité des frais : 750 de plus.

— Tu peux toujours changer d'avis, tu sais ?

— Pour les 7500, il m'a déjà fallu trente minutes pour te convaincre d'accepter.

— Oui mais j'ai beaucoup changé cette semaine.

— C'est bien. De toute façon, il y avait tout à refaire.

— Personne… Enfin, nul n'est parfait, selon la dernière rumeur en vogue, je crois.

— Certes, mais tu le prouves un peu trop.

— D'un mot ou deux, à tout hasard, tu peux préciser ?

— Avec joie : tu le prouves quinze fois trop, tu t'acharnes, tu t'obstines. Soit dit en passant, vite fait.

— Merci. Pour ta joie si communicative. Et puis merci d'avoir été mon ami malgré tout. Pour repasser sérieux un dixième de seconde grand max, j'avoue que du 'fois 5' en un mois, c'est une expérience. Du + 400 % comparé au 0,75 % du Livret A…

— Sur un an. Ton Livret A.

— En plus.

— Mais c'est sécurisé, ton Livret A.

— Ah ça ! Drôlement ! Tu es sûr de ne rien perdre *et* de ne rien gagner.

— Figure-toi… Les encombrants sont venus pour moi.

— Ça devait bien arriver un jour. Tu es un peu trop grand. Putain ! ! Il l'a fait ! ! ! Le vide dans l'appartement ! ! ! Il a compris que sa place n'était pas au centre d'une poubelle ! !

— Ça m'a pris d'un coup, après la bonne nouvelle. Je plaisante pour les encombrants, mais j'en ai rempli de la poubelle de quartier au bec jaune… À part les livres et le papier peint, dur de trouver des traces de papier à présent.

— Ça me fait plaisir à un point… Merci.

— Oh ! ! Tu me dis merci ? ?

— Bien sûr.

Et bravo. Juste je suis déçu pour le papier peint. Au plafond surtout.

— Ah ça… La cuisine, les toilettes, vestiges des années 70… Mais chaque chose en son temps. L'appart' reflet de l'image que j'ai de moi, oui, mais je ne sais pas si j'ai compris quoi que ce soit sur cette estime de moi que je peux m'autoriser *ou si* seuls l'euphorie de passage et l'argent ont changé le paysage.

Raoul, tranquillement, pas à pas, s'approcha :

— On n'a pas les mains dans les poches ! dis-je.

— Je constate. C'est bien, ça. Des progrès.

Mais ça bosse toujours pas beaucoup. Pas assez.

— Oui, Raoul.

— Oui, Raoul. Mais en parlant de ceux qui bossent vraiment : toi, avec le programme que tu réserves aux nouveaux adhérents, tu les achèves en trois séances, mentionnai-je.

— Oui. Comme ça, après, on est tranquilles. Beaucoup plus tranquilles. Parfois presque trop.

— Plus rentables, aussi.

— Parfois presque trop… Bruno.

— Je plaisantais pour les trois séances.

— Bien sûr. En deux séances, c'est plié.

— C'est formidable.

— C'est le métier qui rentre, l'adhérent qui sort. Parfois sur une civière.

Des vêtements moins amples, et la musculature de Raoul ressortait bien ! Alors, parce que Raoul était en forme, on eut droit à l'une de ses meilleures prestations depuis un an : il imagina que René - un garçon largement octogénaire mais d'une grande souplesse articulaire, réussissant encore le grand écart -, actuellement à quatre pattes pour ses exercices d'assouplissements, il imagina donc que René était un chien perdu :

— Tu peux le caresser, vas-y, il ne mord pas, dit-il très sérieusement à Alain.

Il précisa : — On l'a trouvé dans la rue, près de la boulangerie.

Il caressa plusieurs fois les quelques cheveux blancs de René comme on caresse son chien, *lui* toujours à quatre pattes se laissait faire comme un bon gros toutou :

— Il aime ça, il adore la compagnie. Il est joueur aussi. Allez, viens voir Papa ! fit Raoul.

Puis, s'adressant à Jean-Jacques, un adhérent : — Non, Jean-Jacques, pas de mouvements brusques ! Tout de même, mieux vaut éviter. On sait jamais, va pas nous l'énerver !

Raoul me fait beaucoup rire. Denis aussi.

Ah si.

Si.

Il y a du Dinocheau en lui, mais je n'arrive pas à le prendre au sérieux. Il y a peut-être trop de Dinocheau en lui pour quelqu'un qui n'est pas le Dinocheau de mon adolescence. Alors, le bouchon semble poussé trop loin et ça sonne creux. Mais, quand même, il me fait du bien, me rassure, j'éprouve une émotion agréable en sa présence. Y a rien à faire, j'ai de l'affection pour cet ersatz de Dinocheau.

Il faut savoir que Denis est retraité de la fonction publique depuis deux ans, sans jamais avoir sollicité une retraite anticipée ou, a contrario, désiré un quelconque report, et je tenterais 66 bien tassés si je devais estimer son âge au cours d'un jeu radiophonique de la mi-journée. Il faut savoir également que Denis est plutôt beau gosse - Denis enlèverait « plutôt », moi perso j'enlèverais « gosse » -, et tu peux conclure avec 35 ou 36 mots : Denis se la joue, Denis se la pète, Denis affiche un petit air satisfait, Denis semble te faire un cadeau quand il te serre la main, un cadeau avec un ruban rose au pied du sapin. Y en a 36.

Mais Denis aime la gonzesse.

Et Raoul nous fit profiter encore un peu de sa bonne forme actuelle :

— Ah ! Denis va dire bonjour aux filles. Donc, là, il en a pour une petite demi-heure.

Avec Raoul, tu n'es jamais à l'abri.

Il alpagua Denis de retour quinze minutes après : — Dans ton cas, pour faire une rencontre, il reste un moment d'égarement… ou la menace.

Moi : — Ou contre rémunération.

Raoul : — Aussi.

Non, Denis ne m'a pas réellement insulté (ni menacé) (ni comparé à du vomi tiède) (jamais) : je ne lui ai donc pas réellement présenté d'excuses.

Je lui ai juste tendu la main et il a hésité.

Je montai à l'étage exécuter des tractions à la barre fixe, je rapprochai mes omoplates et me concentrai sur les grands dorsaux, ceux qui s'insèrent sous les aisselles, je me consacrai à l'élargissement du dos. Les muscles qui enserrent la colonne vertébrale sont recrutés aussi, dans une moindre mesure. Je levai les bras, empoignai la barre, m'élevai, et c'est tout là-haut que je commençai à réaliser que trois jeunes attardés mentaux fréquentaient l'établissement :

Jean-Louis, 23 ans : — Ouè, avec moi, les filles, elles sucent ma queue ! !

Note bien : si Jean-Louis acceptait de ne pas se reproduire, je considèrerais ça comme une bonne nouvelle. Dans tous les cas, la pratique sexuelle susmentionnée doit être privilégiée jusqu'au bout, quintessence d'une relation intime entre Jean-Louis et madame.

Jean-Luc, 31 ans : — Ouè ! ! Ouè, moi, les filles, je les baise toutes ! ! !

Jean-François, 25 ans : — Ouè ! ! Ouè ! Moi, ma petite femelle, c'est une putain de grosse chiennasse !

Je ne vous cache rien : c'est, à coup sûr, Jean-François, mâle de notre espèce (si), le meilleur d'entre nous. Pour l'instant, on n'a pas fait mieux.

Moi : — Messieurs ?

Eux : — Ouè ? ? ? ! !

— Nous organisons un casting pour *France 2*.

Jean-Luc : — *France 2* ? ? C'est pas un truc de pédés ? ! !

— Si. C'est exactement ça, jeune homme.

Jean-Luc, 31 ans : — « Jeune homme » ? ? ? ! !

— Oui, Jean-Luc : c'est vous la personne susnommée.

Jean-Luc, visiblement hétéro : — Suce Nomé ? ? ! ! C'est encore un truc de pédés ! ! ! ?

— Non, Jean-Luc. C'est juste un mot compliqué. Ne m'en veuillez pas trop. Comme vous le savez : personne n'est parfait. Bien sûr, ça n'empêche pas de faire des efforts, pour chaque jour progresser.

Jean-Luc : — Toi tu m'as rendu tout vénère[1] ! ! ! Il faut progresser vite ! !

(1. énervé en verlan) Jean-François : — Et le casting, c'est pour quoi ? ? !

— *L'Odyssée de l'espèce*, saison 2.

Jean-Louis : — Et c'est connu ? ? ? La saison 1 ? ?

— Très.

Jean-Louis : — Et c'est pour faire quoi ?

— Le chaînon manquant.

— Hein ? ? ? ?

— *Non*, une autre fois pour les détails, Jean-Louis. Parce que : place au sport, maintenant !

Jean-Louis : — Gros pédé ! ! !

Moi : — Merci. C'est toujours bon à savoir.

Jean-Luc : — Ce gros pédé se laisse insulter comme une grosse merde ! !

— Jean-Luc, fais gaffe, ça n'est pas une insulte, mais peut-être une supposition fragile.

Jean-François : — Tu sais qu'on va bien t'éclater ta tête, toi ? ! ! !

— Ah non, je ne crois pas. À cette pratique.

Jean-François : — Pourquoi ? ? ! !

— C'est interdit par le règlement, jeunes gens. C'est tabou.

— Putain… ! ! ! Le gros bâtard de merde ! !

— Je te promets, Jean-François : il est interdit de déranger les autres adhérents, et ça me dérangerait beaucoup. Même éclatée par toi, Jean-François. Idem pour vous deux, Jean-Luc et Jean-Louis.

— On va t'envoyer tout en haut du mur ! ! ! promet Jean-Louis.

— 'L'Odyssée de l'espace' ? Je te rappelle qu'il y a des caméras. Tu vois ici, là, et juste là ?

— C'est pour le casting ? ? dit Jean-François.

— De pédés ? ? affine Jean-Luc.

— Oui, nous en recherchons. Par tous les moyens. Soit, je me suis trompé sur tout, mais c'était vraiment bon de partager ce moment avec vous, sachez-le. Bon, vous avez le droit de mégoter sur « partager », parce qu'avec autant d'incompréhensions de chaque côté, nous l'avons vécu différemment. Sur ce... messieurs... Ah non ! ! Baisse le bras ! Et puis tout de suite, Jean-Luc ! Voilà. Ben toi ne t'y mets pas... Jean-François.

* * *

Nathalie est partie vendredi soir chez Aglaë. Déjà quarante et une heures sans elle. Et un vide que je ressens, qui me surprend. D'habitude, c'est...moins vif. Hier nuit, j'ai cédé, j'ai écrit : sms « Si tu essaies de dormir bientôt, bonne nuit. Si tu essaies après, aussi. » « Agrégation... ! Grrr ! ! » « Je t'embrasse, ma Nath. » « Je t'embrasse fort, dors bien, mon Bruno. »

8 h 30 - midi : Alain est venu à l'appart' pour le petit-déjeuner. Il a nettoyé la litière de Minette, il trouvait qu'il était temps et il ne me sentait pas très motivé. Il a aussi renouvelé la sciure de Rémi, qui le regardait tout étonné. C'est mon domaine réservé

quand Nath est là, alors Alain, quelle étrangeté ! Minette aussi l'avait surveillé de près.

Il va mieux, à ce qu'il me dit, sans que ce soit bien glorieux.

— Ne t'inquiète pas. Je suis très bien chez moi, tout seul avec Basilou.

— Tu te rends compte que ça n'est pas plus rassurant ? ?

En plus, il s'appelle Basilou… Pauvre France !

— Et puis j'ai ma page Facebook que je peux faire vivre. Ils écrivent : 'Dernière notification' 'Il y a 49 ans, environ'

— Tu vois, même Facebook se fait du souci. Pour toi.

15 h 00 Nathalie m'écrit qu'elle prendra le train de 19 heures, arrivera à Paris-Gare-du-Nord à 19 h 41.

Sur le quai, elle est là devant moi, surprise.

— Tu es venu ? ? ? — Oui.

— C'est gentil ! ! — Non.

Son bagage change de main, elle dit Merci, on échange deux bises.

— C'est rare.

Que tu viennes.

— C'est la deuxième fois.

— Troisième fois.

— Non. La fois où tu avais une entorse de la cheville gauche, ça ne compte pas, je n'avais pas le choix.

— Si, ça compte. J'étais guérie à 99 %.

— Que tu dis… !

— À l'époque tu ne m'avais pas cru, c'est vrai. Tu pensais que je minimisais ma blessure pour éviter de te déranger.

— Tu ne me déranges jamais.

— Jamais ?

— Il est arrivé que tu m'agaces.

— Dit ainsi, ça paraît exceptionnel !

— Il est régulièrement arrivé que tu m'agaces.

— Ah ! ! Tu me rassures.

Comment vont les chenapans ? Je leur ai manqué ?

— Tu nous as manqué.

Elle détourne le regard trois secondes, dit : — C'est vrai ?

— Minette a veillé sur ta chambre, dormi sur ton oreiller, et Rémi lui rendait de petites visites. Comment va le chat d'Aglaë ? Toujours plus gros ? Bientôt les 8 kilos ?

— Par précaution, je vais dire « je crois », mais je crois que Ronron a brusquement changé d'espèce, là.

— C'est vrai qu'il s'appelle Ronron, merde, on avait bien besoin de ça. Et Aglaë, sinon ?

— Je l'ai dénoncée à la S.P.A. et au Magazine de la Santé : elle croupit dans une geôle.

— Ça, c'est fait. Tu as juste oublié SOS Noms Potables - Prénoms Portables. Et toi, sinon ?

— Aglaë respirait la joie de vivre au parloir, donc je suis ravie. Et, sinon, toi ?

— Tu es ravissante.

— Non : ravie. Écoute un peu quand je parle !

— C'est un concept étrange, mais j'aime assez l'idée.

— Merci. — Je t'en prie.

— Par ici ! L'entrée du métro est là. — Oui.

— Avec l'agrégation, j'ai délaissé le ménage avant de partir et comme j'ai supposé que tu n'aurais pas beaucoup avancé sans ma présence pour te stimuler, j'ai demandé à Amy de venir demain matin à 9 heures. Je serai déjà en cours, tu lui ouvriras.

— Mais je ne veux pas voir Amy ! !

— Je te rassure : elle ne vient pas pour te voir.

— Je sais, elle vient pour te faire plaisir.

— Deux heures deux fois par mois, en ce moment j'en ai besoin, même si tu en fais plus que moi à présent ! Ou moi moins que toi maintenant ? ?

— Je lui ouvrirai. — C'est bien.

— Et je paierai la moitié, si tu insistes.

— Tu l'ignores mais je te demande toujours un peu plus. J'ai vite senti que tu te faisais du cinq pour cent sur les courses, points de fidélité inclus, *et* tu salis plus vite.

— Et toi tu sais qu'Amy passe l'aspirateur ? ?

— Bien sûr. C'est prévu. Et puis ça se voit.

— Mais je sais passer l'aspirateur ! !

— C'est bon à savoir. — Mais ça se sait !

— Tu ne le fais jamais si je ne te le demande pas.

— Elle aussi ! ! *Han* !… Et, là, tu oublies mes initiatives personnelles.

— Elles sont si rares, ça ne s'oublie pas. Je connais les dates. Et horaires.

— Ça reste un phénomène récent…

— C'est vrai. Tes deux mots sont parfaits. Mais penses-tu aux plinthes ?

— Oui, j'y pense beaucoup.

— Mais fais-tu les plinthes ?

— Le bureau des plaintes H24 7 j/7.

— C'est le H24 qui m'étonne : à 3 heures du matin, je ne t'accuse de rien.

— Si : même quand tu ronfles, je sens une dose de reproches.

— Bien sûr. Parce que mes ronflements viennent perturber ton sommeil ?

— Les voisins se plaignent, y a eu des pétitions hargneuses et j'ai fait front, seul, sans jamais t'en informer. Par ailleurs, il est vrai que je dors très peu, entre deux pavés.

— Et que sont ces pavés ? Des orgies de saumon ?

— Mes lectures. Mes p'tites lectures. Arrachées à la Pléiade.

— Et cette quête incessante de frontières à repousser ne t'incite pas à vivre une grande et belle nouvelle expérience, 'la poussière des plinthes' ?

— Ça dépend. — De quoi ? — De mon temps disponible.

— Tu es agrégé dans une matière calme en préparation et corrections !

— Toi aussi, tu les auras, tes trois heures de cours en moins, ma Nathalie. — Je l'espère.

— Et tes trois heures de ménage en plus.

— Je te déteste ! ! dit-elle en martelant ses petits poings sur mon ventre alors que le métro s'avançait.

On monte, je lui baisse un strapontin, elle dit Merci.

— Et avec 15 heures de cours, tu auras moins de travail à la maison.

— Je sais. Un rapport avec Amy ?

— Ah non. Trop grande. Pas mon genre.

— Mais qu'il est bête ! ! ! (et elle actionne à nouveau ses jolis poings)

— C'est gênant. — Je te fais mal ? ?

— Ça va… mais les gens nous regardent.

— Ah oui… tous. Je te frapperai plus tard. À la maison.

— Les gens nous écoutent, aussi.

— Pour le voyage, je me suis offert un vibromasseur de poche.

— C'est quand même fou, tu es bien la seule dans ce wagon à ne pas m'écouter du tout.

— Je vais parler encore plus bas, c'est promis. S'ils décidaient de nous sous-titrer, probablement en plusieurs langues, via leurs spécialistes en lecture labiale, préviens-moi discrètement, mon Bruno. On fait comme ça ? *Disons plutôt* : procède-t-on ainsi ? Attends ! Est-ce moi qui suis bizarre ou le métro qui recule ?

— Non, il avance au ralenti depuis le début et maintenant on se fait doubler. — C'est normal ? — Ça arrive, ma Nathalie.

Même aux meilleures, je lui dis avec un 'e' destiné aux seuls bénéficiaires des sous-titres. … Mais l'air de Compiègne est-il si redoutable pour justifier cet achat précipité, cette prise massive d'amphétamines périmées et cette discussion en urgence dans le métro ? ? ?

— Loin de mon lit, loin de ma ville, loin des Balkany, j'en suis réduite à espérer séduire le sommeil via la détente profonde qui m'inonde en quelques secondes. Grâce à qui ? Grâce à *Vib'* ! Et vois le bon côté des choses : je ne t'enverrai plus en mission 'Achat de concombre' quand nous partirons en vacances.

— Oh, ça m'amusait de le choisir après avoir relu tes douze critères essentiels, plus les finesses psychologiques permettant de départager des spécimens ex-aequo, et j'en prenais toujours deux par précaution, un trapu et un semi-trapu.

— On est partis une fois ensemble depuis un an, depuis ce degré d'intimité poussé à son point culminant, donc, avant cet été, tu ne savais pas pourquoi je réclamais ce concombre.

— Sauf que l'on ne mangeait jamais le semi-trapu.

— Ben non. Sauf la dernière fois.

— Ce qui nous a valu, en fin de séjour, cette fameuse salade tomates-concombre-cyprine.

Ça y est ! Je vois le bon côté des choses.

— Tu oublies l'échalote.

— Je ne l'oublie pas, je minimise son importance dans cette recette maison qui exige beaucoup de doigté.

— Jamais ! Jamais je n'avais épluché aussi large.

— Te casse pas… Vous aviez trop de souvenirs en commun, j'avais dû bien le choisir.

— Ah ça… … Comment dire…? ?

— Ne pas dire est un choix fort, aussi. Surtout dans un wagon.

— C'est pourtant vrai, où en est-on ? Ce métro se fait toujours doubler par des collègues et par des piétons unijambistes ? Ou les gens renoncent à descendre du wagon pour nous écouter ?

— Les deux. Les deux et demi.

— À la prochaine station, on va devoir se lever.

— Jamais ! ! ! Pour qu'ils nous matent encore plus tranquillou, jamais ! !

— Et cette salade, elle t'avait donné des idées ?

— Compiègne, terre de substances, c'est fait, les récents jumelages colombiens avec Bogota et Medellin laissaient craindre le pire et tu as plongé la tête la première. Eh bien, oui, la salade m'avait donné des idées. Des idées de meurtre, bien sûr. Mais c'est hyper bien pensé leur truc, les peines encourues sont très dissuasives ; en plus, il n'y a pas de jurisprudence connue avec un concombre imbibé qui a eu le temps de macérer dans la moiteur d'un réfrigérateur hors d'âge, et à manivelle, sans pitié aucune pour les cucurbitacées ou autres légumes fragiles.

— C'était alcoolisé, un léger côté armagnac mal conservé ?

— J'ai perdu 6 points sur mon permis et 50 % de mon foie.

Et pourtant, je ne me suis pas resservi. De ton cognac frelaté.

Par bonheur, monte une femme, 39 ans bien tassés, 40 dans quinze jours si tout va bien, pas sexy du tout du tout, mais avec un tee-shirt sobrement floqué « I am too sexy ». C'était trop tentant. Alors, oui, je l'ai dit :

— Madame, bonjour, bonsoir ! J'hésitais, nous nous connaissons encore si peu, mais je tenais à vous rassurer immédiatement : vous n'êtes pas trop sexy, vous êtes juste comme il faut.

— Connard ! ! Branleur ! ! P'tite bite ! ! !

— Mince !... Que d'infos ! !... Encore une ex qui a trop parlé.

C'est fou ce que le monde est petit...

— Arrête, on va bientôt signer des autographes.

— Pourquoi tu souris bizarrement ?

— Y a deux élèves à toi qui nous sourient.

— Aaah... oui. Pourtant, je ne les vois pas souvent en cours, ces deux-là. La grosse surprise n'est pas qu'elles soient là, mais qu'elles se souviennent de mon visage. Elles doivent être follement physionomistes.

— C'est ça. On le dira à la conseillère d'orientation, elle va être ravie, reprendre espoir. Et les futures videuses vedettes du *New Morning*, tu vas les voir plus souvent maintenant. Elles étaient de dos au début. Là, elles sont au spectacle...

— Depuis « Connard » ? « Branleur » ? Depuis « P'tite bite » ? C'est vrai qu'elles sourient encore. Et sans gêne. Non, analysons froidement : elles se marrent. Et quand je pense que tout ça va être répété, déformé, amplifié...

— Amplifié, peut-être pas ? C'est difficile.

— Si, si. Elles vont très bien y arriver...

Je le sens, je le sais... Depuis leur insolation en hiver sans quitter Paris, avec 39 de fièvre mais zéro bronzage, pour justifier un lundi d'absence en commun, je me dis qu'elles sont capables de tout. Tout.

— Au moins, elles ne risqueront pas l'insolation au *New Morning*.

— Ça va intéresser la conseillère d'orientation, pour peu qu'elle soit capable d'additionner 2 et 2. Et le métro qui s'arrête encore sans la moindre trace d'explication, c'est très injuste, on s'apprêtait à en changer. À Strasbourg – Saint-Denis.

« NOUS VOUS DEMANDONS QUELQUES MINUTES DE PATIENCE, LE TEMPS DE PAYER NOTRE FACTURE D'ÉLECTRICITÉ, APRÈS L'ÉCHEC DÉFINITIF DES NÉGOCIATIONS. NOS ÉQUIPES DE CONTRÔLEURS ÉQUIPÉES DE LAMPES À MANIVELLE FONT ACTUELLEMENT LE NÉCESSAIRE EN PASSANT PARMI VOUS : VOS DONS MAQUILLÉS EN L'INCIVILITÉ DE VOTRE CHOIX ET VOS PETITES INFRACTIONS SONT PLUS QUE JAMAIS LES BIENVENUS POUR VOIR, ENSEMBLE, LE BOUT DU TUNNEL. SI TU ES SOCIABILISÉ, UNE DEMANDE DE RANÇON POURRA ÊTRE ENVISAGÉE. UNIS, RÉUNIS, NOUS IRONS PLUS LOIN ! À VITE ! »

— Ah ? Eh bien, toi qui exigeais une explication, tu l'as.

— Je crois que derrière l'humour tardif il nous cache la vérité. Le positif, c'est que nous ne sommes plus l'unique attraction.

— Bon, tu es content de me voir ? ? Au moins ?

— Tu m'as manqué. C'est vrai.

— Ah bon ?… — En si peu de temps.

— Toi aussi, tu… C'est normal. L'habitude.

— Tes yeux…

— Quoi, mes yeux ? dit-elle d'une voix émue, tournant la tête pour les soustraire à mon regard, à mon prodigieux sens de l'observation aiguisé par l'émotion qui frappait à ma porte, tambourinait fort fort fort.

— Rien. ... ... Tu as bien bossé à Compiègne ?

— Cinq heures, et une heure et demie dans le train, c'est convenable.

— Au parloir, tu as rencontré d'autres membres de ta famille ? Ce sont tous des narcotrafiquants depuis que Bogota est là ?

— Certains sont en liberté. Te souviens-tu de Joey ?

— Conditionnelle. Précise, quand même. Et je suis le plus grand spécialiste mondial dans cette rame de métro de Joey, semi-débile dans *Friends*.

— Non, un semi-ado semi-rebelle dans la vie réelle. Pour reprendre ton expression délicieusement imagée, il digère encore le gâteau d'anniversaire de ses 12 ans et...

— Tu as vérifié ?

— Oui, les analyses sont tombées, je tiens à rassurer ton ou tes neurones. Notre Joey : en voulant jouer les gros durs ou assimilés, ça va loin : il est tout 'vénère', se parle à lui-même, il s'encourage, se rebelle face à son miroir en terminant ses phrases par « frère ! ! ». Une merveille à ne rater sous aucun prétexte, le clou de la soirée.

— Quand je pense que l'on ose critiquer ma famille dans cette maison.

— Mais tu es le premier à le faire.

— Oui, mais j'aimerais être le dernier, aussi.

— Pour « ton ou tes neurone*s* », j'avais laissé traîner un *s* au cas où : goût pour l'exagération, accointances avec l'hypertrophie, si tu préfères, ou excès de prudence ?

— Je préfère, « accointances » et « hypertrophie » sont, de loin, mes deux mots favoris depuis une poignée de secondes. Et va pour le *s* à neurone*s*, tu es une idéaliste. Tes yeux…

— Une incorrigible optimiste, faisons ce pari flou, j'ai laissé traîner un 'l' au cas où.

— Rude ! Et je n'ai pas tout compris. L'humour est ton pari fou, ta grosse sanction aussi, mais tant que tu ne laisses pas traîner tes poings cruels et teigneux sur tous mes abdos en plein repos une-fois-de-plus-une-fois-de-trop, on restera bons copains et - probablement - colocataires. … Non. … Non. … N'y pense même pas. Tu es très douée pour la violence en public, en fin de compte, le type-même de la fausse timide.

— Tes deux élèves 'buissonnières' n'en perdent pas une miette, ça me motive.

— Jouer les grandes tordues ne te sera jamais reproché, mais rappelle-toi un détail : on bosse dans le même lycée ! ! !

— Oui ! Je sais !

— Folle et vicieuse ? ? J'adore ça.

— C'est juste que tu m'as man…trop man…menti.

— Hein ? ? ? Moi ? ? ! Mais sur quoi ? ?

— Écoute, tu es tout de même le mieux placé pour répondre.

— Les voyages forment la jeunesse, qu'ils disaient. Belle arnaque. Sauf si choper des allergies aux yeux est déclaré formateur. Collyre ? Coton ? Antihistaminique ? J'ai tout prévu à part un avocat-requin et des témoins fourbes corrompus jusqu'à la moelle.

— Je plaisantais. Tu ne m'as pas *trop* menti.

— Je plaisantais pour la pharmacie ambulante, j'ai juste un vieux Kleenex, en cherchant bien.

— Deux, c'est possible ?

— Insatiable, Tatiana. Tiens ! Et tiens !

— Merci. Et… presque merci. Tu sais tout de même qu'elle espérait autre chose que deux Kleenex, dont un ayant résisté à trois lavages dans la poche de ton pantalon, la copine de Belmondo. Enfin, « ayant résisté »… On sent qu'il a lutté.

— Tu devrais tout de même savoir que je ne fais jamais l'amour deux fois de suite dans un métro aux heures de pointe.

— Tu sais tout de même que tu peux parler plus bas ?

— Bien sûr, mais j'avais peur que tu ne m'entendes pas.

— C'est sûr, on y aurait tous beaucoup perdu.

« VOUS AVEZ ÉTÉ TRÈS GÉNÉREUX, OUI, VOUS, TOI QUI NE PARLES PAS UN MOT DE FRANÇAIS À PART "MERCI BEAUCOUP". NOUS ALLONS DONC REPARTIR. VIVE L'ALLEMAGNE, VIVE L'ASIE LIBRE, ET MERCI D'AVOIR CHOISI NOTRE COMPAGNIE. »

— Toi, en revanche, quand tu remercies, il vaut mieux tendre l'oreille et imaginer.

— Fais comme moi, souris deux secondes à tes disciples, on va descendre.

— Pas question, je reste un brin lucide, je sais très bien qu'elles ne vont plus nous lâcher jusqu'à Levallois-Perret, terre de contrastes.

— Tu bosses sur un dépliant touristique pour la Sardaigne ?

— Le Honduras. Je suis seul responsable de la préface.

— La ligne 3 nous offrira bientôt son large éventail de wagons, un seul sera piégé.

— Tu es tellement naïve. — Allez, viens, descends !

— Elles vont nous suivre, continuer à nous ausculter.

— Il faut les comprendre, elle te voient si rarement.

Mais pour l'instant, ne panique pas, elles sont devant.

— Tu crois qu'elles ont pris des photos ?

— Tu voudrais en parler à la conseillère d'orientation ?

— J'ai le droit ?

— On sera vite fixés : au pire, tu changeras de métier. La conseillère t'aiguillera, tu lui parleras de ta préface.

— Pas con. 'Préfaceur', ça ressemble à Professeur.

— Oui, et un mauvais 'préfaceur', c'est moins grave qu'un mauvais professeur.

— Tu es drôle, toi, va dire ça aux Honduriens !

— Fais gaffe, elles se retournent ! !

— Et elles se marrent. Elles n'en ont pas marre de se marrer ?

— Si j'ai bien compris, on écarte complètement l'hypothèse du burnout, donc…

— Oui. Ça va être difficile à croire au début, mais elles sont peut-être plus connes que prévu.

— Bienvenue au Club. — Quel club ? ?

— La sélection est rude. C'est toi qui leur diras, elles comprendront plus facilement.

— Ça ne t'use pas trop, tes airs supérieurs, tes allusions vaseuses ?

— Mardi, tu trouvais que Minette avait des airs supérieurs. Révise ton Petit Dinocheau illustré ou commence à envisager de faire ta vie avec Rémi et une Hondurienne.

37.

Marie-Catherine

— Tu voulais me parler ? ? Ça avait l'air important.

Bruno venait d'arriver à l'appartement. Vendredi 21 heures, j'avais pris une douche, nourri Coquine, lui avais ouvert.

— Oui. C'est à propos d'Alain.

— Alain ?…

— Il y a une ou deux choses que tu dois savoir, que tu aurais dû savoir depuis longtemps. Pierre-Olivier est médecin, comme toi, il est même un éminent gynécologue invité à prendre la parole dans les colloques au sommet, un auteur traduit en plusieurs langues, aussi, et Alain, lui, bosse au téléphone pour 1300 € par mois, *LOL*, Pierre-Olivier est propriétaire de deux appartements luxueux et bien situés, quand Alain loue un appart' riquiqui à Clichy. Pierre-Olivier a participé au fait que tu sois heureuse pendant huit ans et, selon Alain et ses maigres éléments, il t'aime encore. Il t'aime, et toi tu continues à vivre là, ici, chez lui ; chez vous ? Alors… Sans compter qu'il nous fait une vilaine fixette sur l'humour avec une tête de vainqueur qu'il croit avoir détecté en grande quantité, en volume indécent, chez l'auteur de *Mon vagin va bien, moi aussi* ou *Mon clito rit, mon vagin me dit merci* - bien sûr 'r i t' - et son tome 2 *Mon clito rit en juillet, mon vagin revient en août*. Enfin, tu connais ça mieux que… Alors… Alors…

— Mieux que quiconque. ALORS ? ? ?

— Il est *très* réceptif à cet ersatz d'humour bovin.

— Les titres sont de moi, je suis très touchée qu'ils te plaisent autant. ALORS ? ? ?

— Mais disons *probablement* bovin. J'ai rarement côtoyé la subtilité d'aussi près, c'est quelque chose ! Mais je crois que l'on n'est jamais vraiment préparé. Sauf Alain.

— ABRÈGE ! ! CONCLUS ! ! ! ACCOUCHE ! ! ! Nous nous ferons rire une autre fois ! ! ALORS ? ? ?

— Alors, Alain ne veut plus te voir. Pour ton bien. Pour que tu sois plus heureuse avec ton mari qu'avec lui. Pour te savoir… t'imaginer vraiment heureuse. Même avec un autre.

Je suis très émue. Je retiens mes larmes.

Ne les retiens plus.

Je reste plusieurs secondes sans pouvoir parler.

— Il a fait ça pour moi ? ?

— Oui, il veut faire ça pour toi.

— Pouh ! !… Je ne sais plus où j'habite…

— Il m'a demandé de ne pas t'en parler, mais… il a reçu une nouvelle exceptionnelle, vécu un événement qui devrait bien l'aider à envisager une relation avec toi.

— Quel événement ? ? ?

— Gain boursier, La culbute. Rien à voir avec Pierre-Olivier, mais…

— Il joue en Bourse ? ?

— Non, c'est fini. C'étaient les circonstances, un héritage, un 'one-shot'.

Silence.

Nos yeux ne se quittaient plus.

— Merci… … Bruno.

— Demain, je dois aller le voir à 15 heures. Mais peut-être vais-je avoir du retard, beaucoup de retard ? Si tu es dans le quartier… fais-le patienter.

Son regard était particulièrement doux.

Ce fut un moment magique d'amitié, complicité, proximité.

Quelques secondes passèrent, merveilleuses, intenses, importantes ; pour moi, pour nous.

Puis, je parlai la première :

— Et toi ?

Nathalie… tu l'aimes ?

— Nathalie ? ? Pourquoi tu… ? … Parce que c'est la bonne question ?

Il resta d'abord sans voix. Surpris. Touché.

Là, il comprenait peu à peu.

Alors, il murmura :

— Ah bon ?

— Oui.

— Je ne savais pas.

— Pourtant…

— Je suis le roi des idiots ?

— Le prince. Alain est le roi.

— Je fus souverain en ce domaine, fin de mon règne.

— Quelle merveille, d'entendre ces mots…

— On verra, Marie-Catherine.

— Nathalie est la princesse des bécasses, moi la reine ?

— Non. Ah si ! Alain est passé roi, donc oui.

Nous étions tout chamboulés, tourneboulés.

Je me lève, fais quelques pas, reviens avec un poème de Nathalie :

— Elle a écrit ça, à propos de toi.

Bruno hésite un peu. Il prend la feuille que je lui tends.

Sans un mot, il lit :

Je pense à toi
Et c'est le feu
L'eau sur mes joues, L'eau de mes yeux
Le calme un peu
Je n'ai de toi Que le ciel bleu
Le Soleil brille dans tes yeux cieux
Je veux mon corps touché, ma peau brûlée
Du parfum de toi dans ma tête à moi
Un parfum que je ne connais pas
Je veux la foudre qui s'abat
Je veux le vent, la pluie, la vie
Je veux Du toi en moi, Du moi en toi
C'est fou ce jeu à deux
Je pense à toi
À deux, c'est doux le feu ?
Je n'ai pour toi Que tous mes vœux
Que mes aveux

Il est ému. Il se penche et ses larmes s'écrasent sur le sol de la cuisine, il se redresse, elles mouillent ses joues, son cou, ses mains qui les chassent par instants.

— Tu restes pour manger ? Bruno ?

— Oui, d'accord.

— Juste après le lycée, elle a ressenti… Ça s'est amplifié. Avec la coloc'.

Nathalie, Alain… Nous étions songeurs.

Carottes crues pas râpées. Nous étions rongeurs.

— Et tu… tu la trouves belle ?

— Tellement belle que tu ne peux même pas fantasmer à son sujet.

— Ah oui ? ? Quand même… ! Alors tu repasses roi. Et moi princesse.

Il baissa les yeux.

— Tu étais amoureux d'elle au collège, au lycée ?

— Au collège, déjà.

Ce feu qui couve et se mêle à la douceur de son regard posé sur moi, il y a vingt-deux ans, m'a très vite brûlé.

— « Ce feu qui couve » ?

— Souvent, sa vie intérieure incandescente se lisait dans ses yeux, puis se dissimulait vite derrière son côté sage version totale panoplie.

— Ça ne m'étonne pas.

— Moi ça m'étonnait, m'attirait, me subjuguait. Mais à 14 ans, je n'étais pas un Dinocheau…

— Pas un 'Dinocho' ?

— Jérôme Dinocheau, un élève, l'incarnation de la confiance en soi en dehors de toute donnée objective. C'était un garçon comme un autre, mais qui se voyait exceptionnel et le devenait pour nous tous. Séduction des filles : dans cet exercice, sa confiance n'avait pas de limite connue.

— Et Nathalie ?

— Elle ment. Elle prétend n'avoir jamais été tentée.

— Non : Nathalie et toi ? ?

— J'ai accepté l'idée d'une camaraderie pour commencer, d'une amitié comme objectif, comme summum. Ça marchait mieux que je n'avais osé l'espérer, jusqu'au jour où…

— Où ? ?

— C'était le vendredi 1er décembre, classe de 3e, elle avait manqué l'école depuis deux jours pour cause de rhume carabiné, je me suis proposé pour lui apporter les photocopies des cours et les polycopiés distribués : sa tante Aglaë et elle habitaient une petite maison à dix minutes de chez moi : j'ai sonné à 19 heures pile : elle a ouvert, s'est avancée sur le perron en anorak, a descendu les trois marches et, au moment d'ouvrir le portail, la fraîcheur de l'air l'a saisie, elle a éternué fort : ses grosses lunettes rondes ont atterri sur le bout de son nez. Elles étaient bleu *narines*, dit-il touchant les siennes, un sourire deux secondes dans son regard. D'un doigt, l'index droit, elle les a replacées sur son si joli nez. Et ce fut comme de l'électricité, une décharge émotionnelle, de la tête aux pieds : j'étais sonné, cueilli, j'étais fini.

— Et après ? ?

— Après, rien. Enfin si ! La camaraderie a mué en amitié tout au long de cette première année.

— Tu n'avais rien d'un Dinocho. Elle n'avait rien de rien d'une Dinocha.

— C'était bien, quand même. — Mais la frustration ?

— Je vivais des émotions fortes avec elle. C'était douloureux mais mon romantisme secret me semblait noble, beau, j'y tenais beaucoup.

— Ça a continué longtemps ?

— Finalement, je crois que ça n'a jamais cessé, mais après l'été du Bac, le départ à Paris, chacun son Université, il m'a fallu trois années pour me sentir libéré… Libre.

— Et elle n'a jamais rien su ! Elle me l'aurait dit si elle l'avait senti, rien qu'un peu. Peut-être a-t-elle fermé les yeux ?

— Par ailleurs, il était de notoriété publique que j'étais beaucoup moins timide qu'elle, donc elle ne pouvait pas imaginer que je bloquais sur elle, mon amie, que je perdais mes moyens au moment de lui prendre la main.

— À Paris, vous partagiez quoi ?

— Un dîner, une fois par mois, après un cinéma.

— Il faudra tout lui dire.

— Tout… ? ?

— Elle en aura besoin. Elle n'est toujours pas une Dinocha.

— Elle en est loin. Et moi… ! Il y a quelque temps, Alain m'a demandé si j'allais bien… Je comprends sa question seulement aujourd'hui.

Mais pourquoi a-t-on si peur de ne pas être à la hauteur ? Que l'on s'appelle Alain, Nathalie, Marie-Catherine, Annabelle ou même Bruno, qui n'est pas un vrai de vrai Dinocho. Même Pierre-Olivier a peur, à certaines heures. Dès qu'il appelle mon répondeur.

— Alors, nous nous ferons rire une autre fois ?

— Mes titres ont commencé le travail, je suis très touchée qu'ils te plaisent autant. En plus, tu sais trouver les mots… qui font mouche, bzzz, bzzz, pan ! Humour vache, 2 € le kilo.

— On ne tue pas les animaux par ici, madame !

— C'est vrai, on préfère piétiner mes dernières illusions.

— Alain adore, c'est l'essentiel, même si c'est inquiétant.

— Pierre-Olivier a réussi à l'impressionner, c'est différent.

— Je connais ça. Se dire : Je joue en deuxième division.

— Dinocho ? Depuis vingt-deux ans ?

— Non. … Et oui.

— … … …

Du coup, nous nous ferons rire une autre fois ?

— C'est ça. Mais on s'en rapproche.

— Tu trouves ? ? !

— Tu souris, et moi aussi. … Du coup.

* * *

Samedi, 15 heures, Clichy, rue Pierre Bérégovoy.

Bruno m'a donné le code.

Au premier étage, Alain est chez lui, je l'entends, il écoute du Benjamin Biolay, coule de l'eau, tintent les assiettes, je suis sur le palier depuis quatre minutes, j'ai envie et j'ai peur.

Je sonne. L'eau ne coule plus, Biolay se tait. Mon cœur bat plus fort.

Il ouvre.

— Marie-Catherine ? ? ?

— … Bruno ne viendra pas.

— … … J'espère qu'il a une bonne raison.

— Je crois, oui. Je voulais te dire que… Pierre-Olivier n'aurait jamais fait ça pour moi. Renoncer.

— Il sait faire bien d'autres choses. Et Bruno parle trop.

— Tu ne me dis rien, ça fait une moyenne.

— Tous mes voisins sont sortis *et* le palier est le seul endroit bien rangé, c'est pour ça que je ne te fais pas entrer.

Son palier regroupait quatre appartements. Le sien était le second à droite de l'ascenseur.

— Si je tenais tant que ça à voir un appartement rangé, je contacterais un agent immobilier, Alain, mais je suis là pour toi. Ça ne me dérange pas !

— Facile de dire ça avant. Et ici c'est beaucoup plus grand que chez moi.

Nos premiers sourires qui se répondent.

— Alors, il nous faut une table et deux chaises, sur ce palier.

— Je ne m'attendais pas à ça, Marie-Catherine.

Je l'embrasse, il me laisse faire.

Je l'embrasse encore, et il m'embrasse aussi.

Je l'embrasse et balaie toutes les frustrations accumulées, je suis dans ce désir incandescent alors qu'il s'assouvit.

Alain est doux de lèvres.

Doux de mains aussi, j'y avais glissé les miennes.

— Do you want to have sex with me, Alain ?

— Why not, Marie-Catherine ?

— Here ? On the palier ?

— … No : I did efforts recently et tant pis for the capharnaüm staying alive.

— But you speak very well English ! You are sorti with Annabelle, toi aussi ? ? Ou with Jean-Claude Van Damme ?

— J'ai tenté ma chance with les deux, with both, but no. Je baragouine l'anglais only to have sex, mais ça ne suffit pas toujours. Entre, Marie-Catherine…

— Enfin ! Merci ! Ce fut long. J'ai même dû t'embrasser. Plusieurs fois. Et simuler.

Je pénétrai donc dans son appartement, le désordre semblait régner sur un mode superficiel, mais il semblait si gêné, par ça ou autre chose, que je voulus le rassurer d'un…

Il s'écarta légèrement, refusa mon baiser.

— Attends ! !…

— Tu as peur ?

— Oui.

— C'est à cause de moi ?

— Non… à cause de moi. Ça fait longtemps.

— Pour moi aussi, ça fait longtemps.

Mais, toi et moi… ça va être bien…

Et puis, si c'est pas bien : on recommencera !

C'est ce soir ou jamais.

— Il est 15 heures.

— Je plaisantais.

— Je sais. Mais je n'ai pas beaucoup ri.

— Oh, tu n'as pas fait grand-chose pour m'être agréable, de toute façon.

— Là, je vais rire. Un peu.

* * *

Alain

Elle était étonnamment douce, attentive, attentionnée, elle était adorable.

Elle était plus belle à chaque seconde.

Ma chambre trop petite, nous étions sur mon canapé-lit, sous les draps. Pas les têtes. J'étais presque un peu détendu. En plus, elle m'avait accusé d'avoir menti pour le capharnaüm et j'avais reconnu mes torts, mais plaidé les circonstances atténuantes parce que récentes, comme évoqué sur le palier. Elle ne cessait de sourire. Sauf pour rire.

— Tu sais… ?

Je n'oublierai jamais combien j'avais peur
Je n'oublierai jamais ta douceur
Je n'oublierai jamais ces quelques mots
Je n'oublierai jamais la chaleur de ta peau
Moi qui avais oublié la douceur
Tu m'as fait oublier mes peurs

— … … … Merci… Merci.

Tu… Tu n'as aucune raison d'avoir si peu confiance en toi. C'est comme si tu ressentais mes vibrations trois secondes avant, tu sais t'adapter, improviser des caresses qui surprennent, donnent du plaisir, tu sais doser, manier les curseurs, faire grimper la chaleur, je n'ai relevé aucune erreur.

— Eh bien… ! ! Comme tu en parles ! ! On ne m'avait jamais dit tout ça…

— Moi aussi, avec toi, j'improvise. Je fais un discours après l'amour, maintenant.

— Ne te sens pas obligée, tout de même.

— C'était trop ? ?

— Ne te sens pas obligée.

— D'accord ! Je t'épargnerai *ça* la prochaine fois.

— Je ne suis pas habitué aux compliments.

— Tu n'es habitué à rien dans ta vie personnelle, ça se sent tellement.

— Pourtant, pour répondre à ta douceur, ça m'est plus facile que jamais.

— Oh oui ! ! Même sensation ! ! C'est précieux cette complicité évidente, naturelle, qui se prolonge dans l'acte amoureux. C'est rare.

— Oui. Enfin, j'imagine.

— C'est rare.

Et Marie-Catherine posa une question qui semblait la mettre en joie, beaucoup lui plaire :

— Alors ? Qui c'est le plus grand ?

— Pas mon appartement.

— Non.

— Mon palier !

— Non plus. Et puis j'ai dit « Qui ? »…

— Le plus grand ?

— Le plus grand ? confirma-t-elle.

— Je ne sais pas.

— Tu peux trouver. Essaie de réfléchir, un peu.

Je réfléchis, un peu.

Et je tentai ma chance : — Adam ?

— Adam ? ?

— Au sport, ce très grand chauve.

— Non, il a quelques cheveux, coiffés en brosse.

— Tu crois que nous parlons du même ?

— En tout cas, c'est celui qui a la brosse, Adam.

— Bien sûr, Marie-Catherine.

— Je ne l'ai pas fait exprès.

— C'est ça…

— Mais c'est vrai ! !

— Ok. Mais fais gaffe. Tout de même.

— Promis.

Je retentai ma chance : — Michel Platini ?

— Oui, alors là ! ! Alors là… Tu ne m'avais pas dit que tu aimais le foot !

Je ris, et elle rit aussi.

Marie-Catherine fut la première à reprendre totalement son sérieux :

— Remarque : un fanatique de Platini de 38 ans et une midinette de 35, ça reste une association porteuse d'espoir…

— Porteuse d'espoir, oui. Mais, ne dis jamais du mal de Michel !

— Oui, et je vais même aller beaucoup plus loin : à partir d'aujourd'hui, je n'aborderai plus jamais le sujet Platini. J'en parlais déjà assez peu.

— Je suis trop jeune pour l'avoir vu jouer, mais c'est une idole familiale.

Regard enjôleur, elle enveloppa mon sexe de sa main droite.

— Ah ?… Mais ça vit encore ! !… Tu as souffert de tes complexes ? Avec les femmes ?

Silence.

— Quand on renonce au sexe, quand on renonce à la séduction, on est déjà un peu moins complexé, parce que les nombreuses tares physiques ont alors un peu moins d'importance. Parfois, même, certains sujets mâles adultes rient de leurs tares : on les appelle alors généralement des tarés.

Elle rit avant d'être rattrapée par l'émotion.

Elle trouva une balle en mousse bleu ciel sur la table de chevet, exerça sur elle une pression modérée : bruit de clochettes qui réveilla Basilou, qui se rendormit.

Elle embrassa ma lèvre supérieure.

Elle embrassa ma lèvre inférieure.

De ses lèvres elle caressa les miennes. Je me laissai faire.

— Avec toi, c'est comme si je ne savais pas à quoi ressemblait le goût d'un baiser avec une fille à peu près normale. Un gosse de huit ans et demi sait ça.

— Parce que tu me trouves à peu près normale ?

— Non. Je te trouve merveilleuse.

…

— Mais, pleure, si tu veux…

— Mais, je pleure.

— Ah oui. Je t'apporte des Kleenex. Mais, je te préviens : ils sont tout verts ; vert pomme ; c'est ça ou rien.

— Aucune importance : mes larmes sont roses.

Une vraie leçon d'humidité.

* * *

Marie-Catherine

— Je reste ?

— Je ronfle. Je me suis enregistré pour savoir.

— Je pars. Pas pour les ronflements, mais à cause de cette image que j'ai de 'toi écoutant l'enregistrement', la mine déconfite autant qu'incrédule. C'est bien moi tout seul qui fais ce vacarme ? ? ?

— Je te raccompagne.

— Je plaisantais.

— Même sur le fait de partir ?…

— Ah, on se sent désirée, ici ! ! C'est agréable.

— Je vais ronfler doucement. C'est promis.

Je place un doigt sur sa bouche :

— Tais-toi et ronfle ! C'est déjà beaucoup te demander pour aujourd'hui.

Je le dissuade de me résister. Par un baiser.

— Reste…

Je me réveille aux premières lueurs du jour, ses stores laissent percer la lumière naissante, c'est léger, comme mon sommeil.

Seul son visage émerge des draps.

Il dort sur le dos, il est beau.

Je reste ainsi, à le regarder, des idées défilent, une nouvelle vie se profile. Deux minutes passent et repassent.

J'ai soif, je me décide à bouger. Je cherche mes chaussettes du regard, elles sont juste là, à portée de main, je les enfile avant de poser le premier pied sur le parquet. À pas feutrés je me glisse dans la cuisine encore baignée de la lumière de la nuit, la lumière de la ville, le lampadaire le plus proche lançant encore ses feux. La vue sur cette rue calme, un étage plus bas, c'était comme un petit théâtre avant l'agitation. C'était magique, avec mes yeux de ce matin, que je sentais tout neufs et doucement fatigués ; agréable sensation, quand l'optimisme renaît, s'invite sans demander la permission, change toutes les couleurs de nos pensées.

Nos verres 'à moutarde' étaient restés là, sur la petite table en résine laquée bleu-vert, je fais couler l'eau au robinet, remplis les deux verres, m'assieds.

— Justement j'avais soif.

Dans l'embrasure de la porte, il était là.

— Je t'ai réveillé ?

— Je t'ai surprise ?

— Je n'ai pas entendu le parquet craquer.

— Je connais les points à éviter. Mais pas toi.

— Je t'ai réveillé ! !

— Le jour qui se lève, c'est bon à partager.

— … Et ça va ? ?

— C'est fort. Mais ça va, oui. Et toi ? ?

— Ça va très bien. Et c'est fort aussi.

Il s'assoit tout près de moi. La petitesse de la table, collée contre le frigo, ne lui laissait aucun choix. J'étais près de la fenêtre, la lumière du petit jour balbutiait. Nous aussi. Avec les yeux. Qui se cherchaient, se séparaient, se fuyaient pour connaître à nouveau l'émotion de se retrouver, se parler, s'intimider puis se déclarer. Le silence était riche. On apprenait à se faire confiance.

Et là, mes yeux clos depuis une douce éternité où chaque seconde libérait ses sensations de fluidité, joie, chaleur, son optimisme aussi :

— Je ne bouge pas. Je ne dis rien. Ça te fait quelque chose ?

— Ton cœur bat. Ça suffit comme chahut.

— Mais c'est beau, Alain ! !

— Ah y en a ! ! De la beauté ! C'est un chahut tellement réussi.

— … … Merci. … En revanche, évite.

Évite ce mot avec nos amis. *Tu sais*, ces profs.

— Et, sans rire, quand tu parles, c'est bien aussi.

— Tu dis ça parce que c'est super rare quand c'est bien !

— Pas du tout. Mais je vois bien qui sont ces profs. Ils sont deux, adultes, et groupés. With a cat, a lapin, always affamés.

La bouilloire était en route, les bols de sortie, le café soluble.

Nous les yeux embués de fatigue et de joie.

Et, face à l'évidence, encore incrédules. Surtout lui.

S'habituer à l'idée, à présent réalité.

Il recouvre le fond du bol de poudre de café : une seconde ma main sur la peau de son avant-bras, nos yeux s'effleurent, nos doigts se frôlent, caresses passagères, pas si légères qu'elles en ont l'air.

— Tu veux des croissants tout à l'heure ou du pain tout de suite ?

— Tu as faim, toi ?

— Non. Je me renseignais.

— Tu fais ça très bien.

— Un yaourt bon marché ?

— Non, je t'en laisse, j'en ai pris un hier, tu sais.

— N'hésite pas, ils sont périmés, tu sais.

— Tu m'as prévenue et je vérifie toujours. Depuis deux jours, ça va encore.

— Tu fais ça très bien. Manger des yaourts.

— Eh ben ! ! Dis-moi ! Si je te fais de l'effet avec un yaourt périmé et une petite cuillère, c'est que j'ai mes chances ! Avec toi.

— Tant qu'il y aura des yaourts.

— Je plaisantais.

— Non.

— À moitié quand même !

— C'était mon estimation. Un esquimau, peut-être ?

— Tu n'en as pas. Je me suis intéressée à ton congélateur, aussi. Ça et les glaces à deux boules, ça viendra. J'en mange, ne t'inquiète pas !

Je l'embrassai sans lui laisser la plus petite chance de ne pas aimer ça. Tout son corps vibra, mon corps aussi.

— Je vais réussir à te faire croire en Lui, dis-je.

— Mais tu ne crois pas en Lui, non plus.

— Il m'arrive de me tromper, tu sais ?

— Mais j'en suis intimement persuadé.

— Parce que je suis là ? ? avec toi ?

Il détourne le regard, baisse les yeux.

— Tu vas la gagner, cette foutue confiance en toi ! !

Il lève ses yeux sur moi.

— Je vais t'aider à croire en toi… Mais le principal viendra de toi.

— Oui ?

— Pas de moi. Pas de Dieu, non plus : il est trop occupé pour s'intéresser à ta vie sentimentale. Et à tes fantasmes de petite cuillère.

— Oh… Une fois tous les trente-huit ans et demi, ça n'est pas exclu qu'il jette un œil et pose son doigt. Quand tu penses qu'un simple signe de Croix - ou Autre - le fait s'intéresser au foot, au tennis ou à l'athlétisme !

— J'ignorais qu'Il 'était sport' à ce point.

— Chez les sportifs de compétition, ça se sait.

— C'est fou de croire à ça…

— Tout est bon pour se rassurer, c'est irrationnel. Sinon, ce serait avoir bien peu de considération pour Lui, toujours là pour s'occuper de détails, de petites choses, sans jamais s'attaquer aux grands travaux. Un thé ?

— Oui, s'il te plaît, un thé blanc périmé. Nan, c'est pas là, laisse-moi faire, c'est… là !

— Ah mais, vu où il se situe, c'est la preuve que mes placards sont devenus de véritables excursions pour toi ! Tu en sais déjà bien plus sur cet appartement que je n'en saurai jamais. Tu connais tous ses trésors.

— Tu es, de loin, celui que je connais le moins.

— C'est une bonne idée les œufs à la coque, mais toujours avec un couvercle : jamais d'œufs sans toit.

— C'était un jeu de mots de ta grand-mère ?

— Oui ! Je dois me réfugier derrière Yvette, elle aimait l'humour approximatif. Et les économies d'énergie. Les économies tout court, d'ailleurs.

* * *

Alain

C'est si particulier d'éprouver le sentiment amoureux. C'est du stress, positif et négatif, même quand cet amour semble partagé. Mais, *alors*, c'est si bon de faire l'amour. C'est même incroyable, ces sensations.

— Je repasse vite chez moi me changer et l'on se retrouve à la lecture du blogueur-mystérieux-encore-deux-heures. Le voile se lève à 15 heures, tu t'en souviens malgré les péripéties récentes ?

— Je m'en souviens très bien, MC.

— Tu m'appelles ‘MC', à présent ? ?

— Non, j'ai essayé, je n'ai pas aimé.

— Ça n'était pas un reproche. Tu peux réessayer !

— Entendu. Et c'est dans trois heures et douze minutes. Il sera midi

— dans douze minutes, poursuivit-elle à ma place. Mais ce réveil orange, là, sur le tabouret de l'entrée ?

— Il est de la grande famille des réveils ou horloges qui donnent l'heure deux fois par jour. Mais j'y suis habitué.

— Depuis l'adolescence ?

— Depuis l'anniversaire de mes 16 ans.

— Mais c'est quoi tous ces réveils en cadeau d'anniversaire pour ados ? ?

— Oui, Nathalie aussi. Mais le sien fonctionne.

— Bon, j'y vais quand même, histoire d'un peu reprendre nos esprits.

— En plus, je n'assume ni ce réveil, ni ce désordre.

— Mais ce tabouret, oui ?

— Parfaitement.

— Tu aimes beaucoup le orange.

— Beaucoup.

— C'était aussi pour fêter tes 16 ans ?

— Aussi.

— Quel anniversaire ! Pas banals, les cadeaux.

— Mais il n'y a rien de banal, ici. Marie-Catherine.

— C'est pour moi que tu dis cela ?

— Oui.

— Merci… … Mais, surtout à 16 ans, il y a plus rock'n roll qu'un réveil et un tabouret.

— Orange !

— Même…

Elle m'embrasse.

Sa main vient chercher la mienne.

Tout était doux avec elle.

Ses yeux captivant les miens, de son index elle parcourt le contour de mes lèvres, guettant la faille pour de nouvelles retrouvailles : je n'y résistai pas plus de vingt secondes : je fondis sur ses lèvres : elle se déroba, sourit contente de son effet, sortit sans se retourner. L'ascenseur était là, son profil, son visage à nouveau, il se referma sur son regard amusé.

Le mien était plutôt médusé.

Je tombais amoureux ?

Elles étaient ancrées depuis tant d'années que sentir mes protections vaciller, tanguer, tomber une à une à ses pieds, entre ses mains, sous son regard, sous ses mots, était un séisme. De forte amplitude, magnitude maximale.

Je m'étais endurci. Pourtant.

Tout ce temps, je l'ai cru. Du mois passé sur '1+1=1.com', j'avais surtout retenu ma capacité à vite arrêter, à revenir à la normale.

Parce qu'elle est la première de ma génération, parce qu'elle répond à tous mes rêves de l'époque, j'ai seize ans et quelques heures, quelques baisers.

38.

Marie-Catherine

Rendez-vous avait été donné Place de la République. Bel immeuble haussmannien, un code, un interphone au nom de Sono, une voix fluette puis ce garçon filiforme, Jean-Gaspard Sono, d'apparence 15 ans, pour nous accueillir au 3e étage, nous conduire à un espace salon-salle-à-manger d'environ 90 m^2. Nous sommes déjà quarante, nous serons cinquante.

Alain n'est pas arrivé, Nathalie entre :

— Tu es là ! Le métro est resté bloqué !

— Je viens d'arriver. Ça va ?

— Très bien. Et toi ?

— On n'peut mieux.

— Ah bon ? ? ? C'est quoi, ce sourire ? ?

— Y a du nouveau. Je te raconterai.

— Avec Alain ? ?

— Je te…

— Avec Alain ? ?

— Oui.

— Oui ! ! !

— Eh bien… Au moins, je sais qu'il y avait une grosse attente.

— Et comment ! !

— Nathalie !…

— Alain vient-il ?

— Il lui reste cinq minutes pour être à l'heure.

Nous étions à l'extrémité gauche d'une rangée qui n'en comptait que deux derrière, les dernières chaises trouvaient preneurs et j'avais de plus en plus de mal à conserver la place pour Alain, juste à ma droite.

15 h 00 — Marie-Catherine…

— Nathalie…

— Il est à l'heure. Et il y a du nouveau.

— Oui.

— Tu savais que c'était Alain, le blogueur ?

— Non.

Je suis scotchée. Nathalie me saisit la main, la serre, on tremblote fort.

Alain avait frôlé Nathalie sans dévier du regard : droit devant.

« Alain ! », avais-je dit, et mon geste du bras s'était perdu lui aussi.

Samantha-Lise Sono, la maîtresse de maison, lui ouvrait le passage, le fils filiforme suivait, une grande bouteille d'eau tenue à deux mains. Leurs pas étaient rapides, Alain portait une chemise grise sur un pantalon de costume plus foncé, gris anthracite, élégant comme jamais.

Une petite table attendait Alain et la bouteille d'eau, une chaise juste à côté pour Samantha-Lise Sono, elle lui glissa trois mots, il fit Oui de la tête, leva les yeux au-delà des premiers rangs, les planta dans les miens pour un échange sans précautions, quelques secondes sans notion du temps, un partage d'émotions aux contours inconnus, il baissa les yeux.

Je continuais. À le regarder.

D'un coup, le silence.

Jean-Gaspard vient se poser à mes côtés.

— Bonjour à toutes et à tous ! Merci à vous de faire le succès du blog 'Instants', un blog qui génère chaque jour des dizaines de commentaires, soulève des questions, reçoit vos avis, vos idées, un blog où vous aimez débattre, confronter vos expériences, apprendre les uns des autres. Et merci d'être venus pour découvrir de nouveaux textes, instants de vie ou poésies, sujets de réflexion aussi, et bien sûr échanger avec son auteur, qui sort, ici, avec vous, de l'anonymat : j'ai la joie de vous présenter… monsieur Alain Mignon ! !

Il se lève, soupçon de sourire sous les applaudissements, il est tendu, moi aussi. Il se rassoit, les mains cessent.

— Bonjour… Je ne vais pas répéter ce que Samantha-Lise a si bien dit, mais je m'associe à ses… *Enfin* : merci ! Et je vais tenter de lire… Ou tenter de fuir ?…

Des rires fusent, ça s'amuse.

« Si. Je doute tout le temps. Mais, je ne doute pas sur tout.

— Pourquoi ?

— Je ne peux pas.

— Douter sur tout ?

— Oui. Douter sur tout tout le temps.

— Et tu peux changer d'avis sur les sujets qui ne sont pas objets de doutes ? il demande.

— Oui.

— J'ai posé la question en étant sûr que tu allais dire : non.

— Je sais.

— Tes *certitudes* : c'est quoi ? il demande.

— Des choses que je ne remets plus en question de moi-même. Il faut que ça vienne de l'extérieur. Une personne avec un élément nouveau qui peut tout changer. Ou un regard. Autre.

— Juste un regard ?

— Juste.

— Et c'est quoi ? Ta plus grande certitude ?

— Rien n’est acquis.

— Parce que… *ça*… c’est une certitude ? ?

— Rien n’est dû, rien n’est acquis, jamais.

— Et ?

— Ça t’évite de te poser beaucoup de fausses questions. Sur le comportement des gens.

— Les… Les proches ? aussi ?

— Les gens dont tu pourrais espérer, attendre quelque chose.

Les proches. Surtout.

— Et ?

— Ça te permet d’arriver plus vite aux bonnes questions.

— Les bonnes questions ?

— Tes bonnes questions.

— Pourquoi suis-je si nerveux ? dit-il.

— Pourquoi suis-je si nerveuse ? dit-elle.

— Oui. C’est une excellente bonne question.

— Au centre de tout ?

— Au centre.

— Rien n’est dû, rien n’est acquis ?

— À part la fin.

Même si nous faisons comme si c’était le seul secret que l’on peut avouer à tout le monde sauf à soi.

— Sauf à ?

— Canapé. Divan. Salon ? Je plaisante. Sauf à soi-même.

— Rien n'est jamais acquis. Sauf… *ça* ? C'est une blague ? ?

— Non, je lui dis.

Même si c'est drôle.

— C'est…

— C'est la vie. L'humilité est évidence,

la première des intelligences.

— C'est quand même une blague ?

— Bien sûr. »

Deux secondes de silence, de longs applaudissements.

— Je vais vous lire deux poésies, la première n'est pas la plus évidente, elle ouvre des débats qui ne se referment pas en moi. Elle s'intitule

La vie est une allumeuse

Des rêves bien rangés dans des cases oubliées, Renoncer à tenter, Renoncer à gagner Ce qui était un rêve, Ce qui nous fait vibrer

Et tu bosses, tu acceptes ta vie

Tu dis Oui, et parfois tu souris

Tu agis, mais souvent tu subis

Et tu oublies tes rêves, et tu oublies ta vie

Des rêves du passé, Des envies oubliées, Répondre par Jamais aux questions bien cachées, aux espoirs envolés De nos ambitions manquées

Une vie que l'on connaît, Qui rassure et qui dure, Depuis longtemps déjà,

Une vie que l'on aime, Ou que l'on n'aime pas, Mais c'est bien mieux comme ça

Et tu bosses, tu acceptes ta vie

Tu dis Oui, et parfois tu souris

Tu agis, mais souvent tu subis

Renoncer à sa vie

Mais si l'on apprend à donner plus de sens, à nos gestes, à nos mots,

À moins courir parfois Et savoir mieux marcher

Mais si l'on apprend à donner plus de chances à nos vrais sentiments, Ceux qui résonnent encore,

Qui nous donnent l'envie

De tout découvrir

Qui l'on a été

Qui l'on est

Qui l'on sera demain

Alors, C'est la vie qui s'allume, Qui souffle et qui brûle, C'est la vie qui fait peur, Mais qui donne le meilleur, Alors c'est un nouveau départ, il n'est jamais trop tard pour se lever et imaginer que tout va s'éclairer, d'une lumière plus rouge, à la fois plus vive et plus douce, comme celle d'un arc-en-ciel, jour de pluie et soleil

C'est la vie qui s'allume

Et tu bosses, tu acceptes ta vie

Tu dis Oui ! Et toujours tu souris

C'est la vie qui s'allume

Une cigarette que l'on fume

Mais l'on ne recommencera pas

Peut-être pas

Peut-être pas à pas

Mais, encore et toujours, c'est la vie qui nous 'allume' de ses promesses incendiaires, « Tu viens ou tu n'viens pas ? », Un bon plan sur la comète, Mais l'on vit sur quelle planète ?

La vie est une allumeuse d'étincelles
Allumeuse… jusqu'à ta dernière flamme

Il relève la tête, son regard passe sur moi *presque* sans s'arrêter - court silence rompu par les applaudissements nourris -, il baisse ses yeux sur une nouvelle feuille, impose le calme.

— La seconde poésie s'intitule

Le jour où l'amour

J'avais beaucoup trop souffert
Pour ne pas me protéger
J'avais réussi, j'avais renoncé…
Avant de savoir que tu m'aimes
Avant de savoir que je t'aime
Avant de devenir ton aimant
Je portais encore en moi mes erreurs
J'avais oublié la douceur
Tu m'as fait oublier mes peurs
Tu m'as fait croire au bonheur
Mais je sais encore que la douleur existe
Elle reviendra si tu t'en vas
Elle reviendra si tu es triste
Je me souviens quand la douleur insiste
Je sais qu'elle ne disparaît jamais
Et seulement se fait plus douce
Le jour où l'amour à nouveau apparaît
Je ne croyais plus au bonheur
Quand je t'ai rencontrée

Ce jour où l'amour… à nouveau apparut
Où la douleur se fit plus douce…
Où la douceur trouva sa source

Applaudissements, ses yeux qui brillent d'émotion, ses yeux sur moi, je ne le lâche pas. Mes yeux brillent aussi, une larme se forme, une autre, elles s'échappent.

Les applaudissements faiblissent, il reprend des forces :

— Merci ! !… Merci beaucoup…

Sans consulter ses feuilles et survolant l'assistance puis y plongeant pour chercher un regard, échange furtif avant de trouver d'autres yeux où se poser, Alain, qui n'en finissait pas de me surprendre par son aplomb, donna vie à des mots qui résonnaient fort en moi :

— Quand on a de soi-même une image entièrement négative, image qui s'applique à un ou plusieurs domaines comme, par exemple, la vie sentimentale ou la vie professionnelle, on appelle cela de la 'dévalorisation', et l'on a pu observer qu'elle n'était jamais justifiée, hormis quelques cas isolés qui furent notamment constatés en 1974, puis au tout début des années 80. Le gros avantage avec la 'dévalorisation', c'est que l'individu qui souhaiterait la pratiquer peut débuter seul, apprendre par lui-même, avant d'envisager une pratique plus familiale, ou même une pratique sur son lieu de travail, où, là, l'individu pourra souvent compter sur son supérieur hiérarchique direct pour le soutenir efficacement dans sa démarche (la dévalorisation pourra alors être une réussite totale, donnant entière satisfaction).

Petit exemple de faculté d'adaptation :

Quand on renonce au sexe, quand on renonce à la séduction, on est déjà un peu moins complexé, parce que les nombreuses tares physiques ont alors un peu moins d'importance. Parfois, même, certains sujets mâles adultes rient de leurs tares : on les appelle alors généralement des tarés.

Il fait taire les derniers applaudissements en enchaînant :

— Mars 2008, soirée entre voisins, avec Fatou, Léa, Amandine, Kamel.

« Avez-vous entendu Christine Boutin ? »

« Oui, Fatou. » Alors que la France découvrait depuis quelques semaines Chantal Sébire, une femme d'environ 60 ans atteinte d'une maladie incurable, une femme au visage difforme, ravagé, monstrueux, insoutenable pour le regard et, donc, généralement flouté par la télévision, alors que l'on savait aussi que cette femme subissait des douleurs permanentes, insupportables, tant sur le plan purement physique que psychologique, et alors qu'elle demandait qu'on l'aide à mourir à présent - la médiatisation de son cas devant faire avancer la société sur le chemin de la légalisation du suicide assisté, voire de l'euthanasie -, eh bien, alors que tout ça, Christine Boutin déclarait : « On n'a pas le droit de tuer des gens pour des raisons esthétiques ! »

Christine, tu… tu déconnes ? C'est ça ? ?

Ou alors, 'instinct de conservation' ? 'instinct de survie' ?

Mais non, Christine, non, y a aucun danger, rien : si l'on fait ça, un jour, ça restera sur la base du volontariat. Et puis, aussi, permets-moi de te dire que ce petit ensemble marronnasse te va à ravir.

D'ailleurs, nous sommes tous ravis, et cette veste, cette jupe, y sont pour beaucoup.

Et *elle* trouve cela tout à fait normal quand le Pape Benoît XVI réintègre dans l'Église des évêques négationnistes ayant affirmé et affirmant encore que rien ne prouvait l'existence des chambres à gaz dans les camps de concentration nazis, ayant affirmé et affirmant encore qu'il n'y avait jamais eu des millions de Juifs morts pendant la guerre, parce qu'*elle* estime ça logique pour un catholique de savoir se montrer « tolérant », toujours : « *Nous* devons tendre la main à chacun ». Christine, cette logique m'échappe. Parmi nous, personne ne comprenait qu'une femme politique importante, présentement ministre, puisse se permettre de tenir de tels propos. Les penser déjà…

Peu pardonnable, aussi, ce micro-trottoir à Rome, près du Vatican, diffusé par les journalistes du 20 heures de *France 2,* nous raconta Fatou : « On y entendait trois personnes commenter la décision papale, dont un homme, de religion juive, assénant tranquillement : « Nier l'existence des chambres à gaz, c'est comme nier l'existence de Dieu ! »

France 2, merde ! ! Un micro-trottoir du Service Public, ça n'est pas une poubelle sans tri sélectif, avec un ruban rose autour d'un bon gros bâton de dynamite ! ! ! »

Je me calmai. Fatou aussi. Tout le monde.

Hélas.

Alain lève son regard sur l'assemblée qui l'applaudit, le pose sur moi deux-secondes-pas-plus quand Samantha-Lise dit :

— Merci, Alain ! Place aux questions ! !

Alors, c'était bien toi ? Celui que je n'attendais pas… ? Pensai-je à cet instant précis, avant les mains levées, la première question, et aussi Nathalie qui prenait ma main entre les siennes, les larmes au bord des yeux tout comme les miennes, avant sa réponse, avant la rafale de questions qui s'ensuivit.

— Bonjour ! Comment vous est venue l'envie de créer ce blog ?

— L'envie de savoir si mes textes pouvaient susciter des réactions, des échanges, des controverses, sur le fond et sur la forme. La joie que ça prenne vie ! Aussi le tout petit peu de confiance en moi que ça me donne.

— La rencontre sur '1+1=1.com', c'est du vrai ?

— Et Manuella ? ? Josie ? Autobiographique aussi ?

— Tous les textes, alors ? La poésie ?

— Oui, ils racontent ma sensibilité, mon vécu, à ceci près que je n'ai jamais dit « Je vois une chatte moins souvent qu'un réveillon du Nouvel An », je l'ai juste écrit.

— Mais vous venez de le dire.

— L'humour pas drôle, vous me le laissez, je m'en occupe.

Le clan des rieurs affichait complet depuis dix secondes.

— Vous respirez la sincérité ! ! C'est appréciable.

— Vous avez écrit des romans ?

— Oui et non. Plutôt oui.

— Et ça se lit ?

— Ça se relit. D'abord. La patience est une qualité inestimable, ça change la vie quand on la possède, ne la perdez pas *et* que les années qui viennent révèlent le meilleur de vous-même !

Je le regardais s'affirmer un peu plus chaque seconde, les mots étaient son domaine. Il avait écrit trois romans restés sans éditeur, il en avait profité pour les retravailler en profondeur, surtout le premier, réécriture indispensable, il s'en était vite rendu compte avec le recul, il lui restait une relecture pour des ajustements plus cosmétiques, il en parlait pour la toute première fois.

— Je voulais l'effet de surprise pour mes amis, le jour - éventuel - de la parution.

— C'est encore possible !
— Beaucoup moins. En fait, non, c'est râpé.
— Vos romans parlent de quoi ?
— D'amour ?
— C'est l'une des composantes essentielles.
— Ah super ! !
— On attend ça ! !
— Oui !
— Vous travaillez, en plus de l'écriture ?
— Téléconseiller en centre d'appels *LOL*.
— Vous nous raconterez ? Bientôt ?
— Oui. Mais je ne pourrai pas tout révéler.
— C'est chaud ? ? ?
— Trop. On veut nous pousser à la limite, c'est l'objectif mais c'est aussi une erreur fondamentale. En réalité, on nous pousse à bout et le taux d'absentéisme est significatif : par exemple, dans mon équipe, sur douze téléconseillers, quand on est dix c'est déjà beau, *et encore*, moi je suis en période d'essai, donc la question ne se pose qu'en cas d'agonie rapide. Les employeurs se comportent en boulot-compresseurs, comprimant les emplois comme les employés ; avec les rescapés du jour, acidité et assiduité de la sueur en variables d'ajustement. Les pays scandinaves veulent des salariés contents de venir travailler et c'est du 'gagnant-gagnant'. Expression souvent dévoyée ici pour imposer de nouveaux objectifs commerciaux, mais mise en œuvre en Suède, en Norvège, au Danemark, exemples de cercles vertueux. Et que dire des économies pour l'État si nous n'étions plus champions du monde de la consommation d'anxiolytiques, somnifères et antidépresseurs ? Médicaments aux effets secondaires aléatoires mais notoires sur longues durées, et palliatifs des dés-

équilibres d'une société qui refuse de se regarder en face, avec une vision globale des coûts de telle ou telle politique. Sans même réclamer par principe une approche plus humaine en entreprise, on devrait y arriver par pur intérêt financier. Observation, réflexion, conclusions. Bon, j'ai dû enfoncer quelques portes ouvertes et j'ai été long, brouillon, Pardon !

Les gens souriaient fort, Nathalie riait.

Il me regardait.

— « Parce que je ne suis capable de rien, je suis prêt à tout » : voilà une phrase qui ne vous conduira pas forcément aux limites de la légalité, mais plus sûrement en contrat à durée indéterminée sans période d'essai !

— Justement… ! ! Je rebondis…

— Pas trop, quand même.

À la fin, Alain reçoit une avalanche de compliments sur sa « sensibilité si rare » et « son intelligence hors norme » qu'il « transforme en talent, en mots simples et touchants ». Il s'y est exposé, mais pas simple à accepter pour lui, qui dispense des sourires gênés et des « Merci » qui semblent indiquer qu'il y a erreur sur la personne. Jusqu'à :

— Vous êtes unique ! ! !

— Être peu conventionnel n'est pas un but en soi, c'est une épine au pied dont il faut s'accommoder et faire une force. Je crois. Et je n'ai pas inventé la roue.

— Je suis déçu pour la roue, dit une voix connue semblant venir de la dernière rangée.

Nathalie ne put s'empêcher de tressaillir.

Bruno était là. Debout, le sourire posé comme si tout cela était normal.

On était tous là.

Il avait voulu la petite bande réunie. Puisque Nathalie et moi venions.

Tout sourire :

— C'est maintenant que tu te manifestes !...

— Avec la tête que tu faisais, ça n'était quand même pas toi qui allais les faire rire.

Bruno avait du succès, mais le duo en resta là.

Nathalie semblait dire : « Fini, les émotions ! ! »

Je naviguais entre rires et larmes.

Jean-Gaspard, qui masquait au mieux son étonnement, son inquiétude, me demanda tout de même si ça allait et s'il pouvait faire quelque chose. Je réussis à faire oui de la tête et mimer Kleenex.

Les miens étaient bons à essorer. Les maigres ressources de Nathalie déjà exploitées. Moi-même j'étais bonne à essorer.

Il s'approchait.

39.

Bruno

Alors que le vent chassait quelques nuages blancs, que le Soleil déclinait, moi, affalé sur le côté droit du canapé, Nathalie - qui avait voulu faire une pause dans sa préparation - délicatement posée à l'opposé, Rémi et Minette au milieu, regardions la rediffusion d'une course de biathlon remportée par Martin Fourcade. Alerté par son air inerte, je demande :

— Tu aimes ?

— Plus que tout.

— J'éteins ?

— Je t'en supplie.

Je fais le nécessaire. Elle me demande :

— On peut savoir pourquoi ton *France Football* ne traîne plus depuis ce matin ?

— J'ai fait du rangement. Cette nuit.

— Cette nuit ?

— J'ai marché dessus en allant faire pipi. Enfin, j'ai même glissé dessus.

— Tant mieux.

— Mais je me suis accroché à l'évier pour amortir ma chute.

— Parce que toi, bien sûr, depuis ta chambre, tu passes par la cuisine pour aller aux toilettes ?

— Oui. Si j'ai faim, oui.

Elle eut un sourire adorable.

— Mais, Nath, pourquoi tu l'as mis parterre ?

— Mais pourquoi l'as-tu laissé traîner sur la table de la cuisine ? ?

— Je te testais.

— Alors, tu me détestes ? Tu me 'dé-testes' maintenant ?

— Je te remercie, *l'intello*, j'avais compris la première fois. Je ne suis pas aussi limité intellectuellement qu'un futur bachelier mention Bien.

— Quoi qu'il en soit, c'est super agréable la façon dont tu me parles. C'est de faire un peu de rangement qui génère cette bonne humeur ? Faudra pas oublier de recommencer. Avant la glissade. Et 'le jour', c'est bien aussi !

— Je suis pour le partage des tâches ménagères. À la maison, par exemple, c'est moi qui passe l'aspirateur… à ma femme.

— Philippe Geluck, je connaissais !

— Je regrette cette histoire de 'test'.

— Ça t'amusait vraiment d'observer mes réactions ?

— Tu es passionnante, globalement.

— Globalement ?

— Sous tous les angles.

— Quelqu'un qui travaille, ça t'intrigue ?

— S'il te plaît, attends que je ne sois pas là pour dire du mal des profs d'économie. Tu te remets à bosser ? Le nez dans le guidon ?

En bon rat (principal) de (notre) bibliothèque, elle avait préparé son oral de l'agrégation de 8 heures à midi, puis de 13 à 16 heures.

— Oui, mais j'ai mes dissertations, il me reste dix copies à corriger. Et toi ? Tes cours à préparer ?

— J'ai bien avancé aujourd'hui.

— Pourquoi fais-tu cette tête-là ? ? ? Sais-tu que je ne l'avais jamais vue, celle-là ?

— Pendant que tu caresses le lapin, je réfléchis.

— Ah oui ? Ça doit te faire tout drô…*Et* ?

— J'ai bien peur d'avoir le rythme dans la peau. Je vais devoir écouter plus de musique, plus de chansons, à présent.

— Pas une bonne nouvelle pour nous trois. Ah ! Rémi préfère fuir, déjà !

— Et j'ai appris un…deux poèmes.

— Tu apprends encore des poèmes ?

— Non. Pas depuis juillet 98.

— Et la Coupe du Monde de football ?

— Non, la fin du lycée, le baccalauréat, l'absence de nouveaux poèmes.

— De moi ? ?

— … … … Le poème, je peux ?

— Je t'écoute, Bruno.

Ma salive passait difficilement, comme en juillet 98, le Bac en poche, quand je me suis dit que notre amitié serait peut-être finie après l'été. Je crois que j'ai tremblé une seconde et demie et qu'elle l'a vu.

— Je pense à toi
Et c'est le feu
L'eau sur mes joues, L'eau de mes yeux
Le calme un peu
Je n'ai de toi Que le ciel bleu
Le Soleil brille dans tes yeux cieux
Je veux mon corps touché, ma peau brûlée
Du parfum de toi dans ma tête à moi
Un parfum que je ne connais pas

Je veux la foudre qui s'abat
Je veux le vent, la pluie, la vie
Je veux Du toi en moi, Du moi en toi
C'est fou ce jeu à deux
Je pense à toi
À deux, c'est doux le feu ?
Je n'ai pour toi Que tous mes vœux
Que mes aveux

Tu… Tu es mon amie la plus douce
Et je suis ton plus fidèle ami
Je connais tout de toi
Tes rêves, ta vie, et tes secrets émois
Ce que tu veux, et ce que tu ne veux pas
Je sais ce qu'il faut pour te plaire
Pour que tu aimes vraiment
Mais je ne savais pas le faire
Je n'avais rien d'un amant…
Tu m'aimes comme une amie
Moi, je t'aime en silence
Tu connais tout de moi
Sauf mes vrais sentiments
Je voudrais tout changer
Pour que tu m'aimes un peu
Je voudrais tout changer
Pour que tu m'aimes un peu plus
Je dois apprendre à être fort
Repousser les faiblesses
Pousser les peurs
Pour que tu m'aimes un peu

Je dois apprendre à être beau
Et m'entourer de mystère
Comme tous les vrais héros
Savoir te faire rêver
Être le plus romantique
Tendres aveux, douceur du geste
Et deviner le moment
Où tu veux d'un amant
Oui, j'apprendrai tout ça
Et ce jour-là, je saurai avouer
Mon amie, mon amour
Que je t'aime un peu
Que je t'aime un peu plus
… Nathalie

Touchée. Coulés.

Prostrés, statues aux yeux gonflés de larmes. Elle en laissa échapper une, deux, trois. Elle tenta de dire quelque chose, n'y parvint pas, puis :

— Tu me dois des droits d'auteur.

— J'ai un budget pour ça.

— Un gros budget ?

— Vous tolérez les paiements en nature ?

— Je suis de nature très tolérante, vite vous saurez.

Je m'approchai, touchai.

Le contact de ses lèvres affolées et affolantes.

Sa main, ses mains, nos mains qui se découvrent.

Les prémices d'une vie nouvelle.

— Tu avais un *gros* budget. Pour un apéritif.

— Et tu es *très* tolérante. Pour m'être agréable.

— Quand tu as vu MC pour lui parler d'Alain, c'est elle qui t'a dit ?

— Oui.

— C'est géant…

— Oui.

Son regard si doux était plus intense.

— Imaginons que l'on fasse l'amour, toi et moi.

— Toi et moi ? ? fis-je faussement surpris.

— Imaginons ! On le fait.

— J'admets le caractère envisageable de l'hypothèse.

— Très bien. Toi, tu en veux combien ? Deux ? Trois ?

— Mais tu parles de quoi ? ? là ? Hein ? ?

— Tu veux combien de petits… bisous ? après l'amour ? Moi, je dirais deux, minimum !

— Ah ! ! !… Après, je dors. Direct. Mais avec toi, je suis prêt à négocier.

— Tu m'as fait peur ! mentit-elle.

— Toi aussi, tu m'as fait peur ! ! Et toi, tu l'as fait exprès !

Elle sourit. Moi pareil.

— Au fait, en rentrant de Compiègne, j'ignore pourquoi *mais* je ne t'ai pas dit que ma cousine Géraldine allait avoir un bébé avec Gérard.

— Non. Mais tu avais le droit de continuer.

— À ? — Ne pas m'en parler.

— Je rirai demain.

— C'est beau la spontanéité.

— Si c'est une fille, elle s'appellera Isabelle, sinon, il s'appellera Jean-Balthazar.

— Jean-Balthazar ?

— Jean-Balthazar. Je préfère encore Jean-Gaspard.

— Espérons que ce soit une Isabelle ! Elle aura une chance de s'en sortir.

— Regarde-la sur cette photo ! Avec ma tête aussi, une véritable horreur.

— Non, tu es bien.

— C'est elle qui est bien ! !

— Oui, elle est toujours mieux quand elle ne parle pas.

— Y a du vrai… Et sais-tu pourquoi mon deuxième prénom est Brigitte ?

— Oui.

— Parce qu'au moment où mon père partait me déclarer à l'état civil, à tout hasard ma mère lui a rappelé le résultat de leurs délibérations de la nuit : « Tout sauf Brigitte. »

— Oui, je sais, il n'a retenu que la fin.

— C'est drôle, non ?

— Oui. Même la troisième fois, je suis client.

— Désolée.

— Non, tu racontes bien. L'entraînement, sans doute ?

— Sans doute. Mais toi, tu t'entraînes à être vilain ? ?

— Depuis trente-six ans et demi.

— Pfff… ! ! Et mon troisième prénom ?

— Jacqueline.

— Tu aimes ?

— Y a pas de mot.

— Ça ne s'oublie pas ?

— Difficilement.

— Ça se porte aussi difficilement. Avant la retraite.

— On devrait avoir un prénom pour la retraite.

— C'est une idée.

— Nathalie est mon prénom préféré.

— Parce que moi ? ? ?… Depuis quand ? ?

— Depuis vingt-deux ans, la classe de 3e, depuis ce vendredi 1er décembre où je suis venu t'apporter les photocopies des cours et les devoirs parce que tu avais été absente depuis deux jours pour cause de rhume carabiné. Quand j'ai sonné, tu es sortie sur le perron, tu as descendu les trois marches et, au moment d'ouvrir le portail, la fraîcheur de l'air t'a saisie, tu as éternué fort : tes grosses lunettes rondes ont atterri sur le bout de ton nez. D'un doigt, l'index droit, tu les a replacées sur ton si joli nez. Et ce fut comme de l'électricité, une décharge émotionnelle, de la tête aux pieds : j'étais sonné, cueilli, j'étais fini. J'ai à peine entendu quand tu m'as dit Bonjour, j'étais tourneboulé et c'était la première fois avec cette force-là.

— … … … Ça n'est pas possible…

— Jamais ça n'a cessé pendant ces quatre années à tes côtés.

— Jamais ? ? ? Pourquoi ne l'ai-je pas vu ? ? Et je t'impressionnais tant… pour que tu n'aies rien dit ? ? ! !

— Je n'étais pas encore un Dinocheau.

— Tu ne l'es toujours pas, Bruno. Et tant mieux.

— J'ai mis trois ans à résorber mes sentiments.

— … … Ça ne fut pas une réussite totale, mon Bruno. Ils étaient là… et là, dit-elle me touchant le cœur et les cheveux - m'effleurant l'oreille -, prêts à vivre avec moi, prêts à l'amitié fraternelle, prêts à ressurgir aussi.

— Pas complètement résorbés, ma Nathalie.

— Pas complètement, mon Bruno.

Mes lunettes qui glissent… ou bondissent, « atterrissent », sur le bout de mon nez, ça te fait toujours un effet fou, tu sais ?

— Je me sens tout bizarre quand ça se produit.

— Tu perds le contrôle : tu fixes le bout de mon nez, mon doigt, mes lunettes réajustées, mes yeux qui te sourient, je te parle et la transe cesse, tu reprends tous tes esprits en quelques secondes.

— Combien de secondes ?

— Je… Je suis perturbée, moi aussi, quand ça se produit.

— Et tu te disais quoi ? ?

— Que quelque chose dans cette vision agissait sur ton subconscient - on employait ce mot-là avant plutôt qu'inconscient -, sans m'imaginer une seule seconde en être la véritable source.

— Le père de Virginie t'avait expliqué les phénomènes hypnotiques ! ! Je m'en souviens maintenant. Il était médecin.

— Oui, un généraliste spécialiste en tout !

— Ça va ?

— Je suis heureuse et triste à la fois.

— Faut pas. Le temps perdu, ça n'existe pas.

— Si… Depuis le début, tu étais mon seul lecteur.

— Le… Le seul lecteur garçon ? ?

— Non, le seul. Je les ai écrits pour toi.

— Pour moi… ? ? ?

— Mes amies et Tante Aglaë connaissaient mes sentiments, mais pas l'existence des poèmes.

— Qui a dit « Le temps perdu, ça n'existe pas » ?

— Toi. Et peut-être… Et tu as raison.

Ce que l'on a vécu… ensemble et séparément, ça n'est pas rien. C'était notre chemin avant d'être là… mis à nu.

— … Vingt-deux ans la mise à nu… Nath.

— Notre histoire n'aurait pas duré vingt-deux ans. Par ta faute.

— Oui. Et je te demande pardon, mille fois pardon, ma Nathalie. Mais nous serions restés amis.

— C'est vrai.

— Finalement, c'est juste une affaire de chronologie.

— Nous avons quand même un peu traîné, lambiné.

— Été longs à la détente. Mais cette chronologie…

— Me plaît bien, Bruno.

— Me plaît aussi, Nathalie, ma chèr…ie.

— Mon am…Prenons tout notre temps ! !

— Non ! On est en 2018 ! ! Ça va quand même s'accélérer maintenant ! !

— Ah bon ?

— Après vingt-deux ans d'apéricubes ? ?

— Je crois que tu peux avoir très envie. De fuir.

— Un peu envie. J'ai peur. J'avais oublié la sensation.

— Parce que toi, tu la connaissais ?

— Non… Pas cette sensation de vertige.

— Moi aussi, je découvre le vertige.

Alors, avec nos mains, nos lèvres, nos langues, ses seins qui entourent, caressent, vont et viennent, on apprit à découvrir le corps de l'autre, ses réactions, ses sources de stimulations, de plaisirs.

Mais plus forts étaient l'esprit, les fantasmes.

On apprit ça aussi. En un temps record. Comme des évidences qui s'affirment, des prémonitions qui se confirment à chacune de nos caresses, à chaque mot soufflé, essoufflé, entre nos lèvres.

Le moindre contact d'une main, de sa peau, de sa bouche, générait une libération jamais ressentie, une profusion de sensations inconnues.

Le moindre contact d'un mot.

Elle a crié ! ! ! D'un réflexe, ses mains sont venues plaquer ma tête sur sa chatte pour que je ne la quitte plus. Un réflexe aux sources lointaines pour chasser fort les frustrations, prolonger l'assouvissement tant fantasmé. Elle cessa de me maintenir et je réalisai combien lécher Nathalie, la pénétrer un peu et faire jaillir sa cyprine, était surréaliste. Ses seins qui se sucent, aussi.

Les préliminaires jusqu'au bout, et c'est tout.

C'est mon côté concombre. Sans tomates, ni échalote.

Il y a des limites au changement. Des frontières temporaires.

Et un match retour : alors qu'elle m'électrisait de la tête aux pieds, mes tétons dressés, tendus vers sa langue, mon sexe dans sa main affolante, j'ai joui comme jamais.

— Sur le blog, Alain raconte qu'il j…qu'il y a un garçon qui jouit dans la main dans les mêmes conditions.

— Ah ? Tu passes aux Travaux Pratiques, après.

— Voilà.

— Quand je pense que tu étais ma meilleure amie.

— J'espère que je le suis toujours !

— Pour toujours, ma Nathalie.

— Pour toujours, mon Bruno, dit-elle, me prenant la main, la serrant un peu.

— Ah tiens ! J'ai laissé le magazine de cinéma

Elle m'interrompt : — Parterre ? ?

— Oui. Pour bien penser à te lire un extrait d'une interview de Jean-Pierre Bacri, fidèle à lui-même et pire encore, complètement bourru.

— Pourquoi crois-tu qu'on l'adore ?…

— Alors la journaliste, c'est Nadine Pommier.

— Connais pas.

— Ah ? Toi non plus. D'abord Nadine : « À plusieurs reprises, vous avez joué avec Jean-Pierre Darroussin : comment s'est passée votre rencontre, sur le plan professionnel et sur le plan personnel ? »

— Je crois que je préfère lire moi-même.

— Non, tu lis trop. — Oui, mais toi tu lis trop mal.

— Réponse de Bacri, avec le ton pour Madame…

— Tu avais déjà du mal à faire Pommier, alors…

— Alors Bacri répond : « Ça va. Assez satisfaisant. L'homme est assez sympathique et l'acteur dans la moyenne. »

« Je l'ai interviewé :

— Moins aiguë, Pommier.

— Tu ne la connais pas !

— Connais-tu une femme qui parle comme ça ?

— Non. Je vais même parler normalement : « Je l'ai interviewé : il m'a dit le plus grand bien de Bacri, l'acteur, et de Jean-Pierre, l'ami que vous êtes devenu pour lui ; il vous a rendu un bel hommage. »

Bacri répond : « Darroussin ? La seule fois qu'il a rendu quelque chose, c'était son déjeuner. Steak, frites, rosé. »

— … … À part ça ?

— À l'avenir, n'hésite pas à acheter ce magazine.

— Je n'hésiterai pas, tu peux dormir tranquille. … À part ça ?

— Devant votre classe naturelle, vos élèves sont-ils sages et motivés comme jamais pour obtenir de bonnes notes ? A contrario, y en a-t-il qui tentent de redoubler avec vous ?

— Pour la seconde question, je serais tentée de le croire, et pas loin de l'espérer pour eux. Mais pour la première : selon vous, jeune homme ?

— Je suis de parti pris, de parti épris.

— Allons donc ! Départez-vous-en et soyez objectif ! !

— Je veux bien vous être agréable… Mais je me trompe environ une fois sur deux : mon avis ne présente donc *aucun* intérêt.

— Et toi ? Approfondissons : quand tes élèves fantasment sur monsieur le professeur, ça te trouble ?

— La première année, à 24 ans, quand je n'avais pas encore bien franchi la barrière, je t'aurais répondu oui, avec une élève qui me rappelait… toi à 17 ans.

— Ah bon ? ? ? ?

— Avec elle, je vivais des émotions sensuelles : ça éveille les sens sans réveiller le sexe.

— Ah ? ? ? !… Sans… Des émotions esthétiques aujourd'hui ?

— J'ai du matos à la maison. Tous les trois, vous placez la barre trop haut. Surtout Rémi.

— Émotions esthétiques en lien avec les frustrations majeures de l'adolescence.

— On vire Rémi. Surtout toi, alors.

— Rémi destitué, on progresse sur un plan général, pas sur La question.

— Je vibre pour une envie qui surgit, une soif de connaissance qui grandit, des efforts, une progression, je vibre tellement plus intensément, bien autrement que pour un visage, quel qu'il soit, qui me rappellerait toi. Mais les timidités m'émeuvent. Et toi ? Tes émotions tues ?

— C'est très indiscret, ta question ! Qu'est-ce qui te prend ? ? ! Bel emploi du verbe « taire », mais pas suffisant pour des aveux signés.

— Voilà ! ! ! C'est ça que j'aurais dû répondre ! ! Et pas tout déballer sans contreparties.

— Ah ça… Tu aurais su ces émotions face à une élève d'abord très réservée, puis rassérénée par le doux miroir 'dans ma carrure' de professeure.

— C'était celle qui me ressemblait beaucoup ?

— La troisième molaire gauche, vaguement. Et elle avait des yeux… Lila…

— C'est mieux. D'en avoir un ou deux. Mais en point commun, c'est fréquent, c'est commun.

— 'Magnifiques', les yeux ! !… *Triple buse* ! Des yeux qui respiraient l'intelligence ! Tu pourras en déduire aisément que ça n'était pas elle, ton sosie au féminin.

— Attends… Je vérifie 'triple buse'… Parmi les synonymes, il y a « QI d'huître ». C'est rude.

— Pour les huîtres ?

— Il y a « moule » aussi. Juste « moule ». Alors que : *sombre* crétin.

— Comme moi avant, Lila s'accusait d'être banale, sans saveur, ni attrait.

— Ah oui… Ah non ! ! ! ! Non ! ! ! En plus, la banalité, ça n'existe pas. Tour à tour, réservée puis audacieuse - comme ton élève, ses yeux dans les tiens et qui ne lâchent rien -, tu étais pleine d'attraits, de saveurs inédites, il te manquait juste l'info. Chut ! Accepte ça… Courte trêve de toi-et-moi : une amie de fac, prof de collège, abusée sexuellement enfant, attirait les confidences de certaines filles vivant cela ou vivant avec cela imprimé dans leur corps et leur disque dur, alors que s'il y avait un bouc émissaire dans la classe, souvent sujet aux brimades psychologiques et physiques depuis l'école primaire, il se rapprochait parfois d'un autre prof, parce qu'il y a des réflexes qui restent, signes de reconnaissance jamais assez enfouis pour cacher son passé *au radar* de son élève.

— Le bouc émissaire est jugé différent, remettant en cause la norme, l'ordre établi, et, allons-y !, responsable de tous les maux, toutes les frustrations, de ses harceleurs.

— Fin de la courte trêve de toi-et-moi… -et-Minette ?

— Elle est *encore* allée dans la cuisine pour miauler.

— On va la câliner devant sa gamelle ?

— Est-ce une blague ? ? Ne pas l'encourager, d'aucune façon, on va juste aller lui parler.

— Lui rappeler les horaires.

— Et les vertus de la patience, sans la prendre dans nos bras.

— Promis. Un avant-bras, peut-être ?

— Pas même une phalange. Mauvais maître !

— Mauvais, oui, maître, ça reste à prouver. À débattre.

À la faveur du 14 février, j'avais aimé, elle aussi, je retente le bisou-sur-bout-du-nez-tout-délaissé.

— … … À part ça ? — Insatiable Tatiana ! !

— Après le vouvoiement, le changement d'état civil.

— Jean-Paul Belmondo dans *Le Magnifique*.

— Je connais *grâce à* toi. Mais au moins, il recommençait… lui.

— Je veux bien vous être agréable. Mais que cela ne devienne pas une habitude !

— J'y veillerai personnellement.

— On parlait des prénoms… L'année après le lycée, sans te le dire, j'ai eu une copine avec qui la relation n'avait rien de rationnel.

Elle s'appelait Nathalie, ça m'a suffi.

— … Que c’est doux… Et ça te suffit toujours ?

— Non, maintenant j’exige du ‘Nathalie Deyglun’.

— Y a un modèle centenaire, a priori disponible, dans la famille. Elle a repoussé plus d’un homme, et loin ! ! Mais, par son physique et autres inconvénients. ‘*Grincheuse*’ pourrait te rendre *heureuse*…heureux.

— Oui, dans dix ans, peut-être. Si tu pars… et elle non… Pardon.

— Alors, oublie-la ! Pardon accepté, d’un chouïa. Et quitte à diffamer : à la lueur des efforts consentis depuis plus de cent ans, elle a vraiment un physique ‘ingrat’.

— L’oublier, non, c’est trop tard, le mal est fait, profond, alors aboule ! file son 06 !

— C’est un 04.

— Le Sud-Est ? Je dis *Why not ?*, et si elle a les pieds dans l’eau…

— Seulement pour ses soins pluriquotidiens. Aux dernières nouvelles.

— Cette conversation n’a plus aucun sens. Aux dernières nouvelles.

— Qui arrête en premier ? … C’est toi : tu gagnes notre joute verbale initiale, vingt-deux ans d’âge ! ! Avec ta plus belle saillie : le silence.

— Non, égalité, meilleure amie de moi, meilleure collègue, colocataire de rêve, partenaire de jeu familière et surprenante, mais l’on *va* se départager pour de bon, cette fois ! ! Méfie-toi, parce que, *là*, je vais te faire rire !

— C’est ta botte secrète ? ? Guillaume ne fait qu’une bouchée de toi, alors moi, tu n’imagines même pas… Quoi qu’il en soit, excellent départ… Je ris déjà.

— Je n'ai jamais… — Quoi ? — Non, rien… — Si.

— Je n'ai jamais cessé de t'aimer.

J'avais tout fait pour réussir à l'oublier, mais tu étais là… et là.

…

Dans mes pensées, dans mon cœur, dans ma vie.

Passée, présente et future.

— … … … Octobre 2002, tu m'as écrit

— « Je pense à toi régulièrement et, à côté de ça, je bosse beaucoup. »

— Tu t'en souviens ? ?

— Oui, comme si c'était en 2003, ma Nathalie.

Et je ne suis pas très fier de l'avoir recyclée avec Raoul, quand j'ai déserté la salle.

— C'est vrai que Raoul est ton ami sur Facebook et que s'il ne te voit pas en vrai…

— Il prend ma température, il est comme ça, je l'aime très fort.

— Tu es déjà bourré, je suis contente.

— Je ne suis qu'amour. Et sans alcool.

— Ça tient du miracle. — Ou ça tient à Raoul.

— Si, un jour, Raoul et Annabelle rejoignent notre bande, je te dirai : le cercle s'agrandit, mais tu restes au centre.

— Bien sûr. Que non. Je te dirai. Le centre est féminin.

— Ce qui n'écarte pas complètement Alain.

— Normalement, c'est moi qui dis ça.

— Mon Bruno, y a-t-il une seule chose normale associée à cette journée ?

— On nous a refilé huit pattes et deux estomacs, ça s'est vérifié encore aujourd'hui.

— C'est toi qui t'es fait arnaquer en premier, avant le Cheval de Troie modernisé.

Le 14 février, tu as dit : « Sur ce, dormons, oublions les sourires factices, reprenons nos appuis, ma douceur, ma beauté. »

— Tu as osé, demandé : « Je peux te voler tous tes mots ? Te les offrir aussitôt ? »

— « Surtout pas. Une autre fois, peut-être. Un jour de fête dans nos têtes. » A y est ?

— Je vais tenter un grand Oui, l'exigence a ses limites. On les a bien bien franchies.

Un petit cognac, ma Nathalie ?

— Frelaté, mon Bruno.

Avec une pointe d'échalote.

— Évidemment. C'est la tradition.

Heureusement que l'on avait fait l'impasse sur la vinaigrette.

Quand on y pense.

— N'y pensons pas.

…

Mon Bruno.

— Ma Nathalie.

40.

Alain

Trois mois plus tard, midi moins cinq

Un court de tennis en terre battue, double-mixte, Nathalie et moi sommes opposés à MC et Bruno. Ils mènent 6/4 5/4 15/30 sur le service de Bruno : première balle rapide plein centre sur le T, Nathalie est à un mètre.

— Ace ! Cent kilomètre-heure ! Environ. J'ai bien progressé, ce mois-ci, en première balle de service ! Vous remarquerez, hein ?

Moi : — Peut-être, mais tu nous l'as déjà dit x fois.

Bruno : — x + 1 fois !

— Tu nous l'as déjà dit 23 fois, précise Nathalie.

— J'ignorais le nombre exact. C'est toujours bon à savoir.

— Il se croit drôle, en plus ! regrette Nathalie.

Bruno : — Pourquoi s'énerver ce matin ? On aura tout le temps cet après-midi.

— Oui ? fait Nathalie. Enfin, en même temps, là, on a déjà de *bonnes* raisons.

Je suis là pour confirmer : — En même temps…

Bruno rit, pas nous, il se reconcentre et sert plus puissamment encore, émettant un grognement étrange, rauque, caverneux, dont je savais juste qu'il n'avait rien d'humain. À mon tour, je reste à bonne distance de la balle.

— Ace ! Cent douze kilomètre-heure ! Environ. Balle de match ! Qui c'est les meilleurs ? hein ?

Moi : — Ben, déjà, Platini. Michel Platini.

MC éclate de rire, pas Nathalie :

— Déjà que perdre… Mais perdre contre toi, Bruno, c'est pire que tout.

Moi : — C'est extrêmement désagréable.

— C'est moche à savoir.

Nathalie : — À présent, son 'sourire Ivan Lendl' ! Merci pour le mépris.

— Non, c'est bien normal. Et sans effort.

Nathalie réussit un retour de coup droit décroisé long de ligne : s'ensuit un échange étonnant, eu égard au niveau général affiché jusque-là, et c'est MC qui fait le coup gagnant grâce à son fameux lob lifté :

— 6/4 6/4 ! ! ! s'écrie-t-elle.

— Bravo ! ! ! Bien lobé, MC ! ! L'équipe des grognons a perdu ! L'équipe cool lui met deux sets dans les mirettes ! dit un Bruno débordant de bonne humeur, difficile à supporter, facile à détester.

— Jusqu'à cette balle de match, tes plus beaux lobs étaient seulement responsables de cette grâce auriculaire… Surtout le lob*e* gauche.

— Alain ! ! Vraiment n'importe quoi ! ! fit-elle.

— Alain, ça s'écrit avec un *e* pour l'oreille, mais tu le sais… Bravo MC !

— Et moi ? ? ? Vous snobez mes mérites ? ?

— Ah non. Mais toi tu n'as besoin de personne pour les mettre en avant. Besoin de personne ! appuie Nathalie.

Moi, à mi-voix : — Il mange quoi, le matin, en ce moment ?

— Du fromage blanc.

Toujours à voix feutrée : — C'est tout ?

— Et deux kiwis.

— Ah oui… Vitamine C, quand même.

— Vous pouvez vous rapprocher du filet ? ! ! Pour conspirer plus près, précise Bruno.

— On approche ! le rassure Nathalie. Mais on a fini…

— Notre conciliabule.

— Dans ce contexte : entretien à voix basse plus ou moins suspect. Je traduis pour toi, mon chéri.

— Depuis qu'elle est agrégée, elle se croit obligée… Ça lui passera.

— Oui ! C'est promis !

Comme chaque dimanche, Bruno me serre chaleureusement la main et les filles se font la bise, par-dessus le filet. Moins coutumier, Nathalie et Bruno se collent au filet, échangent un doux et long baiser.

Alors que je contemple mes amis, MC me tire fermement vers le filet, m'embrasse tendrement et, plus surprenant, toujours bénévolement.

— J'ai été pénible, imbuvable, hein, les amis ?

Nous pouffons. Tous les quatre. Tous ensemble.

La bande des quatre, c'était bon.

Parfois gentiment régressif, surtout côté garçons, et surtout Bruno, mais si bon. On se stimulait trop et l'on s'aimait trop pour ne pas en profiter.

Depuis l'oral de l'agrégation, reçue 129e sur 130, pour 1860 candidats, nous nous réunissions plus souvent. Au tennis, 'chez Raoul', chez Nathalie et Bruno. J'étais le facteur limitant, voulant écrire encore et encore, mais conjuguer les deux était possible à l'appartement.

Nathalie était transfigurée par le bouleversement Bruno et cette réussite professionnelle qu'elle espérait sans trop y croire. Elle avait gagné de cette confiance en soi profonde qui ne part pas, bien qu'elle fût « l'avant-dernière », comme la surnommait parfois Bruno. Cette victoire qui s'était jouée 'à rien' lui donnait un surcroît d'optimisme, c'était meilleur encore.

Pour moi qui partais de plus loin, les progrès étaient moins perceptibles, mais le processus engagé, pour apprendre à m'accepter, un jour m'aimer.

Hormis l'inexplicable irruption de Marie-Cath dans ma vie sentimentale et le soulagement profond ressenti une fois mon contrat à durée indéterminé validé, ma sortie de l'anonymat s'était produite devant cinq journalistes, qui avaient offert au blog une médiatisation inespérée. Tous les cinq avaient évoqué mes romans en cours de réécriture, trois éditeurs m'avaient vite contacté, mon premier manuscrit était entre leurs mains.

J'alimentais le blog de nouveaux textes, souvent inspirés de 'la bande des quatre', féconde en loufoqueries, mais j'arrivais à peine à lire tous les échanges, répondre aux questions, avec cette affluence de lecteurs qui réanimaient les débats sur des publications en sommeil semi-profond.

Marie-Catherine avait divorcé mais maintenu sa présence sur le territoire de Coquine, le domaine de Pierre-Olivier, avec un loyer de HLeM (Habitation à Loyer excessivement Modéré) à présent. Je dormais chez elle deux nuits par semaine, bien que Bruno m'ait vivement conseillé « trois nuits ». Mais j'avais besoin de travailler dans ma tanière, avec mon Basilou pour seule compagnie. Les retrouvailles entre Coquine et lui éclipsaient les nôtres : jamais Marie-Cath ne me courait après dans tout l'appartement à aussi vive allure.

J'allégeais l'antidépresseur, passais beaucoup moins de temps…me ruais moins sur les balcons, les voisins étaient moins inquiets quand ils nous croisaient, ma tête ou moi, mais péter la nuit restait d'actualité.

Quand nous étions tous réunis à l'appartement de Nath et Bruno, notre Q.G., j'étais avec eux mais surtout dans ma bulle à écrire sur mon ordi, bulle dont ils s'amusaient à me faire sortir. Ça m'amusait aussi. Tout comme ce surnom que Bruno m'avait trouvé, et dont les filles m'affublaient en riant : '*Hein* ? ?' Oui, ça me venait plus que « *Pardon* ? ? ». Hélas !

« On fait du café, tu en veux, *Hein* ? ? ? »

« On fait un Monopoly à trois ou à quatre, *Hein* ? ? ? »

« Pause Pâtisseries, manges-tu avec nous, *Hein* ? ? ? » Même Nathalie…

Parfois, ils riaient si fort que je demandais pourquoi. Ça pouvait me faire de la matière. Et je riais après eux, tout seul. Ce qui faisait leur joie, même s'ils s'efforçaient de me regarder alors avec des mines atterrées. Encore une idée de Bruno, mais adoptée tout de suite par MC. Puis Nath. Nathalie qui avait même vite baissé pavillon face à la volonté farouche de Bruno qu'elle participe à 'Questions pour un champion' - seulement six jours de délibérations, c'était inespéré -, qui avait même gagné cinq fois d'affilée, remporté 30 000 € tout rond - et quelques dictionnaires -, avait voulu les partager avec son colocataire, sur ce sujet il avait réussi à la faire taire, mais elle s'arrangeait toujours pour dégainer la première, sortir sa carte bancaire : il allait sévir, c'était imminent depuis quelque temps.

C'est vrai que c'était autre chose que les 500 € de 'Premier Baiser'. Et dans le regard des collègues ou des élèves - qui s'étaient rués sur le direct ou les replay dès que ça s'était su -, ce n'étaient qu'admiration et fierté de fréquenter une telle prof et d'entendre citer la ville, le nom du lycée. Le proviseur était aux anges, ils ne l'avaient jamais vu comme ça, il allait jusqu'à oublier d'être « taré », parfois, quand il se détendait ; mais son ravissement avait quelque chose de risible, puéril, d'incongru ; avec les rancœurs accumulées par les uns et les autres, dans son sillage les sourires étaient moqueurs, les profs persifleurs, peu indulgents.

— À quoi l'on pourrait s'inscrire, toi et moi ? ? retente MC pour encore faire rire Nath et Bruno, nous imaginant déjà nous bécotant aux 'Z'amours'.

— Pour être sûr de ruiner mon image, couler le blog et ne pas être publié, c'est une idée. Une bonne base.

— Cool... Pose-toi tranquillement la question avant de bien dramatiser.

— Pour me décrédibiliser, je retiens l'idée. Oui. Merci Bruno, dis-je, réprimant le rire qui s'annonçait pour ne pas les décevoir sur mon humeur.

— Le smack, de nos jours, ça passe très bien. Quand on marque un point.

— Alain doit travailler son personnage de contrarié, parce que *là* on n'y croit pas, mais il a quand même raison : sur commande, c'est très moyen. En plus, j'ai au moins quatre patients qui regardent, ils m'en ont parlé.

— Ils t'en ont parlé pour quoi ? dit Bruno.

— Ils avaient une bonne bronchite et besoin de parler.

Bruno : — Tous ?

On entend une mouche voler. — La bronchite ?

On entend un brin d'herbe pousser,

un ver de terre rentrer à la maison,

la chrysalide d'un papillon, à trois mètres.

— Bien, je vais me taire moi aussi. À la Raoul. Sept jours.

C'est bien, dit Nathalie, C'est mieux, affine MC.

— Après Alain et « son personnage de contrarié », vos deux personnages de 'jumelles' atterrées… et *lui* dans son nouveau rôle de consterné…

— Tu envisages comment la différence ?

— Toi tu me laissais encore en vie.

— On est des gosses… On joue ! ! dit MC.

— Oui ! — Oui ! ! — Oui ! ! fit Bruno après moi.

De vrais gamins, gamines, qui avaient vraiment dix ans - ou pas loin -, jouaient, suivaient un cours. J'en comptais dix, plus leur prof qui devait avoir la quarantaine et le sens de l'humour :

— Tu pouvais smasher tranquillement et tu marquais le point, je ne te demande pas de le viser.

J'ai aimé aussi ces mots, leur justesse :

— Avance sur la balle, ne te mets pas en difficulté.

J'y trouvais comme une bienveillance.

Ses intonations jouaient beaucoup, elles traduisaient une implication de chaque seconde. C'était normal, mais rassurant. Je pense aux collègues de notre équipe, *LOL*, c'est de la douceur, cette implication permanente dans un travail fait de rapports humains éphémères mais si importants - à chaque appel essentiels, la seule chose qui compte sur le moment *et* un lien qui se tisse entre *eux* et *nous*, *LOL*.

Ce prof avait une tête rigolote, avec de faux airs d'Aristide Duçon (le créateur de la cédille.)

Je crois qu'il m'a vu, qu'il me sourit. Dans le doute, on lui sourit.

— Toi qui es prof… — Très peu… Si peu…

— Et qui joues au tennis… — Si bien…

— Tu as un avis, tranché ou tamisé, sur sa pédagogie tennistique à destination des morveux ?

— Simplifie énormément ta question, j'envisagerai d'y répondre.

— La pédagogie du type en short, tu en penses quoi ?

— C'est bouleversant. C'est une grande baffe. Y a beaucoup, beaucoup à piocher.

— C'est plus tranché que tamisé ; je voulais ta confirmation, même si les tiens sont plus grands.

— Les miens votent depuis les régionales.

— Tu racontes n'importe quoi, et je le prouverai.

— Je rafistole une généralité, et tu finiras par le prouver. Plus passionnant, peut-être : Nath a lu un roman avec des personnages sans prénoms, elle pourra t'en parler, si tu veux.

— Moi, ça va plus loin, je crois que j'ai des prénoms sans personnages.

— Tu pourras lui en parler, si tu veux. — Non.

— Au fait, c'est ton père qui devait aussi écrire un roman ?

— C'est fait, en trois semaines, là il se considère comme un auteur.

— Tu as lu et il a tort à ce point ?

— Comment dire ? ? C'est l'auteur *de son œuvre*.

— Merde.

— Bonjour Pierre-Olivier ! … Oui, j'ai à peine 3 % de batterie, mais je veux bien te les consacrer.

41.

La vie est belle quand elle vous ensorcelle
Sans potion magique, ni baguette
Quand elle vous rend fou d'elle
Si belle
Depuis ce jour où je danse avec *elle*
Où je pense trop à *elle*
Où je joue avec *elle*
Depuis les mots que l'on dit tout bas
La vie est belle
Quand on fait avec *elle*
Ce que je ne fais qu'avec *elle*
Ce qu'*elle* fait sans pudeur
Avec tendresse, avec douceur
Ce qu'*elle* fait après les mots d'amour
Mais que l'on ne fait pas toujours
Personnalité étoilée comme un ciel d'été
Douce au regard comme au toucher
Sa caresse préférée est le baiser

* * *

Lui : — C'est cool…

Elle : — Quoi ?

— Le mystère de la vie.

— Ah ça !…

— Oui.

— Ça faisait une éternité que je ne t'avais pas entendu dire « cool » ! !

— Tu avais noté… J'ai décidé de l'employer seulement si c'est parfaitement adapté, maintenant. Enfin, depuis un moment… Une éternité, déjà.

— Il fallait continuer. Dans le cas présent, ça n'était pas adapté. Du tout.

— Pas super cool, ta façon de me parler, madame l'avant-dernière.

— Là, c'était parfaitement adapté.

— C'est cool.

— Sinon, on peut savoir ce que tu fais, là ?

— Je prépare le repas pour te faire plaisir.

— Grrrrr… Il te reste une chance de survie : reformule !

— Je prépare le repas conformément aux accords de Yalta.

— N'hésite pas à le dire, le répéter, ça ne se devine pas.

— Normal, je suis en pause, là… nécessaire.

— Ah, super. Alors, profites-en pour préparer la mayonnaise, la vinaigrette, le concombre.

— Avec toi, la notion de pause est salement amochée.

Actuellement, tu diriges le Medef ?

— Je suis leur boîte à idées, rien d'extravagant.

— Pas cool.

— Toujours se rappeler que son lapin s'appelle Rémi. On part de loin.

— N'embête pas Alain, il se concentre. Dis-moi, écrire autant, c'est cool ?

— Les frustrations, les souffrances, prennent sens par la sensibilité qui en ressort et par la motivation qu'elles aiguisent, exacerbent. Mais, attention, je ne souhaite pas souffrir plus que nécessaire.

— Non… Pas plus.

— Toute ta vie, tu prépares de grands moments. Parfois, tu les vis. Et tu as la sensation incroyable que tout est possible.

— Tout est possible, sauf si tu es une feignasse finie *et* pas un Dinocheau.

— Je ne suis pas une feignasse finie.

— C'est bon à savoir. En tout cas, ne procrastine jamais avec l'optimisme.

— Ok, c'est noté.

— « Si vous croyez que vous pouvez ou que vous ne pouvez pas, de toute façon, vous avez raison », a dit Henry Ford, l'arrière-grand-père de la Ford Fiesta.

— C'est beau comme du André Citroën.

— C'est beau comme du Dinocheau.

— Période Traction Avant ou période bleu métallisé.

— Alors, cette fois, ça y est : cap sur la régression.

— Je suis au contact des années lycée, déjà.

— Après le son, l'image : à la tête que fait Nath, tu sais que la notion de pause est encore sauvagement malmenée. Bon, je te laisse à tes gamineries, écrites ou parlées.

— Merci. Pour la précision. Moi qui en raffole.

— Comparé à toi, Rémi c'est Bouddha à 80 ans, mais tu peux lui imposer ta présence.

— Si j'enfile ma panoplie de carotte du jardin, oui.

— Mince ! Le grand saut : la maternelle ! Déjà.

Surtout, ne rajeunis plus sans m'en parler d'abord.

MC est arrivée, et il avait préparé un dîner étoilé, mis la table, pour nous.

42.

Noël 2018 - Roman - Avant-propos

jérémiades : plaintes, lamentations persistantes et bassinantes
bassinante : assommante, gonflante, chiatique
chiatique : évitez (toujours)
Mais, si c'est vrai ou non-vérifiable, tentez :
Un jour, j'ai dit « Fini les jérémiades ! »
Et je ne m'en suis jamais plainte
(Longtemps testé, le modèle homme n'a jamais abouti, ni laissé espérer.)

Et pensez à actualiser :
J'ai toujours été majoritaire : j'ai été pétainiste en 18, le suis resté en 40, j'ai voté Giscard en 74, Mitterrand en 81/88, Chirac ensuite, Sarkozy enfin et bien sûr socialiste aux régionales.
J'ai toujours été majoritaire. Et quand tout le monde s'est mis à se moquer de moi : alors, alors seulement, j'ai débuté dans l'autodérision.

Pensez-y.

À vous qui jouez toutes, tous, un rôle par l'exemple que vous offrez, je dédie ce livre qui, je l'espère, ne se refermera jamais tout à fait.

* * *

La première vie de cette histoire (puissamment étoffée et améliorée depuis), sous forme de scénario, laisse à penser qu'une adaptation pourrait voir le jour sur grand écran. La personne qui dirigeait le développement et la réalisation des projets pour *MKZ* m'avait dit au téléphone qu'ils avaient hésité, mais qu'au regard de mon absence de références et de leur programme à venir particulièrement chargé, ils réétudieraient le projet une fois porté sous forme de roman et publié (j'avais glissé cette éventualité).

Autre activité non dévoilée : j'ai conçu des jeux télé qui ont semblé pouvoir faire de moi la première personne échappant à toute structure, chaîne ou société de production, à placer un jeu en France.

Mais, même si mes jeux télé font le tour du monde, mes romans 'le tour de Paris' et mes scénarios un tour sur eux-mêmes, je crois que jamais je ne le perdrai, ce sentiment violent d'infériorité. Style, je ne suis pas dupe, quoi.

Le sentiment de ne pas mériter d'exister, ça laisse ses empreintes. Ça subsiste, ça remonte vite à la surface. L'ego qui permet de créer, espérer intéresser, n'est pas celui qui te serait utile au plus profond.

Miracle en cours reposant sur un tissu de malentendus, ma relation avec Marie-Catherine ne résistera peut-être pas à cette faille toujours béante. « Au pire, on restera amis ? » Question non posée, réponse évidente supposée. Mais j'ai dit « peut-être », c'est beau déjà, tu sais.

Faire preuve de la même indulgence qu'avec les autres.

Pour faire la paix avec moi-même.

Aller passer deux jours avec mon père.

Le connaître mieux, accepter qu'il n'entende pas qui je suis, sentir son amour, lui souhaiter Bonne nuit et sentir sa chaleur, l'odeur de sa peau.

Une fois, il m'a pris dans ses bras, il m'a dit qu'il n'avait pas compris sa vie. Que le seul souvenir tendre avec son père restera sa main dans la sienne, accordées quelques secondes et pour l'éternité. Pour lui offrir une glace et une allumette dans la nuit noire. Parfum fraise ou miroir, comment savoir ? La question est de moi, l'émotion est de lui.

Lui dire que je l'aime plus qu'il ne le saura jamais.

Faire la paix avec mon passé.

Oublier que tout s'est joué si tôt dans son regard. Ou ailleurs.

Accepter l'idée que je puisse plaire.

Sans qu'elle finisse par me rendre nerveux en moins d'une seconde.

Plaire par 'la plume' ? Plus encore que le blog, via le premier roman, que Les Trois situent à l'unisson à 19,5/20 ? (Même après lecture pour les filles.)

Quand j'écris, c'est l'espoir qui naît, pour répondre à la question.

L'espoir est la seule émotion qui résiste au temps. Même infime, masqué, il était là.

(J'ôte tout suspense : Bruno a lu. Et sans modifier sa note, lui aussi.)

Après les prémices du silence trois ans plus tôt, puis l'épisode des deux fois un an sans un mot d'explication, sans un mot tout court, sans un regard de ce père face à moi à la même table, j'ai pensé fort « Il n'a pas cassé un lien, il a cassé l'espoir d'un lien ».

Mais non, il demeurait cette croyance cruelle qu'il me reconnaîtrait un jour, si je le méritais, à défaut de me connaître à plus de 'zéro virgule cinq' pour cent. Je compte large, très large, l'espoir fait vivre et en profite pour faire mourir parfois, à l'intérieur, pour de vrai, pour de bon, pour de con mais tu ne peux pas lutter contre ça sans armes.

La semaine de répit, tout relatif, quelques mots, regards furtifs, entre les deux fois douze mois, avait accentué l'effet de rejet et plus que tout l'idée que ça venait de moi, sans valeur, sans intérêt, sans attraits, sans vie autre que celle de souffrance et de repli.

Tout de même, Papa a cassé l'espoir d'un lien avec toute personne qui n'est pas lui sans que mon cerveau et les viscères au cœur de mon ventre ne crient au malentendu. Un lien d'amour reçu, partagé, n'en parlons pas, n'en parlons plus. Reste à ta place. Reste à ta place, minus, moins que rien, erreur de la nature. MC le pensera tôt ou tard.

43.

L'être de Jacques Brel à Lino Ventura

Îles antillaises, le 28 décembre 1974, la nuit,
sur la Korrig, eau à 27°.

Cher Lino,

Plus de deux mois en mer déjà sur ce petit bateau, du vent, des orages, de la pluie qui lave et ce soir l'envie de te parler. Tu sais, Lino, je suis plus jeune que toi mais je crois tout de même être autorisé à te dire que je t'aime bien. J'ai rencontré si peu d'hommes en 45 ans qu'il me semble une faute de ne pas les serrer un peu contre moi, même si en échange, j'ai bien peu à donner.

Tu vois, je ne sais ni ce que sera ta vie ni ce que sera la mienne mais je trouverais désolant que nous nous perdions trop. C'est si rare la tendresse.

Bientôt j'aurai un bateau et je veux que tu saches que tu y seras toujours le très bienvenu. Je te souhaite heureux et fier d'être. Et je pense que de deviner tes fragilités je sais aussi ta force.

Tu sais Lino, nous avons 15 ans et je crains que nous n'en sortions jamais. Au fond je vais très bien sur ce bateau. Ça n'est pas le grand confort et c'est bien fatigant mais il y a des moments formidables.

Bien sûr l'Atlantique c'est long mais avec la lune par-dessus et du vent dans les voiles, cela ressemble à une chanson d'amour. Et je ne sais encore rien de mieux que cela. Dans huit jours, je retrouverai ma Doudou à Pointe-à-Pitre puis nous rentrerons en France. Peut-être seras-tu à Paris fin janvier ? Je serais bien heureux de pouvoir te voir un soir.

Pour ne parler de rien et juste se comprendre.

À bientôt Lino, je t'embrasse de loin, il fait nuit et l'eau à 27°.

Sincèrement,

Jacques

L'aventure, c'est l'aventure : Rencontre.

Toute la vie qui reste pour s'aimer d'amitié et de pudeur.

Un chien balèze, toutes voiles dehors, un chat timide, tout en dedans, ou bien l'inverse, ou ça dépend des moments.

De belles bêtes, des animaux intelligents, des regards posés, à jamais déposés.

* * *

2018, c'est fini !, la bande des quatre réunie, Minette fuit Rémi.

— Que 2019 réponde à toutes tes attentes, quitte à faire du zèle, Bruno !

— Pareil.

— Merci. Fais plus court, la prochaine fois, j'ai failli m'endormir quatre fois.

— De rien. C'était sincère. Chaque mot… non, chaque lettre est passée par le cœur.

Soit dit en passant, on aurait aussi bien pu s'en passer ; des vœux ; bien que poignants.

— Ah ça !… *Au pire*, on restera amis. Et, bien entendu, 'passer' est ton nouveau verbe préféré ? Excellent choix, meilleur que 'se surpasser', qui t'aurait interdit la 1ère personne du singulier, ou 'trépasser', qui t'aurait interdit toute vie sociale en rapport avec ton âge et tes préoccupations dans les quarante-cinq prochaines années.

— Toi, tu as trop bu ou pas assez pété ?

— Pas assez bu. Pour entendre ça. En 2019.

— Normalement, toi, tu avais droit à deux coupes. En 2018.

— Et puis sois discret quand…

— Elles chantent, elles dansent, t'inquiète… Elles n'ont d'oreilles que pour la sono, que pour *Macumba*. Et si le tympan n'est pas en grand danger, elles n'entendent rien.

— De toute façon, tu en as parlé à Nathalie ?

— Oui. C'est bon à savoir.

— Bien sûr. Bon, ça, c'est fait… Alors tu peux oublier la discrétion.

— Alors que toi, non, Alain.

— L'alcool ne te réussit pas, Bruno.

— Non. Pas une réussite. Jamais. — Mais tu es drôle.

— Oui. Pour toi. — … … … Oui.

As-tu noté comme nos polos se ressemblent ?

— Ce n'est pas que je l'ai noté, c'est que je ne vois *que* ça.

— Et dire que je pensais être mal habillé… être le dépositaire, le V.R.P., du mauvais goût.

— Et dire que je pensais l'inverse… — À ton sujet ?

— On est très contents que tu aies su profiter des soldes, mais pense à retirer l'étiquette, la prochaine fois.

Ça devrait suffire comme réponse.

— Je t'emprunte les ciseaux de la cuisine, et merci. Une collègue qui m'appelle souvent m'a dit de ses autres amis : « Eux, me comprendre, c'est *la dernière chose* qui les intéresse. »

— Il existe une seule personne pour ne pas t'aimer, Alain.

— Mon chef d'équipe : Émile !

— Il existe seulement deux personnes pour ne pas t'aimer, Alain.

— Raoul ? Ma mère ? ? Un type à moins trente pour cent ?

— Il existe seulement quatre personnes pour ne pas t'aimer, Alain.

— Ça va très vite devenir plus simple de compter les autres.

— Surtout que je viens de changer de camp.

C'est sûr, y a pas moins trente sur ta connerie. Alain.

— Tu crois qu'un jour, je changerai de camp ? je m'accepterai ? je ferai des selfies moi aussi ? ?

— Le simple fait que tu te poses la question, c'est…

— C'est déjà y répondre ?

— C'est la lutte, le combat, qui commence entre toi et Toi : quand Elle renifle un progrès, Sa Majesté Ton Subconscient fait comme Minette en présence d'une croquette : Elle passe à l'action.

J'aurais aimé que tu rencontres *le vrai* Dinocheau dans toute sa splendeur.

— J'aurais aimé rencontrer mon père. Quand ma vie s'est jouée.

Pardon ! ! J'ignorais que j'étais venu avec mon enclume *du dimanche* en démonstration, veuillez accepter mes excuses à usage unique.

— Tu viens avec tes enclumes quand tu veux.

Ici, elles s'allègent, se détachent, parfois s'envolent.
— Après, elles retombent ?
— Peut-être. Mais toi, tu as bougé. Tu auras bougé.
Tu l'as déjà fait bien au-delà de nos espérances, Alain.
— « Nos espérances » ?
— T'es-tu déjà demandé pourquoi MC avait choisi notre petite salle de sport banlieusarde, au lieu de camper dans le 17e arrondissement ?
— C'est-à-dire, je le lui ai demandé à elle, surtout. Mais je pensais que le lobbying de Nathalie vous était destiné.
— C'était pour toi, c'était pour MC, une fois rabotée la peur de te faire souffrir contre ton gré.
— Moi, le grand exclu des joutes sentimentales, par carton rouge auto-attribué à l'unanimité.
— J'allais le dire, avec plus de talent.
— C'était quoi, la touche de talent à laquelle j'ai échappé ? un bref instant ?
— Perso, j'aurais dit à peu près : « Toi, le grand exclu des joutes sentimentales, par carton rouge auto-attribué à l'unanimité. » Tu vois ?... Il voit. Et ne pense pas 'touche', mais 'couche' de talent.
— C'est un copié-collé, même pas fignolé. Elle se situe où, la différence ? dans quel domaine ?
— Dans le domaine des intonations. Essentiellement.
— Bien sûr, c'est très net, si marquant. Et ça... Ça laisse de la place pour un 'Accessoirement' ?
— Comment dire ?... Pour faire simple : c'est un poil technique, tu risques de décrocher. Les 'Alain' touchent très vite leurs limites en matière de nuances, c'est connu.

— C’est sûr, tu en tiens une couche. On peut envisager des énergies fossiles contenues, mais rien avec un profil de nuance selon la poignée de rescapés. Sinon, 7 fois 8 ?

— 56. À peu près. Pourquoi ? ? Tu révises ?

— Comme on dit n’importe quoi, je me suis cru tout permis.

— Parce que Nathalie t’a permis de croiser un Raoul et une adhérente, tu es ému ?

— … … … Oui. … Les mots sont faibles. … Parce que Nathalie, parce que toi, parce que MC, tant d’événements se sont produits. Ma vie a changé cent fois plus que moi je ne l’ai fait. Je suis au volant d’une Formule 1 avec une mentalité de cycliste après une carrière de piéton. … 1 plus 3 ?

— L’infini. En expansion.

— L’infini. Avec une marge de progression.

— Ne mets jamais toutes ces âneries dans un roman.

— Ne mets jamais tout cet alcool dans un verre en face de toi.

— Tu ne m’as pas répondu. — Toi non plus.

— J’ai mes raisons. Un ‘Bruno’ a toujours ses raisons.

— Sa raison, c’est moins sûr.

— 8 fois 9 : 72 raisons de te détester, comme tous les Alain ; l’abjection est en vous.

— Je sais. Je sais tout. Dit-il d’une voix claire et douce, plongeant Gonzalo, Pervero Jr et Guy, dans un océan de perplexité. L’impact était total, fascinant. À coup sûr, c’était le début de la fin. Les vraies questions, celles qui allaient compter double étaient : 0 + 0 + 1 ? 3 fois 2 ? Tout sur le triangle rectangle *ou* Capitale du Cameroun ?

— Au fait, j’ai vérifié, ta vie n’est pas jouée.

Au fait, la tête à Toto + 1, 6, casse-couilles *ou* Yaoundé.

* * *

À nos tentations
À nos tentatives
À nos actes manqués
Au bonheur si près, si loin
De l'imminence de le toucher
à l'évidence qu'il reviendra
il n'y a qu'un pas

Notre blog est un bisou tenté sur la joue et une bonne soirée souhaitée, aussi, quand même.

On n'est pas des sauvages (je parle de moi, mais ça perd beaucoup au singulier), ni à l'affût d'un trait ; d'humour ; il faut tout…tout te dire : Merci d'être ici pour faire *nous* ; faire le nombre, non, pour faire la différence, oui ; parce que si tu es un gros boulet à usage unique, nous te recyclons en personne fréquentable ou en poignée de porte ou en coton-tige. En effet, l'option 1 n'est pas toujours un succès, d'où la recrudescence des poignées de porte à forte personnalité et du coton-tige antipathique.

Pour Nathalie, Bruno, Vous, Toi :
Toute ta vie, tu prépares de grands moments !

Parfois, tu les vis.

Printed in Poland
by Amazon Fulfillment
Poland Sp. z o.o., Wrocław

88568142R00209